d'ailleurs

collection dirigée par
Jane Sctrick

LE TOUR DU MONDE

Série dirigée par
Chantal Edel

L'HOMME DU MÉKONG

JULES HARMAND

L'HOMME DU MÉKONG

Un voyageur solitaire
à travers l'Indochine inconnue

PHÉBUS

Illustration de couverture :
Rivière sous bois, Gravure d'Eugène Burnand,
Collection *le Tour du Monde*

INTRODUCTION

On a aujourd'hui plusieurs bonnes raisons de lire Jules Harmand – ou de le relire, si on a eu la chance d'avoir eu entre les mains les deux volumes du Tour du Monde *consacrés aux livraisons des années 1879 et 1880. L'amateur d'aventures, à le suivre, reçoit son content de frissons, ce qui n'est pas le moindre motif d'ouvrir un livre. Celui qu'intrigue et déconcerte le phénomène de la colonisation (et du colonialisme) ne peut que se féliciter d'avoir là, sous son microscope, un spécimen si bien représentatif du « conquérant progressiste » tel que le concevait l'imaginaire du XIXe siècle finissant (l'espèce a disparu, mais les effets de son action passée sont encore à l'avant-scène de notre XXe siècle finissant). L'historien et le nostalgique ont enfin l'occasion de saisir, pour ainsi dire* dans l'instant, *les raisons qui pousseront l'Occident à s'éprendre si fort de la terre indochinoise : un coup de foudre dont on aurait tort de sourire, même avec le recul du temps – mais dont les suites mal gérées donneront lieu à un drame historique passionnel dont tout nous montre que nous ne sommes pas encore sortis.*

Le nom de Jules Harmand, force est de le constater, est bien ignoré aujourd'hui, et l'éclat de la médaille d'or que lui décerna la Société de géographie à l'issue du voyage qui se trouve relaté dans le présent volume a tristement pâli avec le temps – alors que Francis Garnier, son contemporain, est encore dans toutes les mémoires. Simplement, Garnier eut la bonne fortune – si l'on peut dire – de mourir en héros à l'âge de trente-trois ans sous les murs de la citadelle de Hanoï, tandis que son continuateur, survivant de cette folle équipée que fut la « pacification » française en Extrême-Orient, se trouvait par le fait condamné de passer de la légende à l'histoire; bref, à troquer la stèle du héros contre un succès de carrière, avec l'inévitable sanction à la clé : l'oubli.

Relire Harmand, ne le cachons pas, est d'abord un plaisir, car ce médecin sabreur savait tenir agréablement la plume. Et puis son aventure, dans sa pureté ingénue, est si révélatrice des belles chimères et des vilains démons d'une époque que l'on prend, à l'accompagner, un intérêt en quelque sorte doublé – le voyeurisme historique trouve souvent sa vraie satisfaction aux côtés de ces personnages de second rang qui symbolisent exactement et leur monde et leur temps, au lieu que les grandes figures, de par leur caractère d'exception même, s'avèrent des truchements volontiers infidèles de la réalité temporelle qu'elles sont censées incarner « par excellence ».

Né en 1845, Jules Harmand est le type parfait de ces médecins militaires formés dans le cadre de la Santé navale, qui donneront à la France quelques-uns de ses meilleurs explorateurs (Jules Crevaux, entre autres, qui parcourt vingt mille kilomètres pieds nus dans la jungle amazonienne avant de périr, au fond du Gran Chanco, sous les flèches des terribles Indiens Toba [1]*), et quelques signalés poètes de l'Ailleurs (au premier rang desquels l'admirable Segalen). Ces officiers-praticiens devaient à une solide formation scientifique l'essentiel des qualités qui allaient leur permettre d'affronter l'inconnu (le mot possédait encore sa pleine vertu) dans des conditions incroyablement difficiles : foi inébranlable dans la religion du progrès; conviction de la supériorité de l'Occident, fondée sur les merveilles de la technique; ferveur missionnaire ne reculant devant aucun sacrifice, dès lors qu'il s'agissait d'apporter à des peuples décrétés arriérés les lumières de la raison. (A ce compte, Segalen fait évidemment figure de mouton noir.) Car l'« entreprise coloniale », ne l'oublions pas, était à l'époque l'affaire des esprits progressistes, la droite traditionnelle, légitimiste ou bonapartiste,*

1. Jules Crevaux, *Le Mendiant de l'Eldorado, En radeau sur l'Orénoque*; Arthur Thouar, *A travers le Gran Chaco* – Phébus, coll. « Le Tour du Monde », 1987, 1988 et 1991.

estimant en large part que c'était perdre son temps que de le consacrer à améliorer le sort des sauvages.

Jules Harmand était donc fait de ce bois, d'une solidité et d'une rigidité à toute épreuve, et sa vie entière sera vouée à la sainte cause de l'impérialisme laïc, positiviste et républicain. Il a à peine vingt et un ans lorsqu'il découvre la Cochinchine, en 1866, en qualité de médecin-auxiliaire de la Marine. Fasciné par le pays, il entreprend aussitôt d'étudier la langue annamite, ce qui n'était sûrement pas le cas du commun des officiers. La guerre avec la Prusse l'oblige à rentrer en France en 1870, et on le retrouve un peu plus tard en poste au Levant. Mais dès 1873 il est affecté au Cambodge (il sera l'un des premiers Européens à étudier les ruines d'Angkor), et sa biographie dès lors est inséparable de ce que Georges Taboulet appellera noblement (1955) « la geste française en Indochine ». Quelques mois plus tard, il est médecin à bord de la canonnière L'Espingole *lorsque les Français, à la mort de Francis Garnier, prennent pied au Tonkin. Suivront les trois années cruciales (1874-1877) qui scelleront son destin de découvreur et lui ouvriront les portes des cercles savants. Sitôt rentré en France, il est nommé conservateur du Musée des produits coloniaux au Palais de l'Industrie, et le gouvernement le charge à ce titre d'organiser la section indochinoise de l'Exposition universelle de 1878. La suite sera ponctuée par les honneurs attendus, et par quelques missions politiques de première importance sur le terrain qu'il considère désormais comme « sien » : en 1881, il est consul à Bangkok; en 1883, commissaire général du gouvernement au Tonkin (c'est lui qui négocie avec la cour de Hué le traité qui impose le protectorat français à l'ensemble de l'Annam); en 1885 consul général à Calcutta; puis ministre plénipotentiaire à Tokyo en 1894 (il participe à la rédaction des accords de paix consécutifs à la guerre sino-japonaise, et, dix ans plus tard, se voit confier la charge délicate des intérêts russes auprès du Mikado lors du terrible conflit russo-japonais); président de la Société de géographie enfin, à partir de 1912. Au total, une existence bien remplie, qui s'achève en 1921, et lui vaut la reconnaissance méritée de la République.*

Empressons-nous de retoucher sur un point essentiel ce tableau brossé à gros traits et qui pourrait donner un portrait infidèle du personnage. Car Jules Harmand – et ce livre le prouve à suffisance – n'est pas le carriériste ambitieux et capable qu'on est prêt à s'imaginer. C'est en effet dans la solitude et l'ascèse du voyage qu'il va s'affirmer et acquérir ses galons.

Qu'on veuille d'abord se rappeler ce qu'était alors le statut de cette entité incertaine que le géographe franco-danois Konrad Malte-Brun (1775-1826) avait baptisée du nom d'Indo-Chine. La France, en cette année 1874 qui voit notre homme partir à l'aventure, n'était véritablement établie qu'en Cochinchine (1859) et au Cambodge (1863) – et encore la réalité de son pouvoir se limitait-elle pour une bonne part aux environs immédiats de Saïgon et de Phnom-Penh –, le reste de la région étant en gros partagé entre l'« empire » déclinant de Hué, alors sous le sceptre de Tu Duc, dernier rejeton de l'illustre dynastie des Nguyen, et le royaume de Siam à l'ouest, lequel affirmait tant bien que mal son indépendance en dépit de la pression des Anglais présents en Birmanie et en Malaisie, et tenait en lisière le Laos. Au total un monde gouverné par les antiques féodalités, où l'esclavage avait plus ou moins pignon sur rue, et où certaines provinces reculées (l'ensemble des zones montagneuses en particulier) échappaient à tout pouvoir militaire ou civil. Un monde, surtout, où la colonisation n'avait pas encore pénétré, et où d'immenses espaces restaient encore à découvrir.

Francis Garnier, aux côtés de Doudart de Lagrée, avait bien remonté le Mékong jusqu'au Yunnan (1866-1868), imaginant pouvoir ouvrir de la sorte une voie de communication entre le golfe de Siam et les provinces méridionales de la Chine. Mais le fleuve était incommode, semé de rapides, et les contrées traversées, retranchées derrière la muraille de la cordillière Annamitique, d'accès trop difficile pour qu'on pût seulement songer à y établir des postes de pénétration. C'est cette difficulté même qui semble avoir mobilisé dès 1874 l'imagination de Jules Harmand. Il avait toujours professé la plus vive admiration pour les exploits de Garnier, et son rêve était de remonter plus haut encore dans la vallée du Mékong : jusqu'aux montagnes perdues où le grand fleuve prend sa source, au sud du plateau tibétain. En 1875, chargé de mission par le ministère de l'Instruction publique, le Muséum et la Société de géo-

graphie, il tente de remonter le fleuve jusqu'au Tonkin mais doit renoncer rapidement : une telle expédition nécessite des moyens qu'il n'a pas. En novembre de la même année, il explore la zone de partage des eaux entre le bassin du Mékong et le Tonlé-Sap et reconnaît le pays des Kouys à demi sauvages. En 1876, nouvelle tentative sur le grand fleuve, mais il est arrêté à Sambor par la guerre civile. On le retrouve ensuite dans les hautes terres qu'encadrent le Donnaï (Dong-Nai) et son affluent le Sang-Bé, au nord de Saïgon, peuplées par les Moïs aux coutumes étranges; puis au nord des lacs cambodgiens, où il se heurte à nouveau à l'insurrection. C'est alors que les autorités françaises de Phnom-Penh le chargent de reprendre le chemin de son cher fleuve pour s'en aller reconnaître les environs de Bassac (Champasak [1]*) en territoire laotien. Ce sera le prélude à son grand voyage (1877) – celui dont il est ici question – qui le conduira pour finir à quitter le cours du fleuve et à entreprendre la première traversée du plateau des Bolovens, que l'on croyait inhabité, puis de la cordillière Annamitique, dont le versant occidental abritait alors quelques-unes des tribus les plus arriérées (et les plus fascinantes) de l'Asie.*

Le lecteur impatient découvrira dans quelques pages le détail de ce périple solitaire, à travers une Indochine parfaitement inconnue : voyage hors des sentiers, mais aussi hors du temps. Il découvrira surtout, par-delà l'aventure au quotidien et ses sidérantes traverses, la personnalité ambiguë d'un homme qui transportait avec lui, outre ses instruments de mesure et les indispensables armes à feu, toutes les contradictions d'un projet politique qui se voulait sincèrement « civilisateur » mais ne sut (ou ne voulut) éviter d'être aussi, d'être d'abord, conquérant et dominateur. Non que notre voyageur nous livre ses états d'âme – ce n'est pas dans l'esprit du temps : la science d'alors se drape volontiers dans la toge de l'objectivité positive; même s'il s'avère que ce noble vêtement serve d'alibi à un ethnocentrisme aveugle à toutes les réalités

1. On a respecté dans le courant du texte les choix de transcription du voyageur, qui écrit Tong-king pour Tonkin – mais on a préféré Mékong à Mê-khong (d'autant que l'auteur hésite fréquemment entre plusieurs orthographes). D'une manière générale, on a pris le parti d'unifier les formes qu'il propose en fonction de l'usage le plus communément admis.

non mesurables. On déterre les cadavres des naturels pour prendre les mensurations de leur crâne, décrire les particularités de leur squelette, mais on ignore les principes qui règlent leurs rituels funéraires et leurs croyances magiques. En un mot, on leur refuse d'emblée, et sans plus ample informé, le privilège de l'esprit. A cette aune, la culture dont ces sauvages pourraient se réclamer apparaît pauvre, barbare, et pour tout dire assez peu digne d'intérêt. Non que le brave Harmand ait pour ces gens une antipathie de principe – il les trouve plutôt gentils, mais doute de leur intelligence puisqu'elle n'est pas conformée sur le modèle de la sienne. Il est prêt, d'ailleurs, à leur vouloir tout le bien du monde, et ne décolère pas de constater à quel point ils se trouvent être les victimes de maux – féodalisme, esclavage, injustices diverses liées à la fatalité des castes – que la douce férule de l'Occident ne manquerait pas de guérir en un rien de temps. Et d'imaginer déjà par quels moyens expéditifs l'on pourrait arriver à une si heureuse fin : « En un mot, nous pouvons compter sur les Annamites, lorsqu'ils seront nos sujets, pour coloniser à notre profit toute une partie de la vallée du grand fleuve indo-chinois, où ils supplanteront rapidement les débris des races décrépites qui l'habitent. Par nous-mêmes, nous ne pouvons tenter aucune entreprise sur des contrées si riches, mais si improductives par la faute de leurs possesseurs actuels. Il faut auparavant que le Laotien ait été éliminé, non par des moyens violents, mais par les effets naturels de la concurrence et de la suprématie des plus aptes. »

On ne saurait dire avec moins d'ambages que la conquête obéit, en son fond, aux rudes principes du darwinisme social. On notera simplement au passage que l'objectivité du voyageur est quelque peu troublée par son humeur : il offre sa confiance aux Annamites industrieux, mais la refuse aux Laotiens dont le nonchaloir le met en rage (en quoi il sera contredit un peu plus tard par Pavie). Et l'on s'aperçoit que sous couvert d'observation « rigoureuse », c'est encore une fois le préjugé qui gouverne l'approche de l'inconnu, de l'étranger – ce qui ne manquera pas de fausser d'emblée, peut-on croire, le fragile équilibre de la cohabitation.

Tout semble en effet se jouer dès le premier instant : deux mondes qui s'ignorent entrent soudain en contact, mais ratent leur embras-

sade. Et il en ira bientôt comme de ces gens mal mariés qui font un temps semblant de s'aimer, s'y efforcent même parfois non sans sincérité, mais avec tellement de maladresse que le pire désormais est sûr : incompréhension, malaise, suspicion, rancœur, haine pour finir. Et pourtant, que la mariée était belle !

Et pourtant, en ce qui concerne Harmand en tout cas, le prétendant n'était pas non plus sans vertus. Il est clair que s'il se hasarde dans ces solitudes, ce n'est pas pour son profit personnel. Il y met une abnégation touchante (le mot ascèse *est venu tout à l'heure spontanément sous notre plume). Sa cause est celle de la science, et d'un cœur naïf, sans l'ombre d'une arrière-pensée, il est convaincu de son bien-fondé, de sa pureté. Il lui consacre toutes ses forces, sa santé, affronte pour elle mille dangers, et accepte de les affronter* seul. *Car il devine d'instinct qu'on ne reconnaît pas un pays en se lançant dans l'inconnu à la tête d'une interminable caravane armée jusqu'aux dents (en quoi il ne partage pas la brutalité sans complexe d'un Stanley, par exemple). Il ne s'encombre que de l'essentiel et se fait tout juste escorter par quelques porteurs recrutés sur place, quand on ne lui procure pas les éléphants providentiels. Une partie de ses instruments vient-elle à s'avérer hors d'usage, qu'importe... Il se contente de sa boussole, et s'astreindra à relever ses itinéraires en comptant tous ses pas ! Et qu'on n'aille pas pour cela s'imaginer avoir affaire à un esprit sec, à un froid arpenteur de la réalité. Non, ce pays l'émeut, l'enchante même, et le grand enfant qui sommeille dans ce jeune homme de trente ans laisse parler à l'occasion le rêve de Robinson : « Si je n'étais l'esclave de mes éléphants, je resterais ici six mois. » Et plus loin : « Si j'étais riche, j'achèterais au roi de Bangkok ce coin perdu de ses immenses possessions, et je viendrais m'y établir avec quelques Français. Il n'y a pas de parc qui vaudrait celui-ci. »*

Mais l'on sait depuis longtemps de quoi l'enfer est pavé. D'autant que les Harmand seront bientôt suivis sur place par de tout autres individus, accourus là dans le seul souci de « faire des piastres ». Mais là encore la superstition dominante en ce siècle si « libéral » estimait que le circuit de l'argent se régulant de lui-même, un nouvel équilibre riche des plus belles promesses ne tarderait pas à s'établir entre colonisateurs et colonisés, tous unis au bout du compte par la grande loi de labeur et de profit – de même qu'en nos climats privilégiés et pour les mêmes raisons les prolétaires finissent « naturellement » par se transformer en petits-bourgeois (avons-nous, cela dit, beaucoup changé sur ce point?). Car l'on serait mal venu de jeter la pierre à ces découvreurs illusionnés, abusés par la force toute neuve de leurs armes et de leurs outils. Un siècle de recul nous rend clairvoyants à bon compte. Quel avantage en tirons-nous? Quel avantage, surtout, en tirent ceux qui vivent de nos jours dans cet espace qu'on appelle poliment le Tiers Monde? Et qui nous dira demain, dans dix ans, dans cent ans, les fourvoiements où nous nous entêtons aujourd'hui d'un cœur tranquille, au bout desquels, encore une fois, coulera peut-être le sang innocent? Les réponses à ces questions, comme bien l'on pense, ne figurent pas dans ce livre, sinon en négatif. Il nous rappelle au moins que la lecture du monde ne saurait obéir à une grammaire univoque, et qu'à vouloir « découvrir » l'Autre, s'il n'est pas mauvais d'y mettre un œil observateur, quitte à s'encombrer au besoin de lentilles grossissantes, on ne peut faire l'économie de l'écoute.

CHANTAL EDEL
J.P. SICRE

En 1874, revenant de l'expédition du Tong-king, si malheureusement terminée par la mort de Francis Garnier, je sollicitai et obtins une mission scientifique en Indo-Chine, mission dont l'accomplissement m'était rendu plus facile par un long séjour en Cochinchine et par la nature de mes études de prédilection.

Les bulletins de la Société de géographie ont publié mes principaux rapports sur mes voyages antérieurs, commencés en 1875.

Je raconterai, cette fois, l'une de mes courses entreprises sur la rive gauche du Mékong, en février et mars 1877.

Je me suis à peu près borné à transcrire les notes que j'écrivais chaque soir dans ma solitude, en pensant au jour, bien lointain encore, où je pourrais serrer la main d'un compatriote et échanger avec lui quelques mots dans la langue maternelle.

Le docteur Harmand

PARMI LES SAUVAGES
DU LAOS

I

BASSAC
LE PRINCE DE BASSAC
LES RUINES DE WAT-PHOU

J'arrivai à Bassac dans les premiers jours de février 1877, après avoir été obligé de contourner, par voie de terre, pendant plus d'un mois, les provinces insurgées aux côtés du prince Si-Vatâh combattant son frère le roi de Cambodge.

La commission du Mékong a fait à Bassac un long séjour en 1867, et je n'ai rien de bien nouveau à dire sur cette localité. Au reste, un village laotien des bords du fleuve ne diffère guère d'un autre que par la hauteur de la berge qu'il borde, et par le plus ou moins grand nombre de cases qui le composent.

Bassac est le chef-lieu ou, comme disent les indigènes, le *meuong* d'une province assez considérable, administrée par un mandarin, aujourd'hui simple gouverneur à la discrétion de Bang-kôk. La seule chose qui le distingue de ses voisins, c'est qu'il porte le titre de *khiao* (répondant à peu près à notre mot *prince*), dignité caractérisée par la possession ou plutôt par le prêt d'une théière, d'un crachoir, d'une boîte à bétel et d'un plateau en or [1].

Il faut rendre au prince de Bassac cette justice qu'il ne fait aucune parade de ces insignes dont les autres sont si fiers, au point que l'on croirait même, à la réserve de ses manières et à sa simplicité comme à l'ombre légère de tristesse qui couvre ses traits assez fins, qu'il se souvient toujours des malheurs de sa famille et qu'il

1. A la mort du mandarin, ces insignes sont renvoyés à la cour, qui les rend à son successeur au moment de son investiture. (*Toutes les notes sont de l'auteur, sauf mention particulière.*)

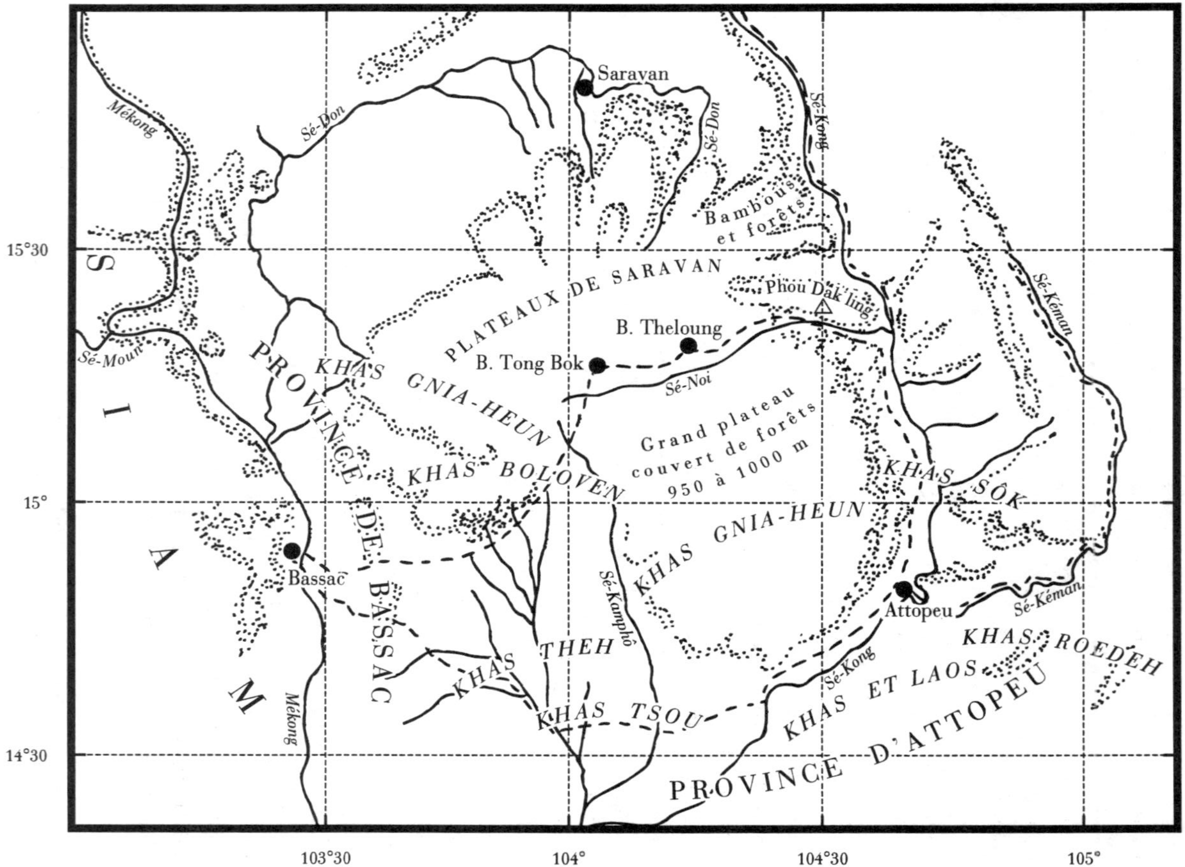

PREMIER ITINÉRAIRE DU Dr HARMAND AU LAOS DE BASSAC A ATTOPEU (février-mars 1877)

n'a pas perdu tout espoir de remonter un jour sur le trône de ses ancêtres.

C'est qu'en effet le prince de Bassac est le dernier descendant de l'ancienne famille royale du Laos, dont la capitale, Vinh-khianh (Vien-chan, suivant l'orthographe adoptée), fut prise et saccagée de fond en comble par les Siamois vers 1828, je crois. Il n'en reste plus aujourd'hui que des ruines, qui périront bientôt elles-mêmes sous les étreintes d'une végétation puissante.

Mon premier soin, en arrivant à Bassac, fut de chercher à gagner les bonnes grâces du prince. Avant de débarquer, j'envoyai deux de mes serviteurs, revêtus de leurs habits de soie des grands jours, lui offrir quelques présents que j'avais apportés à son intention. Il y avait notamment un sabre de fantaisie à fourreau de cuivre doré, sur lequel je fondais de grands espoirs. Bientôt mes ambassadeurs revinrent avec des hommes chargés de transporter mes bagages au *sala* [1] qui m'était dévolu. C'était une étroite et misérable petite case, située près de l'enceinte palissadée du meuong et exposée sans aucun abri aux rayons d'un soleil terrible et ininterrompu.

Les envoyés du prince s'excusèrent de leur mieux de ce manque de confort, en me disant que tous les salas avaient été pris par le prince d'Oubôn et par sa nombreuse suite – mais qu'il n'y en avait pas pour bien longtemps, pour *quinze jours tout au plus* –, et qu'aussitôt le « village » du roi d'Oubôn construit, on me livrerait des installations plus conformes à mon éminent mérite. Oubôn (prononcer Oubône) est le chef-lieu d'une grande province de la rive droite, gouvernée par un mandarin investi depuis une dizaine d'années du même titre que son voisin. Cette province est une des plus riches du Laos, et son gouverneur a la haute main sur plusieurs districts environnants. Le prince d'Oubôn avait été envoyé à Bassac avec les recrues levées dans sa province, sous prétexte de surveiller les agissements du rebelle Si-Vatâh – qui n'avait jamais songé à remonter si haut –, mais en réalité pour espionner le pauvre prince de Bassac, dont on n'était pas sûr, et qui du reste ne m'a jamais

1. On appelle *sala* une maison généralement isolée de celles des habitants et qui sert d'abri aux voyageurs et aux étrangers.

Départ de Bassac

Vue de Bassac

caché personnellement la haine impuissante qu'il nourrissait en son cœur contre les Siamois.

De la plate-forme de ma petite case, en me tournant vers l'ouest, ma vue embrassait tout le panorama des montagnes de Bassac, dont les grandes lignes presque régulières se découpaient sur un ciel à la fois brumeux et plein de lumière. Nous étions en pleine saison sèche, et les arbres, dépouillés en partie de leurs feuilles, jaunies par la sécheresse et le froid nocturne, laissaient partout apercevoir les lourdes assises horizontales de grès blanchâtre qui composent presque toutes les montagnes laotiennes. Derrière le village s'étend une grande plaine argileuse couverte d'eau pendant les pluies, mais ne présentant à cette époque de l'année qu'un fouillis de broussailles et de hautes herbes brûlées par les incendies, dont la fumée âcre se mêle de toutes parts aux tourbillons de poussière soulevés par le sabot des buffles.

La nuit se faisait, et les mille bruits du jour allaient s'affaiblissant pour faire place aux harmonies nocturnes du village laotien. Ce sont d'abord de grosses cloches de bois suspendues au cou des buffles et des bœufs rentrant dans leurs parcs, où se mêle le cri aigu des éléphants domestiques que l'on mène au bain et qui se laissent glisser sur la pente de la haute berge ; plus tard, on entend de toutes parts le bruit sourd des pilons à riz retombant en cadence sur les grains du mortier, soulevés par les bras des femmes et des jeunes filles. Enfin, accompagnant le bruit des instruments de musique dont les tons passent par-dessus la haute palissade du meuong, s'élèvent les chants monotones des bonzes, qui prolongent leurs prières bien avant dans la nuit.

Dès le lendemain matin, je fis prévenir le prince de ma visite, et, endossant un vieux veston d'uniforme tiré du fond d'une caisse, je me dirigeai vers la porte du meuong, d'une hauteur de près de trois mètres et percée dans une enceinte carrée de quatre-vingts mètres de côté environ formée de madriers jointifs enfoncés en terre. A l'intérieur s'élèvent des cases plus soignées que celles des particuliers. De belles poutres sans sculptures soutiennent des toits à angle aigu formés de planches s'imbriquant comme de grosses tuiles.

Au milieu de la case centrale, sur une estrade, se trouvent un grand guéridon et quelques fauteuils de velours rouge de fabrication européenne. Le long des cloisons de feuilles de palmier qui séparent les appartements sont alignés des fusils, des sabres de formes diverses et de belles lances garnies d'argent, sans doute fort anciennes. Dans un coin, sont rassemblés les éléments qui composent l'orchestre laotien : les timbales, les hautbois, les harmonicas aux lames de bois dur, les guitares, d'origine cambodgienne ou siamoise, et l'étrange instrument des sauvages, composé de longs tuyaux de roseaux décroissants et d'où ils tirent des sons sourds et mélancoliques.

Le prince, prévenu de mon arrivée, s'excusa de son mieux de m'avoir fait attendre, en me disant qu'il avait été long à trouver la chemise européenne, qu'il portait tombant librement par-dessus son langouti de soie. J'étais dépourvu d'un interprète convenable, et notre conversation se réduisit à peu de chose, passé l'échange de quelques politesses. Le prince ne manqua pas de me faire l'éloge du commandant de Lagrée et de ses officiers. Le plus vif souvenir qu'il semble avoir gardé, comme du reste la plupart des Laotiens, est celui du docteur Joubert, dont la haute taille et les soins affectueux les ont profondément frappés. Le nom du commandant de Lagrée s'est transformé suivant le génie de la langue, et peut se transcrire ainsi : kô-mang-dang Té-Laké. Plus haut, à La-khôn, les Laotiens, contractant encore ce nom célèbre, en ont fait : ko-mang-dang Té !

Je fis encore quelques cadeaux aux mandarins accroupis autour de nous et au fils aîné du prince, que son père me présenta comme âgé de huit ans, et… possédant toutes ses dents. Je fus longuement questionné sur mes projets, mais d'une façon plus discrète et plus intelligente que nulle part ailleurs au Laos. Aussi est-ce surtout à ce moment que j'ai vivement regretté l'impossibilité matérielle où je me suis trouvé de me procurer un bon interprète. A chaque instant le prince commençait une phrase, puis s'arrêtait, pour s'exclamer en riant : « A quoi bon ? nous ne pouvons nous comprendre et nous expliquer ! »

Dès le lendemain, j'avais une pirogue que j'expédiai, sous la conduite d'un de mes Annamites, à l'île de Không, chef-lieu de la province de Si-tan-dôn (« les quatre mille îles »), pour réclamer du gouverneur (*khiomeuong*) le dépôt de bagages que je lui avais confié il y avait près d'une année. Comme compensation aux ennuis que mon retard lui avait causés [1], je lui envoyai un fusil de chasse à deux coups, à silex, arme beaucoup plus appréciée que nos fusils à amorces fulminantes et que nos carabines les plus perfectionnées.

Le prince m'avait promis, sur ma demande, dix éléphants pour me rendre à Attopeu, quand mes bagages seraient de retour. J'avais demandé dix éléphants pour en avoir cinq, et je dois reconnaître que je fus étrangement surpris lorsque, quelques jours après, j'eus mes dix éléphants bien comptés.

En attendant, je me mis à la recherche des monuments visités en 1867 par le commandant de Lagrée, et désignés dans la relation sous le nom de Wât-Phou. Je me proposais seulement d'estamper les inscriptions que je pourrais y découvrir. Je ne m'arrêterai pas à décrire ces belles ruines, d'autant plus que je n'y ai rien trouvé de nouveau. La description qu'en donne le *Voyage d'exploration du Mékong* est parfaite, et je ne pouvais songer, n'ayant pas à mon service un seul homme capable de lire les divisions d'un mètre, à en lever le plan, travail difficile sur ces pentes abruptes et rocailleuses. J'avais retrouvé une belle inscription en caractères très fins et très grêles. Je résolus de l'estamper, et à cet effet je vins m'installer à la montagne, afin de ne pas perdre mon temps en allées et venues entre le village et les ruines, qui sont séparés par une distance d'une douzaine de kilomètres.

Les monuments se trouvent à l'extrémité méridionale des montagnes qui forment une ceinture derrière le village de Bassac, sur la rive droite du fleuve. La route qui y mène traverse plusieurs ruisseaux complètement à sec en février, mais aux berges creusées à pic dans un sol aride tout couvert de bambous épineux. Les broussailles sont séparées par de vastes clairières incultes ou transformées en rizières. De petites cases disséminées ou de pauvres villages

1. Un an auparavant, j'avais été forcé, par des circonstances de force majeure, de redescendre à Saigon ravitailler mon matériel et mon personnel et conduire les collections recueillies dans mes explorations. M'imaginant pouvoir effectuer mon retour au Laos par la voie du fleuve, dans le plus bref délai possible, en deux mois et demi à peu près, j'avais laissé toutes mes caisses à la garde du gouverneur de l'île de Không. L'insurrection de Si-Vatâh et les ordres formels que je reçus après un combat que je dus livrer aux rebelles retardèrent mes projets et me tinrent en suspens durant de longs mois, que j'employai de mon mieux à parcourir les contrées les plus sauvages de la Cochinchine.

se dressent de loin en loin. Des troupeaux de buffles efflanqués vaguent à l'aventure, à la recherche d'une nourriture problématique.

L'aspect des plaines laotiennes à la fin de la saison sèche est vraiment horrible. Tout est jaune, couvert de poussière, ou noirci par la fumée ou les cendres encore chaudes des incendies. Les fleurs innombrables et d'un rouge de feu des *Buteas* et des *Erythrines* dépouillées de feuilles, augmentent encore, s'il est possible, au lieu de la dissimuler, cette apparence de sécheresse absolue. Çà et là cependant, au milieu des broussailles, apparaissent les belles fleurs bleues de cette jolie liane si commune dans toute l'Indo-Chine, le *Thumbergia Cochinchinensis*, ou les touffes éclatantes d'un vieux *Sarraca* au tronc court et noueux.

En approchant du pied des montagnes, on trouve les vestiges de deux de ces immenses étangs qui annoncent immanquablement le voisinage de quelque ruine. Plus loin, un bassin plus petit bordé de beaux arbres et gardant encore depuis des siècles une eau limpide, ressource précieuse pour les habitants des environs, qui envoient de bien loin leurs filles rieuses remplir matin et soir leurs paniers coniques enduits de résine. A ma vue, toutes s'enfuient au plus vite, laissant là leur lourde charge et sans regarder en arrière. Il ne s'agit pas de penser aux saules du poète, et leur effroi n'est pas joué.

Séduit par l'aspect admirable du site, j'avisai une de ces petites cases que les Laotiens aiment à élever, dans les endroits déserts et pittoresques, en l'honneur des génies qui seuls les fréquentent. J'ignorais alors qu'en choisissant cette maison pour m'y installer, j'accomplissais aux yeux de mes porteurs un acte d'une témérité inouïe. De tous les hommes qui m'accompagnaient, pas un n'eût consenti à y passer la nuit, et, le lendemain, je fus averti qu'en persistant à y dormir, je m'exposais aux plus terribles maladies. Voyant mon indifférence complète à cette nouvelle : « On a bien raison, disaient-ils, de raconter que ces Français n'ont peur de rien ! » ; et ils venaient me demander en secret, les uns après les autres, de leur donner quelque peu du philtre que je buvais pour être si brave. « Réponds, disais-je à l'interprète, que je ne puis en donner, car je n'en ai plus depuis bien longtemps. Ce philtre-là, c'est le lait de nos mères ! »

Estampage d'une inscription dans le sanctuaire de Wât-Phou

Je passais là mes soirées, et dès le jour, gravissant les degrés sculptés qui mènent aux ruines, j'allais à mon inscription, avec mon papier, mes brosses et ma colle. Vers midi, je voyais arriver deux Laotiens portant dans un panier mon déjeuner et celui de mes Annamites, déjeuner qui se composait invariablement d'œufs et d'un poulet étique au cary, et d'une assiette de riz. Ensuite, pendant que mon estampage essayait de sécher sous l'ombre épaisse du sanctuaire abandonné, je parcourais la montagne à la recherche des plantes et des arbres en fleurs ou en fruits qui devaient augmenter les richesses de mon herbier, capturant et tuant sans pitié les lézards, les serpents, les insectes, les oiseaux qui commettaient l'imprudence de se montrer à mes yeux.

Cependant, nous étions déjà au milieu de février et je ne voulais pas retarder mon voyage à Attopeu. Mes bagages étaient arrivés de l'île de Không dans un état de conservation plus complet que je l'aurais jamais supposé. Il ne me restait plus qu'à partir.

II

LE PRINCE D'OUBÔN
LA CHASSE AUX SAUVAGES

Une heure après mon retour au village de Bassac, je recevais la visite inopinée du prince d'Oubôn, qui jusqu'alors, s'imaginant sans doute que j'irais à lui le premier, ne m'avait pas donné signe de vie. Mais le soin de sa grandeur avait fléchi devant l'aiguillon de sa curiosité, et il s'était décidé, en fin de compte, à venir voir la mine du *Falang* [1], avec l'espérance de lui extorquer quelque cadeau, car le bruit de mes libéralités à l'égard du prince de Bassac s'était bien vite répandu avec les exagérations dont les Asiatiques sont si prodigues.

1. *Farang* (où l'on reconnaît la racine Franc) est en siamois le mot, assez flatteur pour notre vanité nationale, par lequel les Laotiens désignent tous les Européens en général. Le peuple, et même l'immensité des mandarins, ne font aucune distinction entre les diverses nations européennes et les confondent entièrement.

L'entrevue fut des plus froides. Ce prince d'Oubôn est un Laotien qui a la prétention d'avoir pris dans les quelques voyages qu'il a faits à Bang-kôk les belles manières de la cour et les usages européens. Il en résulte une vanité et une outrecuidance qui seraient du plus haut comique, si elles n'étaient en même temps agaçantes au-delà de tout ce qu'on peut imaginer. La conduite pleine de tact et de réserve de son collègue de Bassac me le rend encore plus odieux. Il touche à tout, veut voir tous mes instruments, toutes mes armes ; encore un peu, il ouvrirait mes caisses lui-même. Je lui refuse de la façon la plus sèche tout ce qu'il me demande ; ma mauvaise humeur et le ton de mon langage suivant un crescendo rapide, il finit par déguerpir, sans que je daigne seulement faire un pas pour l'accompagner.

Je ne manquai pas de raconter le soir même au prince de Bassac les incidents de la visite que je venais de recevoir, en accompagnant mon récit d'une leçon de *civilité puérile et honnête* à l'usage des fonctionnaires laotiens, sachant bien qu'aucune de mes paroles n'était perdue, et qu'elles étaient bien vite portées à leur adresse.

Pour être plus sûr de moi, et surtout de la traduction de mes interprètes, j'avais pris le parti de faire, avant chaque visite un peu importante, une sorte de répétition générale, dans laquelle je distribuais les rôles à mes Annamites. Je parle en effet l'annamite assez imparfaitement, et j'étais obligé de me servir de deux pseudo-interprètes, dont l'un ne disait que quelques mots de français, et dont l'autre, élevé à Bang-kôk, parlait un annamite peu intelligible, un siamois incorrect, et ne comprenait de surcroît que difficilement le laotien. On voit d'ici les coq-à-l'âne, les non-sens, les contresens innombrables qui surgissaient à chaque instant. Rien que d'y penser, j'en frémis encore d'impatience en traçant ces lignes.

Je faisais répéter à chacun d'eux cinq ou six fois la même phrase, en lui demandant ensuite de me réciter ce qu'ils avaient entendu. Je supposais les réponses probables des mandarins, et je disais, reprenant encore plusieurs fois mot par mot mes phrases : « Dans tel cas je te dirai ceci. – Oui, capitaine [1] ! – Tu as bien compris ?– Oui, capi-

1. Dans notre colonie de Cochinchine les indigènes ont pris l'habitude d'appeler capitaine tous les officiers sans distinction, quel que soit leur grade ou le corps auquel ils appartiennent.

Réception chez le prince d'Oubôn

taine ! – Eh bien, répète-moi ce que je t'ai dit... » Impossible d'en tirer un mot, tout était à recommencer. Quelle misère !...

Le prince de Bassac m'apprit, pour cette fois, que toutes les provinces que j'aurais à traverser en remontant le fleuve dépendaient du prince d'Oubôn, et j'en conclus naturellement qu'il voulait me faire comprendre d'être politique à son égard.

Le lendemain, je fis mes préparatifs de départ pour Attopeu, n'emportant que l'indispensable pour un voyage qui, dans mes prévisions, ne devait pas dépasser un mois. Je dus aussi aller rendre des visites de cérémonie aux différents mandarins de quelque importance du village, notamment au frère du prince, qui est *hom-bahât* (deuxième mandarin) de la province. Pour se rendre à la maison qu'il habite, il faut remonter jusqu'à l'extrémité nord du village, en suivant un sentier en dos d'âne bien entretenu, compris entre deux fossés présentant de petits caniveaux de place en place pour l'écoulement des eaux. Tous ces travaux d'utilité publique n'existaient pas lors du séjour des membres de la commission d'exploration du Mékong, et j'ai lieu de croire que les critiques sur la viabilité de Bassac n'ont pas été sans influence sur cette transformation, légère en apparence, énorme en réalité.

Le frère du prince est un gros Laotien d'apparence massive, à la face joviale et bourgeonnée, mais gardant comme celle de son auguste parent des traces non douteuses de sang sauvage. Il semble avoir abandonné les visées ambitieuses qu'il confiait jadis à mes prédécesseurs, et ne songe plus qu'à bien vivre : car les soucis de l'administration ne sont guère pesants au Laos. Il me raconta de la façon la plus ingénue qu'il comptait bientôt faire un voyage sur la rive gauche pour aller « donner la chasse » aux Khâs. Le mot *khâ* désigne en langue thaï tous les sauvages en général. Sans perdre mon temps à lui faire une morale inutile ni lui laisser voir toute la pitié mêlée de dégoût que m'inspirait son langage, je m'amusai à le faire causer sur ce genre d'opération.

Il paraît que lorsque les temps sont durs, que la rentrée de l'impôt n'a pas été fructueuse, qu'une épizootie a sévi sur les buffles ou sur les éléphants, en un mot qu'il faut se « remonter un peu », les mandarins laotiens organisent des expéditions contre les sauvages. On va donc, sous un prétexte quelconque, établir un camp dans un endroit favorable, et de là on rayonne sur les villages que l'on espère cerner ou surprendre : c'est, à la lettre, une véritable chasse. Les sauvages n'habitent que de faibles hameaux composés de quelques cases, et ils n'ont aucun moyen de résister par la force à l'attaque d'hommes nombreux et armés de fusils.

Il faut ajouter que ces razzias ne se font d'ordinaire que contre les sauvages indépendants, ceux qui ne reconnaissent pas l'autorité des chefs laotiens ni n'acquittent aucun tribut. Cependant j'ai pu voir que cette sorte de convention par laquelle les sauvages consentent à aliéner une partie de leur indépendance pour conserver sains et saufs leurs femmes, leurs enfants et leur propre personne, est loin d'être toujours respectée; et les malheureux Gnia-heuns, par exemple, à quelques lieues de Bassac, manifestent la plus grande crainte à l'égard du prince, et ne veulent, pour rien au monde, sortir de leurs forêts et s'éloigner de leurs villages perdus.

Quand le nombre de captifs de tout âge et de tout sexe paraît suffisant, on les mène chargés de liens à Bassac, à Stung-Treng, à Attopeu; des marchands indigènes ou des Chinois, mais surtout des Malais du Cambodge, les achètent pour en former des convois, qui sont expédiés principalement à Bang-kôk, à Korât et à Phnôm-penh.

16 février. – Malgré toute l'antipathie que je ressentais pour le khiao d'Oubôn, je dus me décider à aller le voir. Je le fais, suivant l'étiquette, prévenir de ma visite, afin de lui laisser le temps de sortir toute sa friperie européenne, et de passer les magnifiques bas bleus dont il est si fier.

Il me reçut sur un beau tapis de France, sous un vaste hangar établi le long du fleuve à son intention, et qui me faisait bien envie : car dans le petit sala où j'étais confiné, au milieu de l'amoncellement de mes caisses, j'étouffais presque, bien que la température fût agréable au-dehors [1].

Il continua d'abord ses airs d'important politique, en me disant qu'il avait lu dans les journaux de Bang-kôk que les Français étaient en guerre avec les Anglais. Ce que je démentis formellement,

1. Minima de la nuit, 16°, maxima du jour, 29°5.

attendu qu'il ne pouvait avoir de nouvelles beaucoup plus fraîches que les miennes [1]; j'ajoutai même que si les Anglais avaient la guerre avec quelqu'un, ce n'était pas avec nous, mais avec les Russes. Cette nationalité lui était, pour le coup, totalement inconnue, malgré ses efforts pour faire l'homme entendu.

Il me parla ensuite, dans une intention méchante, et rendu très avantageux par ce qu'il était censé savoir, de notre lutte malheureuse avec les Allemands. Je commençais à sentir une furieuse démangeaison de lui faire comprendre qu'il faisait fausse route et de ne pas oublier à qui il s'adressait. L'occasion ne se fit pas attendre. Je l'entendais parler de moi avec un de ses courtisans, qui se servait, en me désignant, du terme « Khôn Falang », l'homme français ! Je me levai brusquement, et je marchai vers l'insolent, qui jugea prudent de fuir de toute la vitesse de ses jambes, entraînant avec lui toute la mandarinaille et tous les porteurs de boîtes et de crachoirs qui s'étalaient sur les nattes. Satisfait de ce résultat, je me retournai vers le prince, et je le prévins qu'à l'avenir je ne supporterais pas un pareil manque d'égards, fût-ce de sa part à lui, sans le châtier immédiatement, et que j'espérais qu'il allait au plus tôt faire appliquer à son esclave une correction méritée.

J'étais forcé d'agir ainsi. Ces gens ne connaissent que la force, et il est nécessaire de leur en imposer d'une façon quelconque. Mes passeports étaient des plus modestes ; ma situation était loin d'être rehaussée par l'appareil piteux de ma faible suite et par mes vêtements déjà fort avariés. Je me trouvais dans des conditions bien plus difficiles que la mission du Mékong. Du reste, ce qui prouve que j'avais trouvé le bon moyen, c'est qu'à partir de ce moment le prince, après m'avoir présenté les excuses convenables, se montra infiniment plus réservé. J'y mis alors, comme on dit, un peu du mien, et la glace se trouva bientôt tout à fait rompue.

On me fit passer en revue les armes des râteliers, qui étaient de bons fusils rayés de fabrique anglaise, de belles lances, des sabres de tous les modèles. Le prince me pria de choisir dans son arsenal l'arme qui me ferait le plus de plaisir. Je refusai, ayant pris pour principe de ne jamais accepter des autorités rien autre chose que

1. Mes dernières nouvelles de France remontaient à octobre.

des hommes et des moyens de transport; mais alors, pour reconnaître ce bon procédé, j'envoyai chercher une carabine et six cents capsules, et je lui en fis cadeau. Toutefois je dus encore subir la corvée d'expliquer l'usage de la hausse pendant une heure de temps. Inutile d'ajouter qu'au bout de ma « théorie » l'auditoire n'en savait pas plus qu'avant, et que tous mes efforts pour faire comprendre, avec force figures sur le sable, qu'une balle suivait une courbe et non une ligne droite furent tenus pour de purs mensonges par les plus fortes têtes des deux cours réunies.

17 février. – J'achève mes préparatifs de départ. Sur la prière du prince de Bassac, chez lequel je devais faire un dépôt pendant mon absence, je dus mettre sur toutes mes caisses des scellés à mon cachet, et compter devant un de ses mandarins la somme d'argent que je lui confiais.

Cet affreux gouverneur d'Oubôn, mon cauchemar, vient encore à la rescousse. Depuis la veille il m'a pris en affection; mais quel genre d'affection insupportable ! Au milieu de ses démonstrations d'amitié pour les Français en général et pour moi-même en particulier, il continue à manier mes ustensiles et mes instruments de la façon la plus inquiétante. Il prend ma montre, l'ouvre et examine le mouvement avec cet air sérieux d'un singe qui regarde un miroir. Voyant un thermomètre : « Ah ! je sais ce que c'est. Ça monte quand il fait froid, et ça descend quand il fait chaud. » Je le complimente sur ses connaissances scientifiques, et je lui parle des explorations futures que j'allais faire dans ses nombreuses provinces. C'était là que je voulais en venir. Il me cite orgueilleusement tous les gouverneurs qui dépendent de lui et m'offre, sans même que j'aie la peine de les lui demander, des lettres pour tous ses subordonnés. Je le prends au mot, et le prie de prévenir par avance le gouverneur de La-khôn, afin qu'il me fasse préparer des camps dans les montagnes, et qu'il me fournisse des guides et des hommes pour passer au Tong-king méridional. En revanche, je dus encore me laisser mettre au pillage, et pousser la faiblesse jusqu'à lui promettre, sur ses supplications réitérées, une grande carte du Laos, avec tous les villages et étapes de Bassac à Bang-kôk, itinéraire que j'ignorais et que j'ignore encore de la façon la plus absolue.

III

DÉPART POUR ATTOPEU
LES ÉLÉPHANTS – LES PREMIERS SAUVAGES

18 février. – On m'avait promis que j'aurais de grand matin des pirogues et des hommes pour me passer sur la rive gauche, où je trouverais mes éléphants tout préparés ; mais il ne faut jamais être pressé dans ce pays, où l'homme semble si complètement ignorer la valeur du temps. Ce n'est pas pour eux qu'a été écrit l'aphorisme : *Vita brevis, ars longa*... ; et si la patience pouvait s'emmagasiner, fût-elle deux fois plus lourde et plus encombrante que le papier à herboriser, ce qui est cependant tout dire, je conseillerais à mes successeurs d'en emporter de nombreuses caisses.

Que faire en attendant ? Voici l'heure du repas qui approche. Voilà le soleil qui darde ses rayons les plus chauds. La journée est presque perdue quand on se décide à se mettre en chasse, à la recherche des animaux et des plantes.

19 février. – Cette fois, malgré les expériences si nombreuses et si souvent répétées que j'ai pu faire, le prince de Bassac m'a si bien promis hier que tout serait prêt au jour, que je l'ai cru. Depuis quatre heures du matin, je suis debout, harcelant tout mon monde.

Hélas ! faut-il encore assister à la même répétition d'attente vaine ? Mais non – vers sept heures du matin, on m'annonce enfin l'arrivée d'une grande pirogue, avec ses pagayeurs qui viennent, tout frissonnants du froid matinal (15°), se tapir dans les cendres de mes feux mourants, avant de se décider à charger les caisses sur les épaules. C'est l'heure où le village se réveille. Voici les processions des bonzes, qui se suivent à la file indienne, la robe jaune toute gonflée par la marmite monacale.

Devant la porte de chaque case, une jeune femme les attend dévotement, et, plongeant la cuiller en noix de coco dans le riz fumant qu'on vient de préparer, remplit la vaste cavité que lui présente le prêtre à la tête rasée. Voici les jeunes filles, parées des fleurs toutes fraîches du champak, de l'hibiscus ou du jasmin, qui s'en vont orner les autels du Bouddha Samonocodom. Heureux bonzes !...

Mes hommes sont peu enthousiastes de ce départ. Mon préparateur chinois A-hoï surtout voudrait bien s'en aller ailleurs... Deux des Annamites sont malades, l'un très réellement de la fièvre depuis plusieurs jours, l'autre seulement de peur. Les Laotiens, et surtout, je crois, les Laotiennes, leur ont fait une peur effroyable d'Attopeu, qui jouit dans tout le Laos d'une réputation d'insalubrité extrême. « Jamais, me dit A-hoï, on n'a vu un Chinois revenir d'Attopeu » ; et, en soupirant sur son triste sort, il s'embarque dans la pirogue, prenant immédiatement ses dispositions pour faire un bon somme, en attendant sa mort prochaine.

Les eaux du Mékong coulent tranquillement au pied d'une berge à pic de douze mètres de hauteur, couronnée de cases, de miradors en surplomb, croulant sous le poids de la foule qui venait assister à mon départ.

Avant de descendre la longue et glissante échelle de bambou qui mène à ma pirogue, j'admire ces belles montagnes qui forment le fond du tableau du côté du soleil levant et qui se terminent au pic de Lagrée. C'est la barrière du grand plateau que mes prédécesseurs n'ont pu visiter, et que, par renseignements, ils ont indiqué sur leurs cartes comme volcanique et désert. Je me propose de tout faire pour le traverser, dans l'espoir que les forêts qui le couvrent me fourniront, eu égard à leur altitude, de belles récoltes en plantes et en animaux.

On me fit longer la berge plate de la grande île, qui partage le fleuve en deux bras inégaux, et que les Laotiens appellent Dôn-Deng (l'île rouge). Nous abordâmes la rive gauche au-dessous de la pointe sud de l'île, auprès d'un petit sala. Aux alentours tintaient les clochettes de bois des éléphants, qui commettaient sans pitié toutes sortes de dévastations dans les vergers du hameau.

Sauvages et Laotiens se servent également de l'éléphant, qu'ils savent réduire en fort peu de temps. Quant au dressage complet, c'est une affaire infiniment plus compliquée et qui demande des années entières.

Les indigènes se procurent leurs éléphants surtout par la chasse, dont les procédés varient beaucoup suivant les localités; mais la reproduction à l'état domestique leur fournit aussi bon nombre d'élèves estimés.

Je demanderai la permission de ne pas m'étendre sur l'intelligence et la sagacité si connue de ces singuliers animaux, et sur leur docilité telle, comparée à leur puissance et à la nôtre, que l'on croirait volontiers que s'ils consentent à nous prêter leur aide, c'est par un sentiment de pitié pour l'humaine faiblesse. Si tous les voyageurs ont parlé de l'intelligence merveilleuse de ce gigantesque survivant d'une faune disparue, et si l'on a pu pousser l'exagération jusqu'à prétendre qu'il était doué de sentiments de pudeur et de religiosité que n'ont peut-être pas tous les hommes, on a, en revanche, passé sous silence les preuves innombrables de sa stupidité. La première n'est-elle pas (pour abandonner ma métaphore de tout à l'heure) de voir l'éléphant obéir à un sauvage malingre, juché sur son cou massif, et qui, à première vue, moins intelligent que sa monture, le mène cependant à son gré, lui faisant souffrir à propos de tout et de rien des souffrances inimaginables, lui perçant, lui lacérant la peau du crâne à coups redoublés d'une sorte de gaffe aiguë, ou simplement à coups de coutelas, par la pointe, le dos ou le tranchant, suivant son caprice ?

Et comme il est craintif et peureux ! Presque toutes les fois que je me suis servi d'éléphants, je me suis vu obligé de faire tenir en laisse, derrière la caravane, mon fidèle compagnon, mon chien, qui ne comprenait rien à ma conduite. Mais les instincts de naturaliste de mes éléphants n'étaient pas, du moins il faut le croire, assez développés pour reconnaître un chien dans cet animal à longs poils, à queue touffue, à oreilles pendantes, à la robe bariolée, très différent, en somme, du chien indigène, et sitôt qu'ils l'apercevaient, c'était une débandade générale de la colonne avec accompagnements de cris terribles, que les coups de crochet ne parvenaient plus à calmer.

Avec ses défauts et ses qualités, il n'en est pas moins vrai que l'éléphant, rend, dans ce pays, de si grands services que le Laotien ou le sauvage ne saurait se passer de lui. Avec l'éléphant, nul besoin de s'inquiéter de la route : si le sentier cesse d'être frayé, ou si même il n'existe plus, c'est l'éléphant lui-même qui le tracera, en abattant en un clin d'œil les arbres que son maître lui désigne, arrachant, tordant, brisant toutes les lianes et les bambous qui s'opposent à son passage et à celui de sa charge, dont il a appris, aux dépens de la peau de son crâne toujours, à mesurer exactement la hauteur et la largeur. Avec lui on se passe de ponts comme de routes, et il sait gravir et descendre des pentes où une chèvre serait embarrassée.

Le harnachement de l'éléphant laotien est primitif au plus haut degré, et il faut l'insouciance absolue de l'indigène pour n'avoir pas, depuis des siècles, songé à perfectionner cet attirail, tout à fait dépourvu de confortable, hélas!... On place sur le dos de l'animal, protégé par une couche d'écorces battues ou par des peaux de cerfs et de buffles, une sorte de bât qui vient s'emboîter, par sa concavité, dans l'épaisse crête formée par les vertèbres dorsales, et qui supporte par en haut une étroite plate-forme rectangulaire de quatre-vingts centimètres de long sur cinquante de large environ. C'est sur cette banquette, recouverte d'une natte en même temps rugueuse et glissante, que doit se placer le pauvre voyageur, au grand détriment de son épiderme, rapidement excorié par les frottements énergiques et répétés qui se produisent à chaque pas. De plus, quelle que soit la position que l'on se décide à adopter, après de longs essais, tous plus infructueux les uns que les autres, il y a toujours quelque morceau de bois ou quelque corde de rotin qui vient vous meurtrir à un endroit ou à un autre. Comme le dit le spirituel auteur du *Voyage de Saigon à Bang-kôk* [1] : « Pourvu que l'on ne soit ni assis, ni couché, ni debout, ni n'importe comment, on peut se déclarer très satisfait de sa situation. » Cet appareil est recouvert d'une sorte de dôme disgracieux, mais à la fois solide, léger et résistant, fait de rotin tressé, qui protège le voyageur contre la pluie ou le soleil, et surtout contre les épines, contre les lianes flottantes et les invasions cuisantes des nichées de fourmis rouges arrachées aux feuillages touffus des broussailles et des arbres.

Tout cet attirail est fabriqué à coups de coutelas et de hachette, chevillé de bambou, relié par des lianes tordues, sans qu'il y entre un atome de fer. Une sous-ventrière en gros rotin, passant derrière les membres antérieurs et les mamelles (pectorales, comme on sait),

1. M. Brossard de Corbigny (*Revue maritime et coloniale*).

Rencontre d'un troupeau d'éléphants sauvages

fixe le tout d'une façon à peu près solide, pourvu que la charge soit bien équilibrée. De plus, pour les montées et les descentes, souvent incroyablement abruptes, des liens de rotin passent sur le poitrail et sous la queue. Les éléphants de charge n'ont sur le bât qu'une sorte de grand panier rectangulaire, ou simplement, surtout chez les sauvages, quatre crochets de bois, accouplés deux à deux.

Et ce n'est pas une petite affaire que de se jucher sur cet étrange monument ! C'est toute une gymnastique nouvelle à acquérir, malgré la bonne volonté que met l'éléphant lui-même à faciliter l'accès de la machine, en vous présentant poliment le pied, qu'il relève tant qu'il peut sous votre poids. Pour ne pas prêter à rire à l'assistance et afin de sauvegarder ma dignité, je me faisais toujours à chaque départ hisser par deux Laotiens tenant un bâton horizontal sur lequel je posais les pieds, et qu'ils élevaient à hauteur suffisante en soufflant comme des geindres. Du reste, autant que possible, je marchais à pied, comptant mes pas et écrivant plus facilement ma route et les indications de ma boussole.

L'arrimage de mes bagages fut une besogne des plus compliquées ; les Laotiens, habitués à voyager avec des paniers cylindriques, ne comprenaient rien au maniement de mes caisses, et ne savaient comment les placer sur les bâts. Il fallut bien perdre près de deux heures avant de parvenir à un résultat satisfaisant pour les bêtes et pour les gens, d'autant plus que beaucoup d'éléphants avaient peur de la forme et de la couleur insolite de leur chargement, et s'éloignaient chaque fois qu'on leur présentait ces objets inconnus. Enfin tous ces longs préparatifs – qui font une bonne partie des ennuis du voyageur, avare de son temps –, étant enfin terminés, la colonne se met en route, les éléphants marchant à la file indienne de leur pas flegmatique et mesuré, précédés des guides indispensables.

En quittant la rive gauche du fleuve, on traverse d'abord des rizières médiocres, entièrement desséchées. Ensuite le sentier devient raboteux et inégal, serpentant au milieu de blocs innombrables de structure volcanique, brisés tous à angle presque droit : on dirait les débris de quelque monument cyclopéen. Ces roches forment de petits mamelons couverts d'une vilaine forêt, presque entièrement dépouillée de ses feuilles. Mais au fond des nombreuses dépressions qu'ils enserrent, on aperçoit des bassins naturels, presque pleins encore d'une eau limpide, encadrés d'une végétation admirable, et que l'aridité générale rend encore plus douce à l'œil.

A mesure que l'on avance, le sol s'élève légèrement en longues collines basses, parallèles au fleuve. La forêt s'épaissit et devient magnifique. Par malheur, il souffle sur nos têtes une brise violente et froide qui agite les arbres, faisant tomber à chaque instant de grosses branches qui se brisent avec fracas sur les roches ; et même des arbres tout entiers, morts sur pied de vieillesse, s'écroulent subitement, entraînant dans leur chute toute la jeune forêt qu'ils avaient longtemps protégée de leur ombre.

A un moment, la situation devint positivement dangereuse, et je reçus sur le dôme de rotin qui m'abritait une longue branche qui le perça complètement sans m'atteindre. Nous dûmes faire halte quelque temps dans une petite clairière marécageuse, à la grande joie des éléphants, cherchant et triant avec habileté les touffes d'herbes les moins desséchées.

Après avoir traversé une autre ligne de collines boisées, je m'arrêtai, à la nuit tombante, à un hameau nommé Tien-ngông, composé de quelques cases. Les habitants ont la prétention d'être de purs Laotiens ; mais il n'est pas difficile de voir qu'ils sont fortement métissés de Khâs.

Il fait froid, et je grelotte sous mes minces vêtements.

Sitôt à l'arrêt, on décharge complètement les éléphants, qui sont entravés au moyen du large anneau de rotin que chacun d'eux porte suspendu au cou pendant la route, et auquel il tend docilement ses gros pieds l'un après l'autre. Après quoi, ils s'en vont cahin-caha s'enfoncer dans les broussailles voisines. Pendant ce temps, on complète mon installation nocturne. Mes serviteurs étaient bien dressés à leur rôle, et tout se faisait en un clin d'œil, grâce au principe de la division du travail : pendant que mon Chinois, après avoir graissé soigneusement toutes mes armes, se met à dépouiller sous mes yeux les animaux que j'ai tués pendant la route du haut de mon observatoire, l'un des Annamites met en herbier les échantillons botaniques glanés sur mes indications et portés par un homme à pied dans une hotte de sauvage ; le cuisinier – quel cuisinier ! ô Vatel !... – enfonce en terre une série de pieux verts qui vont supporter les marmites et allume ses feux ; enfin mon quatrième serviteur déploie la petite table à charnière qui sert de couvercle à l'une de mes caisses et l'établit sur quatre fourches coupées auprès du village. C'est là que je m'assois aussitôt, m'occupant immédiatement à « faire ma route » et à mettre en ordre mes notes de la journée, en attendant le riz et l'inévitable poulet maigre qui vont constituer mon repas du soir, et ceux du lendemain comme ceux de la veille.

20 février. – Réveillé de bonne heure par un froid tout à fait extraordinaire. Le thermomètre placé près de moi indique 8°6. Séduit par l'aspect des collines de l'ouest remplies de gibbons qui font entendre de toutes parts leurs cris plaintifs et si singulièrement modulés, je me mets en chasse au lieu de donner le signal du départ. Le Laotien à peine vêtu qui m'accompagne souffre, chose singulière, moins du froid que moi-même, en traversant les fourrés tout mouillés par la rosée nocturne.

Nous nous enfonçons dans la forêt. Il faisait encore à peine jour. Au bout de cinq minutes, arrêté par des broussailles épaisses, j'entends du bruit dans un marais voisin. Croyant trouver des cerfs ou des bœufs, je m'avance en rampant, lorsque le Laotien me dit à voix basse, avec l'accent de la frayeur, et tout pâle sous son teint de cannelle :

– Seigneur, ce sont des éléphants, des éléphants sauvages !

Je ne voyais rien encore ; mais en avançant de quelques pas dans le plus grand silence, j'aperçus, en effet, à la faveur d'une éclaircie, à vingt pas de moi, cinq éléphants, dont un seul s'ornait de superbes ivoires. Ils avaient du reste l'air très calme, et leur défiance n'était nullement éveillée. N'étant armé que d'un faible fusil de calibre seize, je n'osai tirer ; mais pour m'amuser à effrayer davantage mon guide, je couchai les éléphants en joue. A cette vue, le malheureux se mit à fuir, faisant craquer les branchages, et je suivis son exemple, sans attendre davantage les événements.

Si je raconte ici cet incident, c'est pour pouvoir ajouter que c'est la première fois depuis le début de mon voyage que je rencontre, en plein jour, les éléphants. On s'imagine volontiers, en Europe, que les voyageurs se trouvent à chaque instant en présence des tigres, des éléphants, des rhinocéros, et autres habitants des forêts. C'est une erreur, et il est au contraire très difficile de les trouver, même lorsqu'on les cherche. Tous ces animaux fuient l'homme, sachant bien, par la longue expérience que les générations antérieures leur ont transmise sous forme d'instinct, que l'homme est leur plus dangereux ennemi. Les éléphants en particulier, chose qui semble bien difficile à admettre, quand on ne l'a pas vu comme moi, savent se dissimuler, lorsqu'ils sont surpris, avec une habileté merveilleuse. Ils s'éloignent sous le fourré sans faire seulement craquer une feuille sèche sous leur poids énorme, et l'on ne peut se douter de leur présence qu'à leurs traces tout à fait fraîches, imprimées dans le sable d'un sentier où l'on a passé cinq minutes auparavant, sans en avoir vu une seule.

Et le tigre ! Pendant tout le temps qu'a duré mon voyage, et avec les nombreuses chasses que j'ai faites, le plus souvent absolument seul dans la forêt, je ne l'ai rencontré qu'en deux circonstances ; et encore, la première fois que j'ai eu cette émotion, toujours désagréable, quoi qu'on dise, j'avais passé à côté de lui sans le voir ; c'était dans une clairière de hautes herbes à moitié incendiées, et ce ne fut qu'en me retournant à l'exclamation du Cambodgien qui me suivait, que je me trouvai nez à nez avec un tigre magnifique. Je tirai, d'instinct. Je dus sans doute le blesser ; mais les herbes épaisses s'étaient refermées sur lui, et je n'en entendis plus parler.

On voit que tous ces dangers ont été bien exagérés. Il faut, de plus, ajouter que si les bêtes féroces ont déjà peur des indigènes, elles doivent se défier encore bien plus de cet étrange animal qu'elles n'ont jamais vu, l'Européen, à la peau blanche, à la barbe fournie, vêtu d'un habillement extraordinaire à leurs yeux. En sorte que si l'on prend la précaution de se faire suivre d'un indigène, on n'a pour ainsi dire plus rien à craindre. Ce n'est pas à dire cependant que les tigres, les panthères, les éléphants, etc., ne soient très communs. On marche constamment sur leurs traces de la nuit et du matin, et l'on finit par ne plus se préoccuper le moins du monde de leur voisinage. Il ne faut pas oublier non plus, en ce qui concerne surtout le tigre et la panthère, que le gibier est si abondant et si facile à surprendre que c'est une chance de plus pour qu'il n'arrive rien de fâcheux à l'homme.

Nous partons à neuf heures et demie. L'aspect du paysage a encore changé. Ce sont maintenant de vastes clairières plates et marécageuses, séparées par des portions de forêt aride. Les grands marais presque à sec que nous traversons nourrissent une quantité considérable de sarcelles, d'ibis, d'anastomes, de tantales, et plusieurs espèces de cigognes. Le terrain est moins irrégulier, et vers le nord s'élève la masse sombre de cette belle montagne conique que les Laotiens appellent Phou-Pong, et que nous saluons aujourd'hui sous le nom de pic de Lagrée. Çà et là se déroulent de grands bancs de roches nues où ne croît qu'une belle orchidée à fleurs roses d'un effet admirable sur ce fond noir et sauvage.

Vers le soir, la route (le sentier, veux-je dire) redevient très difficile pour les éléphants, et je consens, après avoir subi longtemps les jérémiades de mes cornacs, à m'arrêter auprès d'un grand marécage où se trouvent quelques maisons qui forment le village de Salay.

21 février. – Il fait encore presque aussi froid que la veille (9°8). Cette température est cependant très normale, au dire des indigènes ; j'en suis d'autant plus étonné que nous ne sommes pas à plus de vingt-cinq mètres au-dessus du niveau de la mer.

J'ai déjeuné à la hâte dans une jolie clairière où croupit un peu d'eau verdâtre et puante dans une mare qui sert de rendez-vous nocturne à tous les hôtes de la forêt. On a beau faire, la clarifier avec de l'alun, la faire bouillir ensuite, il lui reste toujours une odeur atroce, qu'elle communique au riz et à tous les aliments.

La marche du soir a lieu sous le couvert presque ininterrompu d'une belle forêt, sur un sol légèrement ondulé. Nous croisons bientôt, dans le lit d'une rivière à sec, le Oué-Kheua (rivière au sel), les premiers vrais sauvages. Vêtus d'un collier de verroterie et de coquillages, et d'un morceau de cotonnade large comme la main qui fait le tour de la ceinture et passe entre les cuisses, ils ont l'air hébété, doux et craintif. Je m'évertue, mais en vain, à les appeler pour leur faire quelques cadeaux qui fonderaient ma réputation dans le pays : ils détalent comme des lièvres et vont se cacher au plus épais des broussailles.

Quittant le lit du Oué-Kheua, je me trouvai bientôt sur le bord d'une jolie rivière, le Sé-Kamphô, profondément encaissé dans ses berges de sable jaune. Les éléphants descendent obliquement, en se laissant glisser sur la pente (et dans ces circonstances, il est prudent de s'accrocher solidement aux supports de la cage, penchée à quarante-cinq degrés); puis, traversant la rivière rapide, avec de l'eau jusqu'au ventre, ils escaladent la rive opposée, non moins raide que l'autre, les jambes de devant repliées sous eux.

Je mets pied à terre au sala du village de Kamphô, au sommet de la berge, dans une situation des plus pittoresques. Kamphô est habité par un mélange de Laotiens et de sauvages. Il y a même une pagode avec une demi-douzaine de bonzes. Devant le village, de l'autre côté de la rivière, le fond du tableau est occupé par une belle colline boisée. Derrière, commence une épaisse forêt.

Le soir même, après avoir interrogé quelques sauvages thêhs et tsous, je suis pris par la fièvre, résultant d'une plaie très enflammée que la marche des éléphants et le peu de douceur de ma couche ont rendue très douloureuse. Je suis obligé de m'accorder deux jours de repos, que je mettrai à profit en prenant quelques mensurations de Khâs, et quelques portraits, si toutefois ils consentent à se laisser faire.

22 février. – Voilà une journée bien employée, malgré la fièvre.

J'ai pris deux vocabulaires des sauvages. C'est une besogne pénible et longue, si on veut la faire sérieusement; on ne peut croire combien il est difficile d'entendre bien les mots d'une langue que l'on ignore complètement, quand cette langue est monosyllabique et que l'on a affaire à des gens d'une intelligence aussi peu ouverte et incapables d'une attention prolongée.

Avant de continuer, je dirai, une fois pour toutes, que si je me sers, à l'exemple de mes prédécesseurs, du terme *tribu*, en parlant des agglomérations de sauvages, c'est faute d'un autre mot qui exprime mieux cet état social particulier. Il n'y a, en Indo-Chine, rien qui rappelle à l'esprit l'organisation de la tribu, telle que nous la comprenons, soit chez les Arabes d'une part, soit chez les Peaux-Rouges américains d'autre part.

Il existe, il est vrai, des villages ou des hameaux plus ou moins nombreux, distribués sur un territoire plus ou moins étendu, dont

Khâs de la région d'Attopeu

les habitants, interrogés, répondront tous : « Nous sommes des Bolovens, ou des Lovès, ou des Roedèhs », etc. Mais dans le sein même de ces nations ou de ces familles, comme on voudra les appeler, il existe de nombreuses subdivisions : les Kouys [1], par exemple, se distinguent en Kouys Mnoh, Kouys Ntoh, Pohr, Damrey, Hâh, Mahay, Beloh, etc., sans compter les Souïs et les Soués. Et d'autre part ces villages (je ne parle toujours que de ce que j'ai directement observé, sans vouloir me laisser entraîner à des généralisations excessives) ne sont reliés par aucun lien social et moral, si bien que très souvent ils se font réciproquement la guerre. Chacun d'eux est un petit centre fermé, pour ainsi dire, au reste du monde.

Enfin les sauvages ne semblent pas tenir beaucoup à leur dénomination particulière, et il m'est arrivé plus d'une fois, interrogeant quelques-uns de ces pauvres gens sur le nom de leur nation, de recevoir cette réponse singulière qui me remplissait d'une pitié profonde : « Nous sommes des sauvages… – Mais, quels sauvages ?– Des sauvages… » C'est tout ce que je pouvais en tirer.

Est-il rien de plus triste, quand on y réfléchit, que de n'avoir pas de nation, d'être dépourvu de ce soutien puissant, de cette sorte de raison sociale qu'on appelle la patrie ! C'est de ce morcellement à l'infini que résulte, en grande partie, l'état d'abaissement de ces populations. On pourra dire, il est vrai, qu'au contraire leur manque de cohésion est la conséquence de leur intelligence défectueuse. Je suppose qu'il n'en est rien et que leur misérable condition est surtout une conséquence de l'absence absolue de sécurité. Si ces malheureux sont restés si inférieurs, cela tient à des causes particulières, contingentes ; je crois qu'ils sont, mais en germe seulement, au moins les égaux des Laotiens et des Cambodgiens, qui ont pu cependant s'élever, comme nation, à un état bien supérieur.

1. Dans cette langue, le mot *kouy* veut dire simplement homme.

IV

DE KAMPHÔ A ATTOPEU

Je passai toute la journée dans ce charmant village de Kamphô, sans pouvoir sortir du sala de la pagode, m'occupant à mettre mes notes et mes collections en ordre.

23 février. – Le lendemain, aucun sauvage ne se présentant à mes observations, je fis chercher mes éléphants, qui ravageaient les bananiers du village, et je me mis en route à sept heures du matin, par une température délicieuse.

Nous traversons d'abord quelques rizières. Aussitôt après s'élève une belle forêt au sol noir et tourbeux, où les éléphants enfoncent jusqu'au ventre, avançant avec les plus grands efforts.

Après la forêt, épaisse et sombre, avec ses troncs tout couverts de belles orchidées, commencent de vastes clairières, ouvertes récemment par le fer et par le feu des sauvages pour y installer leurs cultures. Ces clairières ont un aspect des plus singuliers. Tous les gros arbres sont coupés à deux ou trois mètres de hauteur, leurs énormes troncs noirs et carbonisés gisant à terre, enchevêtrés de mille façons pittoresques. Çà et là se dressent, juchées sur de longues perches, de petites cases faites de feuilles, de paille et de bambous, avec toits presque plats, comme je n'en avais pas encore vu. Mais toutes ces habitations sont abandonnées depuis quelques jours. Sous l'influence d'une peur causée par quelque phénomène inexplicable pour eux, par de fâcheux présages, par une mort subite, ou peut-être aussi par les exactions de quelque mandarineau laotien, les malheureux sauvages se sont dispersés tout à coup.

Après les campements de ces Khâs, qu'on me dit appartenir à la tribu des Tsous et des Thêhs, recommencent des forêts rabougries, poussant dans un sol rocailleux et inégal, tout parsemé de roches noires et brillantes ; puis vient la forêt-clairière véritable, si caractéristique de l'Indo-Chine.

C'est avec bonheur que je m'arrête le soir sur les bords du Sé-

Pien, cours d'eau assez important, mais qu'en cette saison les éléphants et les hommes peuvent traverser à gué. On m'indique Phou-Pong (pic de Lagrée) comme étant son point d'émergence. Cette montagne aux pentes régulières s'aperçoit de toutes parts, dépassant tous les sommets et toutes les lignes de faîte qui lui forment une sorte de piédestal.

Le lendemain, 24 février, je traversai toute la journée de vastes forêts-clairières. Après avoir côtoyé par le sud l'extrémité d'une longue chaîne qui monte vers le nord, et que les Laotiens nomment Phou-Tapak, je me trouvai sur les bords du Sé-Kong, qui réunit toutes les eaux de cette région.

Je campai, cette nuit-là, sur la falaise à pic qui surplombe le cours d'eau et passai ma soirée à contempler, aux rayons d'une lune admirable, cette nature si belle, à écouter ces mille bruits de la nuit dans les forêts tropicales, qui semblent s'éveiller à mesure que l'ombre se fait plus profonde. Aux appels multiples et désagréables des francolins et des paons, succèdent le cri rauque ou aigu des éléphants sauvages, le jappement éclatant de quelque tigre en chasse, les bramements des cerfs qui se répondent de loin; puis, de toutes parts, les oiseaux nocturnes font entendre leurs cris si doux et si mélancoliques, qui s'harmonisent si bien avec les impressions du voyageur.

Je quittai mon campement au point du jour, pour longer la rive droite du Sé-Kong, m'en rapprochant ou m'en éloignant plus ou moins suivant les caprices d'un sentier mieux frayé que les jours précédents.

La vue s'arrête du côté de l'ouest sur les belles pentes de la chaîne de Phou-Tapak, garnies de grands arbres et d'innombrables bambous que la sécheresse et le froid ont dégarnis de leurs feuilles, et qui laissent voir la puissante ossature des roches grises ou rouges qui les supportent.

Bientôt apparaît le village de Khâng, qui a reçu ce nom des sauvages qui l'habitent en partie, et seulement d'une façon temporaire (les Khâs-khângs). Ce petit centre se compose de deux parties bien distinctes : le village laotien, avec ses maisons sous les cocotiers et les manguiers, et son inévitable pagode, bâtie au centre d'une aire de sable et d'argile bien battue et bien plane. A quelque distance, se trouve le village khâ, formé de cases dressées sur de hauts pilotis et entourées d'une palissade serrée, faite de gros pieux très rapprochés, avec une seule porte étroite et basse. Il est absolument désert pour le moment. Les sauvages sont tous dans la montagne. Ils ne descendent habiter la plaine qu'à l'époque de la mise en culture des rizières, pour le compte des Laotiens, leurs maîtres et seigneurs.

Je fais une courte halte à Khâng, le temps de déjeuner et de prendre les mesures et le portrait d'une femme khâ, mariée à un Laotien. Le mari veut bien permettre à sa moitié de venir poser devant moi, et, gagné par l'offre d'un couteau à virole, consent même à me laisser mettre mes instruments anthropométriques en contact avec la peau du crâne de son épouse, très jolie femme pour le pays. Elle me dit elle-même qu'elle est la plus jolie Khâ que l'on connaisse à la ronde, et je suis, ma foi, très tenté de la croire. Vêtue à la laotienne, avec son nez aquilin, ses grands yeux et ses lèvres fines, ses épaules rondes et ses mains nerveuses, c'est un type positivement remarquable.

V

ATTOPEU – LE SÉ-KÉMAN
LE CHOLÉRA CHEZ LES SAUVAGES

J'arrivai dans l'après-midi à Attopeu, où M. de Lagrée a séjourné il y a dix ans. MM. Rheinard et d'Arfeuille y ont fait un court passage. Les indigènes ont gardé un vif souvenir du bruit et des effets de leurs grosses carabines à projectiles explosibles, et aussi de la grande taille et de l'appétit imposant des deux explorateurs.

Le village d'Attopeu ne présente rien, comme aspect, qui le différencie beaucoup des villages laotiens, des bords du Nam-Không. Devant le village, coule le Sé-Kong, qui suit, en cet endroit, après une grande courbe, la direction est-ouest, qu'il quitte en se rapprochant de la chaîne de Phou-Tapak.

La population, au premier abord, apparaît plus fortement mélangée de sang sauvage. Les Khâs, esclaves ou domestiques, y

Éclipse de lune à Attopeu

sont nombreux, et les hommes de corvée que le khiomeuong m'avait envoyés dès mon arrivée dans le village, avec un empressement de bon augure, étaient presque tous des sauvages pur sang. J'occupai tout mon après-midi à les mesurer sur toutes les faces, attendant, sans mot dire, la visite du gouverneur, et bien décidé à ne pas faire le premier pas.

27 février. – Le gouverneur ne pouvait résister bien longtemps au désir de venir contempler la face bizarre de l'Européen, et, dès le grand matin, je le vois arriver, précédé d'un beau cochon récemment égorgé, et suivi de tout son état-major, portant les théières, crachoirs, boîtes et plateaux qui tiennent lieu, en ce pays-ci, de galons, de plumets et de décorations. C'est un vieillard robuste, à la physionomie rusée, moitié figue et moitié raisin. Je lui présente mon passeport siamois, qu'il tourne et retourne dans tous les sens, avec l'air comique d'un singe auquel on offre un fruit qu'il ne connaît pas. Enfin il se décide à me dire que, n'ayant pas de lunettes, il lui est impossible de le déchiffrer. Je lui fis cadeau d'une paire de lunettes de presbyte, un de mes grands moyens de séduction auprès des vieux mandarins et des bonzes d'âge vénérable. Toutefois mes besicles ne possèdent pas la vertu d'apprendre à lire l'écriture siamoise. On appelle à la rescousse le deuxième mandarin, le *latsawông*, qui lit en ânonnant. Il m'en coûte une deuxième paire de lunettes (qu'il est obligé de retirer, pour terminer son office, au milieu du profond silence de toute l'assemblée).

Alors la conversation s'engage. Je montre au gouverneur un échantillon de tous les objets composant ma pacotille : pipes, glaces, revolvers, images variées, briquets, etc., et je lui promets tout cela s'il m'accorde son concours dévoué pour me faire avoir des hommes, des barques et des éléphants, suivant mes besoins. Le khiomeuong promet, est-il besoin de le dire, tout ce qu'on voudra lui faire promettre ; mais quant à des routes pour voyager sur la rive gauche du Sé-Kong, *bô mi!* (il n'y en a pas !). Quant à marcher plusieurs jours dans cette direction, *bô day!* (c'est impossible !).

Ces deux mots composent le fond de la langue laotienne. Combien de fois par jour les ai-je entendus tout le long de mon chemin !

En plaçant à propos mes cadeaux, et en y ajoutant un verre d'absinthe, générosité que je ne pratiquais que dans les grandes circonstances (c'était la seule liqueur alcoolique que je possédais, et je la gardais avec parcimonie pour moi-même), j'obtins enfin l'assurance que l'on me procurerait l'équipage de deux pirogues pour remonter le Sé-Kéman, affluent du Sé-Kong, qui vient déboucher dans cette rivière, un peu en amont de la pagode d'Attopeu.

28 février. – Mauvaise journée. Le stock de sauvages présents à Attopeu a été rapidement épuisé; je fais demander au khiomeuong des barques pour demain. Je remonterai le Sé-Kéman, je verrai des pays entièrement nouveaux, et je pousserai aussi loin que le courage des Laotiens me le permettra.

J'ai acheté aujourd'hui pour huit ticals (environ vingt-sept francs) de poudre d'or. Il y en a huit à neuf grammes, c'est-à-dire que l'or est, à peu de chose près, aussi cher ici qu'en Europe. C'est en poudre d'or que les Khâs acquittent leur tribut entre les mains du gouverneur, chargé de le transmettre à Bang-kôk, non sans en retenir une bonne partie. En échange du tribut, les sauvages sont assurés contre les risques des razzias d'esclaves. Mais leur confiance en la parole des Laotiens est très minime, et pour cause.

Je me suis fait montrer les instruments qui servent au triage des sables aurifères. Tout l'attirail du chercheur d'or se réduit à un plat de bois léger, de vingt-cinq à trente centimètres de diamètre, en forme de cône très surbaissé. C'est entre les gros galets qui s'accumulent sur les bancs que les sables sont les plus riches. A Attopeu même on ne se livre pas à cette industrie; il faut remonter plus haut; on me dit que le Sé-Kéman est plus aurifère que le Sé-Kong : c'est une raison pour croire qu'il doit être plus pauvre.

Le travail des chercheurs d'or est, paraît-il, très peu rémunérateur. Il n'y a que les sauvages qui s'y adonnent, comme pis-aller, et pour payer le tribut, quand ils n'ont pas de meilleure occupation. Cependant ils font quelquefois de belles trouvailles, et il est à supposer qu'avec un outillage perfectionné, en remontant dans le massif montagneux qui donne naissance aux rivières du bassin septentrional du Sé-Kong, on pourrait arriver à des résultats plus sérieux. Mais jamais les Laotiens n'ont osé s'y aventurer. Ils affirment que

EUG. BURNAND

Passage de rapides dans le Sé-Kéman

les Khâs de cette région sont extrêmement féroces. J'en doute ; du reste, comment pourraient-ils le savoir, puisqu'ils avouent eux-mêmes que jamais ils n'y sont allés ? J'offre au gouverneur de l'y emmener, sous ma protection, s'il veut faire porter mes bagages, lui promettant sur ma tête qu'il ne lui arrivera rien. Ma proposition n'a pas l'air de lui sourire ; en l'entendant, il lève les bras au ciel, sans que je puisse savoir si c'est une façon de témoigner la terreur qu'il éprouve pour lui-même ou la pitié que lui inspire une pareille folie.

La poudre d'or est conservée dans l'intérieur de grosses plumes de calao, fermées au moyen d'un petit tampon de coton. Pour les pesées, les Laotiens font usage d'une petite balance ordinaire ou de la romaine chinoise. Pour peser la précieuse poudre sans en perdre une parcelle, on commence par vider le tuyau de plume dans la concavité de la mandibule supérieure du bec d'un calao ; c'est par l'extrémité effilée de ce bizarre ustensile qu'on laisse alors tomber la poudre dans le plateau de la balance.

1er mars. – Cette nuit, je suis réveillé en sursaut par un vacarme épouvantable. Tout autour de moi, j'entends le bruit précipité du gong et du tam-tam, et le pétillement des coups de feu, accompagnés de hurlements et de vociférations terribles. Je saute, en proie à une forte émotion, je l'avoue sans honte, sur mes armes, et je m'élance d'un bond hors de la case, tout en chargeant mon revolver. Je voyais de tous côtés, à travers les broussailles, briller les éclairs de la fusillade, mais je n'entendais aucun projectile siffler ou venir s'enfoncer contre les planches et les bambous avec ce bruit sourd et caractéristique qu'on n'oublie jamais quand on l'a une seule fois entendu. Cependant un instant de silence se produisit, et je m'aperçus que la fusillade partait également de tous les villages échelonnés sur les bords de la rivière ; le crépitement de la mousqueterie m'arrivait affaibli et s'éteignant dans le lointain.

Je voyais bien qu'il ne s'agissait pas d'une attaque contre le village, comme je l'avais cru d'abord, et j'étais rassuré, mais tout à fait intrigué. Mes Annamites s'étaient aussi levés et serrés autour de moi ; enfin, à quelque exclamation comprise par mon petit interprète, j'eus enfin le mot de l'énigme ; la lune, dans son plein, montrait son disque éclatant largement échancré par une superbe éclipse, et la nuit se faisait de plus en plus sombre. Il ne me restait plus alors qu'à attendre la fin du phénomène pour pouvoir recommencer mon sommeil interrompu d'une façon si désagréable.

Que j'ai regretté de n'avoir eu l'idée de consulter ma *Connaissance des temps!* Avec quelle assurance j'aurais pu menacer le gouverneur de la colère céleste! quel parti j'aurais pu tirer de la terreur que ma prétendue puissance lui aurait inspirée, et que j'aurais eu de plaisir à le voir me supplier de conjurer le monstre qui dévore la lune, en me promettant monts et merveilles!

Je ne me serais jamais imaginé les Laotiens possédant un aussi grand nombre de fusils. Ce sont des fusils à mèche ou à pierre, qu'ils obtiennent par échange des colporteurs, chinois ou autres, qui viennent de Bang-kôk.

Je devais avoir les hommes et les barques toutes parées pour dix heures du matin. Le soir seulement j'ai mes hommes et deux pirogues, une petite et une de taille moyenne.

Je vais faire une herborisation dans la forêt, traînant la jambe et souffrant cruellement, n'ayant pour toute arme qu'un bâton. A quelques centaines de mètres du village, nous rencontrons un de ces éléphants, comme on en voit quelquefois, qui ont été pris presque adultes et ne se font qu'imparfaitement à la domestication; sans cependant s'éloigner des villages, ils paraissent avoir gardé contre l'homme une haine particulière. Je marchais en avant, suivi d'un porteur muni d'une hotte pour mettre mes plantes. Aussitôt que l'homme aperçoit l'éléphant, sans doute connu pour ses méfaits dans les environs, il pousse une exclamation de terreur, jette sa hotte et se sauve, en criant, dans la forêt. J'étais resté immobile, ne comprenant pas ce que tout cela voulait dire, lorsque tout à coup l'éléphant, relevant sa trompe, pousse son cri de bataille et se lance vers moi comme un furieux, ses longues défenses en avant. Instantanément guéri de mes douleurs, je pars comme un trait, filant au travers des gros arbres, les lianes et les épines de rotins qui me déchiraient de toutes parts. J'ai bien vite distancé mon agresseur, retardé, du reste, par mon chien, mon fidèle compagnon, qui aboyait en sautant tout autour du colosse, en évitant adroitement les coups de trompe. Si j'avais été en plaine, j'étais un voyageur perdu sans rémission. Mais je ne me rappelle pas avoir, de ma vie, si bien couru que ce jour-là. Il me semble, quand j'y pense, que j'en suis encore essoufflé.

2 mars. – Enfin ! nous partons. L'avant des pirogues a été soigneusement entouré d'un fil de coton blanc, précaution infaillible contre les dangers des rapides. Juste au niveau de l'extrémité ouest d'Attopeu commence le Sé-Kéman, qui ne le cède guère en largeur au Sé-Kong lui-même. Sur les bords, surtout sur la rive droite, se succèdent de nombreux petits hameaux laotiens ; les rapides sont très nombreux, mais ne présentent aucune difficulté sérieuse, du moins jusqu'au soir. La profondeur des eaux, d'une limpidité parfaite, est très faible en cette saison, et partout les hommes ne se servent que de leur longue gaffe de bambou et non des pagaies.

A trois heures du soir, la rivière s'élargit, il se forme de gros bancs de sable, et nous arrivons à un village important nommé Meuong-Caô, bien que ce ne soit nullement un chef-lieu de province.

Ayant commis l'imprudence de laisser descendre les rameurs à terre, je vois bientôt arriver un mandarin quelconque, qui m'engage sur tous les tons à ne pas aller plus loin.

– Qu'allez-vous faire par là ? me dit-il ; il n'y a plus aucun village ; vous ne trouverez pas même un village khâ.

Puis encore :

– Vous savez que les Khâs sont très méchants ! tout à fait méchants !

– Tiens, lui dis-je, tu me disais qu'il n'y en avait pas ?

– Oh ! il y en a quelques-uns qui courent la forêt.

– Eh bien, c'est justement ce que je cherche.

– Oui, mais il n'y a plus d'eau et vous ne pourrez pas passer.

– Je désire savoir jusqu'où il y a de l'eau, et comme tous les Laotiens sont des menteurs, et que vous m'avez toujours trompé, je ne me fie plus qu'à mes yeux seuls, et c'est pourquoi je pars incontinent. Que les hommes embarquent tout de suite, dépêchons-nous. Bonsoir.

Et, déjà en route, je lui fis crier qu'à mon retour, si je n'avais pas trouvé assez de sauvages sur mon chemin, je me ferais un plaisir de venir lui demander l'hospitalité, et mesurer ceux qu'il pourrait me procurer.

Je campe le soir à la pointe d'un banc de sable formant îlot. La lune n'est pas encore levée, il fait noir comme dans un four, et nous sommes fortement inquiétés par une bande d'éléphants sauvages, qui viennent prendre leurs ébats dans l'eau rapide et peu profonde en menant un tapage de tous les diables. Nous restons sur le qui-vive, armés, les Laotiens de leurs fusils à pierre et moi de ma grosse carabine à balles explosibles. Mais le troupeau a l'air si nombreux, et la nuit est si sombre, que je n'ose tirer au juger. Tout finit pour le mieux, et nous nous retirons chacun de notre côté.

3 mars. – Au point du jour, les pirogues s'ébranlent. Nous marchons assez rondement, sans rapides notables, jusqu'à neuf heures. Je fais faire halte à un coude très aigu formé par un grand banc de sable et de galets contre lequel l'eau se brise avec un grondement sourd. Les Laotiens n'ont pas l'air satisfaits et complotent à part, à voix basse.

A onze heures et demie, nous sommes arrêtés par un rapide dû à des bancs de roches plates qui s'avancent de la rive droite, ne laissant qu'un passage difficilement praticable. Les nageurs [1], qui témoignent depuis Meuong-Caô des plus méchantes dispositions et font preuve à chaque instant de la plus mauvaise volonté, déclarent tous en chœur que le rapide est infranchissable. Pour moi le contraire ne fait pas l'ombre d'un doute ; sourd à leurs réclamations, je fais décharger la première pirogue et porter les deux ou trois caisses qu'elle contient de l'autre côté des rapides. Puis devant tout le monde rassemblé, je fais expliquer le plus nettement possible que chacun soit bien convaincu que je passerai outre, quand même je devrais rester là quatre jours, et que je me suis promis d'aller aussi loin que l'eau pourra nous porter.

Ils essayèrent, après mon petit discours, de transporter la pirogue déchargée ; mais à trois reprises, ils sont roulés par le courant et jetés violemment sur les roches. C'était une pure comédie, dangereuse cependant, qu'ils jouaient sous mes yeux. Mais ils avaient si peur de venir chez les Khâs, qu'ils préféraient se blesser, se laisser ensanglanter par les pointes de pierres, même courir le risque de se

1. Entendre rameurs, comme dans l'usage maritime. (*NdE*)

noyer, que de s'avancer plus loin, vers un pays où ils n'avaient jamais été.

Je commençai à sentir la patience m'échapper. On ne peut trouver les câbles de rotin qu'on embarque toujours ; ils ont été entraînés, me dit-on, par le courant. J'envoie chercher des lianes dans la forêt et je fais fabriquer des cordes pour haler l'embarcation. Mais les coquins ont eu bien soin de choisir des lianes sans résistance (eux qui connaissent si bien toutes leurs propriétés et en font constamment usage) et, se donnant le mot, à un signal que le mugissement des eaux m'empêche d'entendre, ils impriment un coup sec tous ensemble : voilà les cordes rompues, la pirogue à la dérive, au moment où le plus difficile était fait, et les hommes emportés de nouveau, hurlant comme si on les égorgeait.

Cette fois je n'y tins plus. Je prends le plus âgé de la bande, je le garde à côté de moi, et je lui promets une maîtresse correction si les lianes cassent encore. A la seconde épreuve, même répétition. Le vieux s'étend sur le rocher, attendant l'exécution qu'un de mes Annamites, déjà le rotin levé, s'apprête à lui administrer dans toutes les règles de l'art. J'ai pitié de son âge et de l'air convaincu avec lequel il me répète à mi-voix, l'œil suppliant, un nombre considérable de *bô day, bô day !*

Mais alors, apercevant un grand gaillard sourire insolemment, je m'élance vers lui, et d'un coup de poing solidement appliqué je lui fais piquer une tête au beau milieu du rapide. Il va reparaître cinquante mètres plus bas, restant prudemment hors de la portée de ma main, tandis que tous ses compagnons s'enfoncent dans les broussailles de la forêt, sauf trois ou quatre, que je fais solidement empoigner par mon Chinois et mes Annamites.

Ce que j'ai dépensé de colère, cet après-midi, est incalculable. Je passerai, cependant ! Mais comment m'y prendre ? Je prends le parti d'envoyer à Meuong-Caô, avec le petit métis qui me servait si mal d'interprète, mon Chinois A-hoï, chargé de me ramener des pirogues très légères, des cordes, des hommes et des provisions. Je prendrai le temps nécessaire, mais je prouverai aux indigènes que je suis encore plus entêté qu'eux-mêmes.

Au moment où le Chinois s'éloigne dans la pirogue, tous les Laotiens, qui s'étaient tenus cachés dans les broussailles, et leurs camarades que je ne surveillais plus, sautent à l'eau comme une légion de grenouilles, nus comme des vers, et s'élancent à bord, au risque de couler bas.

Je restai tout seul, cette nuit-là, avec deux Annamites et le vieux Laotien, sur le banc de grès, payant d'un bon accès de fièvre les agitations et les fatigues de cette journée, passée tout entière dans l'eau ou sur les rochers noirs et brûlants.

4 mars. – A midi, mon Chinois revient avec trois petites pirogues et huit Laotiens. Ceux d'Attopeu se sont sauvés pendant la nuit, comme je m'y attendais. Mais A-hoï, sur ses gardes, avait mis à côté de lui les sabres et les fusils, les avait gardés et me les rapportait triomphalement. Je m'en servirai pour faire châtier les déserteurs, et je ne leur rendrai leurs armes qu'à bon escient.

Pendant la nuit qu'il a passée à Meuong-Caô, le Chinois a reçu furtivement la visite de trois pauvres Annamites, qui sont venus raconter leurs misères. Il y a plus de cinq ans de cela, ces malheureux ont été pris pendant leur sommeil, sur la frontière du Binh-Dinh, par un parti de sauvages. On leur a bandé les yeux, puis, après les avoir attachés avec des lianes, on les a conduits jusqu'ici et vendus comme esclaves aux Laotiens, à raison de trois barres [1] d'argent par tête. Ils suppliaient, en pleurant, A-hoï de les délivrer. Que faire ? A mon retour, je les ferai prévenir de mon passage, et s'ils veulent se réfugier à mon bord, je ne les chasserai pas, mais je ne puis ouvertement les réclamer et me mettre en opposition avec les usages du pays.

Autre nouvelle bien fâcheuse pour moi : une épidémie a éclaté soudainement à Meuong-Caô; les premiers signes, foudroyants, ont coïncidé avec mon passage : quatre hommes sont morts dans la soirée, après mon départ. Donc c'est moi qui en suis la cause. D'après ce que l'on me raconte, ce doit être le choléra.

Cette fois les pirogues passent sans grandes difficultés, à vide. Il est vrai que ce sont de vraies coquilles de noix, et qu'elles sont si légères que le moindre mouvement menace de les faire chavirer. Il

1. La barre vaut à peu près de 70 à 75 francs. C'est un lingot de la forme et de la dimension d'une tablette de chocolat.

faut, par exemple, une grande habitude pour mettre un oiseau en joue et le tirer sans faire embarquer de l'eau d'un bord et de l'autre.

La rivière devient magnifique, et je ne me serais certes jamais douté de l'existence d'un pareil cours d'eau dans la direction qu'affecte celui-ci ; à peu près est-nord-est, avec de nombreux circuits.

Je commençais à croire que les Laotiens ne m'avaient pas trompé, une fois par hasard, en m'affirmant que je ne trouverais plus aucun village. Le soir, cependant, à la nuit tombante, j'aperçois un petit appontement de bambous s'avançant des broussailles de la rive droite au-dessus des eaux calmes de la rivière. De longs rotins formant enceinte apparaissent tout garnis de feuillages et d'étoiles de bambous, qui sont autant d'exorcismes contre les mauvais esprits. J'ordonne aux Laotiens de descendre à terre ; ce n'est qu'à force de menaces et précédés de mes serviteurs, tous armés jusqu'aux dents, qu'ils se décident à pénétrer dans le village, avec mille précautions comiques. Quant à moi, je n'ose me montrer le premier, certain que si les sauvages m'apercevaient, ils se débanderaient au plus vite et s'enfonceraient dans la forêt, car c'est toujours l'effet, peu flatteur, que je produis sur eux.

Un instant après, mes hommes reviennent, ramenant un pauvre vieil aveugle, le seul être humain qu'ils aient trouvé dans le village, avec une femme infirme et toute décrépite, qui s'est blottie au fond de sa case et qu'ils n'ont pu arracher de sa cachette. Les sauvages ont abandonné leurs huttes depuis trois jours, fuyant devant la mort subite de quatre des leurs. Me voilà décidément en pleine épidémie.

Je fais approcher l'aveugle, qui ne comprend que quelques mots de laotien ; il est extrêmement effrayé du son de ma voix ; j'essaye de le rassurer, et je lui offre quelques menus cadeaux. Je n'ai jamais vu de physionomie plus stupéfaite que la sienne, au contact de ma longue barbe, qu'il touche de sa main pour se rendre compte de la conformation de celui qui lui parle. C'est qu'en effet Laotiens et sauvages sont dépourvus plus ou moins complètement de cet ornement viril, et il ne sait plus dans quelle catégorie d'animaux il doit me classer. Enfin il se rassure peu à peu et assouvit sa faim en partageant notre repas. Je lui laisse un peu de riz pour quelques jours.

Ce village s'occupait de laver les sables du Sé-Kéman ou de quelques rivières voisines ; surpris par l'épidémie, les habitants se sont enfuis, abandonnant ceux qui ne pouvaient que les gêner sans leur rendre aucun service.

La crainte que les Laotiens inspirent à ces deux vieillards est si grande qu'ils aiment mieux mourir de la mort la plus affreuse, la mort par la faim, que de descendre à Meuong-Caô, qu'ils pourraient atteindre en quelques heures.

5 mars. – Les bords de la rivière sont admirables. La forêt s'avance, colossale et vierge, jusqu'aux bords. Des bandes d'ibis gigantesques, d'une espèce absolument nouvelle (*Ibis gigantea*, Oustalet), qui pêchent sur les bancs, s'envolent à tire-d'aile, en poussant des cris rauques et aigus, du plus loin qu'ils nous aperçoivent. Impossible d'en abattre un seul.

Vers neuf heures du matin, j'aperçois sur la rive droite un panier rempli d'argile blanche, abandonné auprès d'un étroit sentier qui descend à la rivière.

Cette fois j'espère bien mettre la main sur ces insaisissables sauvages ; n'écoutant que mon impatience, je m'élance à terre, et je trouve aussitôt un hameau de cinq ou six petites cases rangées en carré, entourées d'une haie de chevaux de frise en bambous dissimulés dans les herbes, si acérés et si tranchants, à écorce silencieuse si dure, que mon pantalon de forte toile est du premier coup percé et coupé sans résistance. Des défenses analogues se voient devant la porte de chaque maison, et tous les alentours du village, tous les sentiers qui y mènent sont parsemés à profusion d'une infinité de dards plus courts, ne dépassant du sol que de cinq à six centimètres. Ce genre de défenses est employé par tous les sauvages de l'Indo-Chine, et aussi par les Cambodgiens, et même par les Annamites. Il est également en usage chez les Malais, les habitants de Sumatra et de Bornéo.

Au centre de la petite esplanade que les huttes entourent, s'élève un belvédère dressé sur des pieux et un tronc d'arbre coupé. C'est un poste pour le veilleur de nuit.

Toutes ces précautions, prises non contre les animaux féroces, mais contre les hommes, font bien voir l'état précaire dans lequel se tiennent les populations sauvages de l'Indo-Chine, toujours sur le qui-vive, toujours en proie à la terreur.

Tout est abandonné, en désordre ; les cases renferment encore tous leurs outils, des armes, des ustensiles de toutes sortes : sébiles pour le lavage des sables, palettes pour la fabrication des poteries, jarres et marmites plus ou moins terminées, sans tour, avec une perfection et une régularité remarquables, carquois, flèches empoisonnées ou non, paniers de rotin de toutes les formes. Je trouve jusqu'à des jouets d'enfants, de petites pirogues longues comme le bras, et de mignonnes arbalètes.

Bientôt tout s'explique : une odeur nauséabonde venant d'une petite clairière près de la berge nous donne le mot de l'énigme ; deux cadavres sont là, étendus sous un demi-cylindre d'écorce, qui supporte des paniers et des marmites contenant un peu d'eau et de riz, des chiques de tabac et d'écorces astringentes, des lignes tout amorcées, des simulacres d'armes, etc., enfin tout ce qui est indispensable au sauvage, en cette vie comme dans l'autre, paraît-il.

En furetant encore autour du village, je découvre quatre petites maisons toutes neuves, qu'on prendrait pour des espèces de pigeonniers. Les Laotiens m'expliquent qu'on élève ainsi une petite hutte pour chacun des morts. Je trouve deux autres cadavres, mais ceux-là ficelés comme en d'immenses bourriches faites de gros bambous écrasés, à demi éventrées déjà, d'un aspect repoussant et répandant une insupportable odeur. De gros vautours gris sont perchés sur le sommet des arbres, attendant impatiemment notre départ pour reprendre leur affreuse besogne !

Quelle vie que celle de ces déshérités, et quelle mort ! Comment se fait-il que ces hommes qui, somme toute, n'ont pas l'air dépourvu d'intelligence, qui ont le crâne certainement aussi bien conformé, sinon mieux, que celui des Laotiens, leur soient restés si inférieurs ? Cette dégradation n'est sans doute que l'effet de la peur qui déprime leurs âmes d'une façon constante, peur qui vient surtout de la coutume de l'esclavage et de l'insécurité perpétuelle qui les tourmente sans trêve ni merci. Qui sait si, cet odieux trafic disparaissant, ils ne s'élèveraient pas peu à peu dans l'échelle de l'humanité ? Eh bien ! je pense, après avoir vu les choses de près, que la suppression de l'esclavage, loin d'être, ici comme dans le continent africain, une utopie grandiose, est facile à réaliser ; je suis convaincu qu'il ne faudrait que peu d'argent et peu d'années, non peut-être pour supprimer entièrement ce triste commerce, mais pour le diminuer dans des proportions considérables.

J'abandonne ce village infecté, dont le séjour, au surplus, n'offre rien de bien agréable.

Dans l'après-midi, la rivière devient très difficile. Il faut franchir de nombreux rapides, décharger et recharger à chaque instant les pirogues, et les traîner sur les rochers et sur les galets. Vers quatre heures du soir, rompu de fatigue, j'ordonne la halte sur un banc de sable fin, à l'entrée d'une gorge au fond de laquelle débouche le Sé-Kéman, dont la largeur se réduit par endroits à quelques mètres et acquiert ensuite une profondeur considérable. Il est manifestement impossible de pousser plus loin. La rivière est coupée par des rapides et des chutes, infranchissables cette fois pour tout de bon, je suis obligé de le reconnaître.

Le spectacle qui s'offre à mes yeux est admirable : dans le fond du tableau, s'étagent trois plans de montagnes couvertes d'arbres énormes aux teintes les plus variées. Plus près, on aperçoit les eaux de la rivière, ici tumultueuses et blanches d'écume, là sombres et polies comme un miroir, ombragées d'arbres penchés sur elles, ou coulant au pied de grosses roches luisantes, aux tons rouges et noirs, tout empourprées des rayons du soleil couchant.

Je me dispose à installer provisoirement mon camp sur ce banc de sable, quitte à le transporter plus loin si mes excursions dans la montagne me font découvrir un endroit plus favorable. J'ai l'intention de passer ici plusieurs jours ; j'enverrai chercher du riz, du sel et des poules à Meuong-Caô. Je verrai si de l'autre côté de ces montagnes, qu'on appelle Phou-Lek-Fay (littéralement : montagne du fer à feu, ce qui signifie briquet et silex en laotien), le Sé-Kéman est navigable, et quelle est sa direction. Enfin, ces belles forêts m'offriront de belles récoltes de plantes et d'animaux. Je me sens heureux et tout ragaillardi par l'espoir d'une trouvaille intéressante.

Au moment où je m'apprêtais à absorber mon invariable plat de riz, mes Annamites viennent me prévenir qu'un des Laotiens est gravement malade. Je le trouve couché dans le sable chaud, et du premier coup, à son faciès et à sa voix, je reconnais une véritable et forte attaque de choléra.

6 mars. – On m'apprend, au réveil, que le malade d'hier est mort pendant la nuit : ses camarades n'ont pas osé redescendre tout seuls la rivière, par crainte des sauvages qui usent, quand ils le peuvent, de représailles à leur égard. Je le fais enterrer dans un tas de sable, à l'extrémité du banc, sous le vent, qui est très fort et très froid depuis deux jours, vent d'est qui me semble avoir des relations avec l'explosion de l'épidémie.

Les Laotiens sont consternés. Ils me demandent à genoux à rentrer chez eux. Je consens à laisser partir ceux qui ont femmes et enfants. Ils n'osent pas s'éloigner, ne se prétendant pas assez nombreux pour braver les Khâs ; ils voudraient revenir tous ensemble. Alors je ferme l'oreille à la pitié, et je leur dis que tous resteront. J'essaye de leur faire comprendre qu'ici, dans ce désert, ils seront bien plus à l'abri que dans leur village. Mes Annamites sont très confiants, et me disent qu'ils savent bien que, s'ils tombent malades, je ne les laisserai pas mourir.

J'escalade une première montagne le matin ; le soir, je pousse une reconnaissance sur les berges, mais sans grande ardeur. Je fais cependant une assez bonne chasse.

Le soir, livré à mes réflexions, je contemple un des plus magnifiques spectacles qu'on puisse voir. Les Laotiens ont mis le feu aux broussailles qui bordent le banc de sable où nous sommes campés ; le feu, activé par un vent d'une violence extrême, se propage avec rapidité, montant pour ainsi dire à l'assaut des pentes de la montagne, sans pénétrer cependant dans la vraie forêt. Il suit, semblable à des rivières incandescentes, les massifs de bambous, qui éclatent comme des milliers de coups de fusil, lançant au ciel noir des tourbillons d'étincelles. Les grands arbres morts s'enflamment à leur tour, puis s'abîment avec un bruit sinistre à travers les rochers.

Les tigres et les éléphants ne nous inquiéteront guère cette nuit !

VI

RETOUR A ATTOPEU
LES EXHUMATIONS – DÉPART
POUR LES GRANDS PLATEAUX

7 mars. – Ce matin, ne voyant plus que deux pirogues au lieu de trois, je m'informe, et l'on m'apprend que deux Laotiens, pris du choléra cette nuit, sont partis à moitié morts, au jour, avec deux de leurs camarades.

Depuis hier, un des Annamites est sérieusement malade, mais de fièvre rémittente. Il ne me reste plus que trois Laotiens, et ils me semblent si bien décidés à déguerpir à leur tour la nuit suivante (s'ils ne sont pas morts d'ici là), malgré la peur des sauvages, que je suis bien forcé, mais avec quel sentiment de profond regret ! de lever le camp.

Abandonnant une des pirogues (je n'ai plus assez de monde pour les diriger toutes) et mes trois serviteurs valides se mettant à la pagaie de queue, sauf dans les passages dangereux, nous quittons les gorges à midi.

Nouvelle visite dans les villages khâs abandonnés, où je me procure plusieurs objets de petit volume destinés à ma collection ethnographique (pointes de sagaies en bambou, dards, flèches, pipes, coiffures en crin de cheval, etc.). Au premier village, je retrouve les deux vieillards infirmes, attendant avec une résignation stoïque la fin de leur existence, ne cherchant pas même à éviter l'atmosphère infecte qui les entoure. Ils refusent l'offre que je leur fais de descendre avec moi à Meuong-Caô. Je leur donne le reste de mes provisions, bien peu de chose. C'est épouvantable !

La halte du soir se fait sur un banc de sable de la rivière.

8 mars. – Continuant à descendre le Sé-Kéman, je suis de retour à Meuong-Caô vers dix heures du matin. Pas un indigène n'apparaît sur la berge, et un silence lugubre plane sur le village.

Toutes les cases sont hermétiquement fermées. A l'inverse des

Khâs qui se dispersent devant l'épidémie, les Laotiens, moins bien inspirés, se claquemurent dans l'obscurité, en proie au désespoir. Au lieu du bruit joyeux des pilons de bois retombant en cadence dans les épais mortiers à riz, et des rires des femmes et des enfants, je n'entends que les litanies des bonzes en prière et les hurlements des chiens désorientés. Les cases sont protégées contre l'invasion des mauvais génies par des fils de coton blanc, tendus tout autour du toit, et qui s'étendent parfois jusqu'au sommet de petits cônes de sable disposés symétriquement. C'est de cet observatoire que, nouveaux acrobates, les esprits descendent sur les fils de coton, qui leur offrent sans doute des chemins suffisamment larges et tout à fait à leur convenance. On voit encore, comme moyen de protection, des balais, des bouquets d'herbes et de bambous, de petites cases, de longues perches avec des oriflammes, et une foule de choses indéfinissables.

On m'apprend que les deux malades qui m'ont quitté à Pou-Lek-Fay sont morts à leur arrivée. Je suis obligé de faire une longue pause sur la berge en attendant de nouveaux nageurs. J'indemnise largement les survivants qui viennent me faire leurs adieux.

De Meuong-Caô à Attopeu, où je parviens le soir, je vois que tous les hameaux sont en proie au choléra. On n'aperçoit pas âme qui vive.

A Attopeu, silence complet sur les berges ; mais tintamarre diabolique à la pagode, où tous les gongs, les tam-tams et les énormes cloches de bois résonnent à l'envi, à coups précipités.

Impossible d'avoir seulement un homme pour débarquer mes caisses et transporter mon Annamite malade.

Je suis pressé de quitter ce foyer d'infection, où je perdrais totalement mon temps, et où je suis exposé à voir mes hommes atteints par la maladie.

9 mars. – Le vent froid des derniers jours s'est apaisé ; il fait une température étouffante (trente-cinq à trente-six degrés à l'ombre, sous l'abri de ma case); l'épidémie sévit toujours plus violente.

Il m'est impossible de mettre la main sur l'invisible mandarin. A cinq ou six reprises, aujourd'hui, j'ai envoyé des gens chez lui, pour presser l'arrivée des hommes et des éléphants, qu'il avait promis

Exhumations clandestines à Attopeu

formellement de me tenir tout prêts pour mon retour du Sé-Kéman. Les messagers reviennent toujours avec des réponses comme il ne vient qu'aux seuls Laotiens l'idée d'en faire : « Le khiomeuong est allé se promener... Le khiomeuong est parti pour chercher des poules (il en a toute une basse-cour dans sa palissade)... Le khiomeuong est allé chercher des médecines pour sa femme ! etc. »

A cinq heures du soir, je n'y tiens plus, et je vais chez lui ; j'escalade la haute plate-forme de sa maison, décidé à le poursuivre jusque dans sa moustiquaire. Il arrive avec tout un arsenal de sabres, de fusils, voire de revolvers, suivi et entouré de sa maison civile et militaire, comme s'il espérait m'intimider par son déploiement de puissance, qu'il s'imagine être le dernier mot de la majesté. Il essaye de le prendre d'abord sur un ton qu'il emploie sans doute quand il donne audience aux députations des Khâs. Ce que voyant, je prends aussitôt une attitude conforme à la situation, et je le somme d'avoir à me fournir des hommes et des éléphants, sur-le-champ, ainsi que des vivres, contre remboursement, bien entendu ; car je commençais à souffrir de la faim, et la population refusait de me vendre directement quoi que ce fût, ayant reçu le mot d'ordre.

Le tyran se radoucit, redevient aussi plat qu'il était arrogant, s'excuse sur l'épidémie, sur sa femme, qui est à l'extrémité (mensonge absolu, je venais de l'apercevoir cinq minutes auparavant) ; mais, au bout du compte, je n'obtiens rien. Tout l'état-major, accroupi, proteste qu'il n'y a pas d'hommes, et qu'il est impossible d'envoyer personne dans la forêt, à la recherche des éléphants. Je sors outré de colère, en lui promettant une correction personnelle et de ma propre main, si je n'ai pas les éléphants demain à midi.

A peine rentré, je reçois un panier de riz avec une corbeille de sucre, d'œufs et d'oignons. Bien qu'il m'en coûte, « je boude contre mon ventre », au grand désespoir de mes compagnons d'infortune, qui contemplent le sacrifice d'une mine piteuse, et je renvoie au gouverneur son cadeau, ce qui est regardé comme un affront des plus graves, suivant les usages du pays. Je suis obligé, en attendant, de dévorer ma colère, nourriture insuffisante, et de m'ingénier à passer mon temps de quelque façon.

Il m'est impossible de pousser une pointe dans aucune direction, sans avoir même un homme pour porter mes vivres. Je pars pour la forêt avec mon Annamite Tay, le plus intelligent de mes aides, afin d'herboriser et de mettre à exécution un projet que j'avais depuis quelque temps.

J'avais remarqué, dès mon arrivée à Attopeu, un certain nombre de tombeaux dispersés dans les jungles, et la nature des objets déposés sur les tertres ne me laissait aucun doute sur l'identité des cadavres qu'ils recouvraient. C'étaient bien des sépultures de Khâs.

Depuis mon entrée au Laos il m'avait été impossible de me procurer même un simple crâne; les indigènes rôdant toujours auprès des villages, dans les mille sentiers qui serpentent au travers des broussailles, j'aurais été infailliblement surpris dans mon travail d'exhumation clandestine, et la violation d'une sépulture n'est pas une mince affaire dans ce pays où le respect superstitieux pour les morts est poussé à l'extrême. Comme en ce moment, grâce au choléra, on ne rencontre pas un homme hors des cases, je ne trouverais jamais, pensai-je, d'occasion plus favorable pour m'approprier quelques spécimens ostéologiques du plus haut prix, car il n'en existe pas un seul dans tous les musées d'Europe. Je choisis, dans un recoin bien protégé par le fourré, une tombe récente, et j'ordonne à mon Annamite, complètement stupéfait, l'ordre de se servir de la pelle que je lui avais fait apporter sans lui dire pourquoi, et de déterrer le cadavre.

Voyant sa répugnance non dissimulée, je lui promets une piastre de supplément de solde par squelette; mais pour le décider plus vite, je lui permets d'aller chercher le Chinois A-hoï, mon préparateur, qui, lui, aurait déterré sa mère sans sourciller, pour un prix raisonnable, et qui sera payé au même taux.

Je n'entrerai pas dans les détails horribles de cette exhumation, que je considère comme une des œuvres les plus méritoires de mon exploration, surtout en plein choléra. Il fallut apporter les débris à la case, dans des hottes recouvertes de plantes aromatiques simulant une abondante récolte botanique, les jeter adroitement dans la rivière, et passer une partie de la nuit à un travail que seuls les anatomistes connaissent.

10 mars. – Pas d'hommes, pas d'éléphants, et hélas! faut-il l'avouer, pas de correction au gouverneur, non plus que de provi-

En route pour les hauts plateaux

sions de bouche ; heureusement les douces tourterelles, la manne du voyageur en Indo-Chine, sont toujours autour des cases, et quelques coups de fusil fournissent notre déjeuner.

Silence complet au-dedans de l'enceinte gouvernementale ; personne n'ose se montrer, car nous sommes porte à porte ! Au reste, je ne suis plus aussi pressé, ne voulant pas perdre l'occasion d'augmenter mon petit musée anthropologique.

Pendant que je mesure et que je dessine trois Khâs (un Khieng et deux Gnia-heuns), que j'ai racolés dans le village, j'expédie mes deux acolytes à la recherche des squelettes. Les exhumations vont très bien.

11 mars. – Rien de particulier à noter. Inaction complète. Je recueille encore deux crânes. Mes deux vampires, qu'il fallait d'abord stimuler sans relâche, sont pris maintenant d'une ardeur d'exhumation qui ne me semble pas très naturelle, et ils ne parlent plus du tout de la peur du poison. Je les soupçonne véhémentement d'avoir fait quelque trouvaille de bracelets ou de colliers d'or ou d'argent.

Le soir, il m'arrive cinq éléphants avec leurs cornacs. Il y a deux femelles avec leurs petits, tout jeunes, et qui vont bien m'amuser pendant le voyage.

J'espère pouvoir partir demain.

12 mars. – Hélas ! me voilà encore à Attopeu. Les cinq pachydermes d'hier, qui font un tapage d'enfer dans le village, ne sont pas suffisants.

Le khiomeuong, outre la difficulté réelle que je reconnais, de me trouver des hommes par le temps qui court, persiste à me témoigner la plus mauvaise volonté, et à me laisser mourir de faim, moi et mes hommes ; en fin de compte, je retourne chez lui, si pénible que me soit cette démarche, pour lui demander à acheter des vivres, et notamment des poulets pour la route.

Il me reçoit toujours accroupi au milieu de ses fusils, et a l'audace de me répondre que si je veux des poules, je n'ai qu'à en tuer dans le village. Je fais immédiatement chercher deux de mes fusils, j'appelle A-hoï, lui en confie un, et, du haut de la plate-forme, sous les yeux mêmes du khiomeuong, je fais un massacre général de sa basse-cour. En outre, je le préviens que le lendemain, à la même heure, si je suis encore là, je continuerai à venir m'approvisionner chez lui de préférence, mais que je varierai ma cuisine en administrant à ses porcs quelques charges de chevrotines. Il ne sourcille pas et refuse le plus noblement du monde les ticals que je lui offre pour payer le sang innocent répandu dans sa maison.

13 mars. – Jusqu'ici il n'est arrivé qu'un sixième éléphant. Mais, en désespoir de cause, je vais moi-même à la recherche des cornacs dans les cases, et je commence à faire arrimer les bagages sur les bâts.

Avant de partir, je vais faire mes adieux au gouverneur, non sans le prévenir que je porterai plainte contre lui au consul *farang* de Bang-kôk, et j'assassine encore trois poules, en prévision de la route. Cette fois mon argent est accepté sans la moindre vergogne.

Enfin je quitte Attopeu, sans avoir rien dit aux cornacs de mes projets, qui sont de tenter la traversée de ce grand plateau inconnu qui nous sépare du territoire de Bassac : je leur laisse croire que nous nous rendons directement au Meuong-Saravan.

VII

D'ATTOPEU AUX PLATEAUX
LES KHAS SÔK

Saravan est le chef-lieu d'une province assez vaste située au nord d'Attopeu, et que le commandant de Lagrée avait visitée en 1867. Bien que la description qu'on a déjà faite de ce voyage soit des plus attrayantes pour mes études, je préfère encore tenter la traversée du Grand Plateau, qui a du moins le mérite de l'inconnu. Ce Grand Plateau est indiqué sur la carte de la Commission française comme volcanique et inhabité. Il me semble bien étrange qu'une si vaste étendue de terrains sans doute très fertiles soit déserte, et je dois m'efforcer de tâcher au moins d'y pénétrer, pour me rendre compte de la végétation, qui, à cause de la différence considérable d'altitude, doit présenter des particularités intéressantes. Enfin, c'est d'ailleurs dans la montagne seule que l'on trouve la forêt vierge et grandiose, et les aspects sublimes des pays tropicaux.

Il ne faut pas s'imaginer, en effet, que l'Inde, la Birmanie, le Siam, la Cochinchine soient des pays très favorisés sous le rapport pittoresque. C'est plutôt le contraire, et, partout où la salubrité relative du sol, sa fertilité, son accès facile ont permis à l'homme de s'établir de longue date, tout est ravagé et détruit sans pitié. On trouve cependant çà et là de beaux points de vue, comme des oasis de beauté au milieu de l'uniformité générale ; et il est vrai que là où les demeures de l'homme sont clairsemées, là où la fièvre des bois décime et fait reculer les indigènes, là où les accidents géologiques rendent toute exploitation régulière impossible, tout change d'un coup de théâtre, et l'on se sent ébloui devant des splendeurs qui confondent l'imagination.

Enfin, je suis en route avec mes six éléphants, qui s'avancent d'un pas mesuré, à la file indienne, sous un soleil de plomb, dans des plaines d'une aridité extrême, formées de bancs de grès et de roches volcaniques, coupées de ravins fréquents, sans une seule goutte d'eau. Les bêtes ne sont pas trop chargées, quoi qu'en prétendent les cornacs. Les Annamites empilent sur le dos des éléphants deux ou trois fois plus de poids et de volume que les Laotiens et les Khmers.

Je ne sais pas pourquoi sur toute la rive gauche du fleuve, depuis Stung-Treng, on a abandonné d'une façon absolue les chariots à buffles et à bœufs. Ils seraient tout aussi utiles que sur la rive droite, et les routes n'y seraient pas plus mauvaises. Deux bons chars à buffles transportent certainement la même charge que quatre éléphants au moins.

Partis à onze heures du matin, nous nous arrêtons à quatre heures et demie au milieu d'un grand marais desséché, formant clairière, auprès duquel se remarquent les vestiges de l'établissement d'un ancien village. C'est là que nous campons, à la chaleur de grands feux alimentés par des troncs d'arbres tout entiers, sans incidents notables.

14 mars. – Debout dès l'aube, je stimule la nonchalance des cornacs et les envoie à la recherche de leurs animaux. L'un d'eux, une grande femelle, a réussi à se dégager de ses grosses entraves de rotin et s'est enfuie dans la forêt. Ces fugues sont un des grands ennuis des voyages à éléphants dans les bois, et, se renouvelant à chaque instant, elles font souvent prendre en grippe ce moyen de locomotion.

Je déjeune auprès d'une mare à l'eau verte, ignoble, infecte ; je n'ai pour tout abri contre les rayons d'un soleil cuisant que le tronc d'un arbre chétif, dont j'accapare l'ombre, tournant tout autour à mesure que le soleil se déplace. Il fait une chaleur étouffante, et les objets ne sont plus visibles jusqu'à plus de trois mètres au-dessus du sol, par suite des ondulations des courants de l'atmosphère qu'échauffe le rayonnement du terrain argileux, crevassé, entièrement dépouillé de végétation.

Toute la journée je marche en forêt-clairière, aussi aride et affreuse que jamais, ayant toujours à ma gauche les contreforts de la chaîne Phou-Louang, qui tantôt s'éloigne et tantôt se rapproche du sentier, offrant toujours à l'œil fatigué le repos de sa verdure et de la belle végétation de ses ravins. Pas une âme sur notre route, et aucune trace de culture jusqu'au soir.

Vers cinq heures, le sentier se rapproche beaucoup des montagnes, s'élève même sur leurs talus d'éboulements, tout parsemés de grosses roches et coupés de profonds ravins, qui, tous, ont leurs noms, et qui servent à calculer la distance ; je demandai à un homme combien il fallait encore de temps pour atteindre la halte, il me répondit : « Il y a encore douze ravins à traverser », et c'était exact.

Bientôt le sentier s'élargit et prend l'apparence d'une route poudreuse piétinée par les bestiaux, et nous nous trouvons arrêtés par une haie de feuillage, garnie des mêmes appareils *cholérifuges* que l'enceinte des hameaux khâs du Sé-Kéman. Nous arrivons à un village fixe de Khâs sôk, mélangés de Laotiens non moins sauvages que les Khâs.

L'apparition de l'homme blanc est bien vite signalée, et il se produit un grand remue-ménage autour des cases, avec appels désespérés et cris affreux qui se répercutent sur les montagnes voisines, déjà noyées dans la nuit. Par malheur, mon chien se met à japper en poursuivant un troupeau de zébus ; je tire une belle chauve-souris qui passait imprudemment au-dessus de ma tête ; il n'en faut pas davantage ! voilà le village tout entier en fuite, se sauvant dans la montagne, ne prenant même pas le temps de déménager les marmites sur le feu. Il ne reste personne dans les maisons, sauf une ou deux vieilles femmes impotentes.

Le choléra est au village, mais peu intense. L'inévitable raquette hexagonale et l'écriteau (en caractères laotiens) que nous avons rencontrés sur la route m'en avaient averti. On m'apprend que ces objets ont aussi pour but de déclarer aux passants que les habitants se sont mis en quarantaine, et que ces avertissements sont généralement respectés, non seulement pour les épidémies, mais aussi pour les épizooties, assez fréquentes, surtout sur les buffles.

Il y a dans ces habitudes une remarquable entente de l'hygiène, qu'on ne s'attendrait certes pas à trouver ici. D'abord, déclaration de quarantaine avec les moyens restreints de publicité dont on dispose ; puis, si, malgré ces précautions, le nombre des décès augmente, dispersion complète de la communauté.

Je m'installe dans la maison la plus propre et la plus riche, d'abord pour mon agrément particulier, ensuite pour qu'elle ne soit pas mise au pillage. Je retrouve ici une forme particulière des cases, que j'avais déjà rencontrée plus au sud, sur notre frontière de Cochinchine, chez les sauvages du Song-Bé. Les parois faites de feuilles, d'herbes et de bambous, ne sont pas verticales, mais inclinées de dehors en dedans et de haut en bas, ce qui donne aux villages un aspect tout à fait caractéristique. Cette habitude a sans doute pour objet de faire gagner sous le toit un espace triangulaire occupé par des étagères, et peut-être aussi de préserver plus facilement de l'humidité de la saison des pluies.

Les cases sont, comme toujours, établies sur des pilotis hauts de deux mètres à deux mètres cinquante. Leur mobilier ne varie guère. Ce sont des nattes, des paniers cylindriques de bambous et d'écorces qui servent de greniers, des jarres et des marmites, des filets de pêche, de grosses glènes de rotins et des lianes, des paquets de cordes en cuir de buffle, des harnais ; puis, dans les poutrelles du toit, des lances, des provisions de bambous, des arbalètes, des flèches, empoisonnées ou non, des pièges de formes peu variées, etc. Ni lits, ni sièges en général.

Ce village est établi au milieu de belles rizières bien entretenues, et ressemble, mis à part la forme des maisons, à un village laotien. De beaux arbres, laissés de place en place, soutiennent dans leurs robustes rameaux de petites maisons à demi cachées par des feuilles, et qui servent de grenier pour le paddy.

15 mars. – Les indigènes s'obstinent à ne pas vouloir revenir. Le village est toujours désert. Avec ma lorgnette j'aperçois, au travers des arbres de la montagne, des groupes de Khâs accroupis guettant mes mouvements, leur inséparable arbalète à la main.

VIII

BAN-KA-GNAC
LES KHAS GNIA-HEUN
LES BIRMANS AU LAOS

Le soir, après avoir traversé un pays d'aspect très sauvage, mais toujours très aride, je me retrouve sur les bords du Sé-Kong. Environné de clairières plus ou moins anciennes, et assis sur les berges plus ou moins mamelonnées de la rivière, s'élève un joli hameau de quelques cases, nommé Ban-Ka-Gnac, habité par des Laotiens et des Khâs gnia-heun. De l'autre côté du Sé-Kong, on aperçoit des mamelons et des croupes boisés qui disparaissent sous le couvert d'une épaisse végétation. Une petite rivière vient déboucher au nord du village; le site est charmant, le choléra n'est pas venu jusqu'ici.

En arrivant au village, quel n'est pas mon étonnement de m'entendre saluer d'un « *Bamquan lon*[1]! » des mieux accentués, qui m'est adressé par un personnage de nationalité indécise, et qui

1. Salut annamite d'un inférieur à un mandarin.

tient poliment à la main un chapeau de feutre mou. C'est un Minh-huong (métis de Chinois et d'Annamite), qui a dû avoir une existence des plus accidentées. Parlant chinois, annamite, siamois, laotien, birman, et même comprenant plusieurs dialectes khâs, d'une physionomie remarquablement énergique et intelligente, cet homme voyage maintenant entre Korât et le pays des sauvages roedèhs, faisant le métier de colporteur et vendant surtout des étoffes. Il a habité Saigon et Bang-kôk. Un pareil homme serait d'une bien grande utilité pour un voyageur tel que moi, et combien je regrette que mes ressources limitées ne me permettent pas de l'engager à mon service !

Il a loué chez les Roedèhs quatre éléphants pour tout son voyage, qui durera encore trois mois, avec les cornacs, pour la somme totale de seize ticals (environ cinquante-cinq francs). Je réussis à obtenir de lui une quantité de détails intéressants sur les Roedèhs, qui constituent une véritable nation, avec de grands et beaux villages. Ces Roedèhs sont de race malaise, et il serait facile de faire chez eux une belle exploration.

Les cases du hameau étant trop petites et trop sales, et ne voulant pas, du reste, en déloger les propriétaires, je me fais construire un gourbi sur la berge du Sé-Kong, et je passe la soirée à causer avec mon Minh-huong. J'apprends alors que je me trouve juste en face d'un sentier qui mène à Bassac. Les détails qui me sont fournis ne me laissent aucun doute : le sentier traverse le plateau. Il est très difficile, mais enfin les éléphants peuvent y passer, en cette saison du moins, et on rencontre beaucoup de Khâs. Je suis au comble de mes vœux, et la rencontre de cet homme est une trouvaille d'un prix inestimable.

16 mars. – Les sauvages de Ban-Ka-Gnac, appartenant à la tribu des Gnia-heuns, sont des plus curieux, avec leur chevelure qu'ils portent la plupart du temps inculte et hérissée. Ils ont l'air extrêmement doux et timide. Après en avoir mesuré et dessiné deux, j'espère pouvoir m'en procurer d'autres en prolongeant mon séjour ici jusqu'à demain. Mais, vaine espérance ! tous se sauvent quand on leur parle de s'approcher de moi.

Je visite plusieurs cases et cahutes. Dans toutes je trouve une

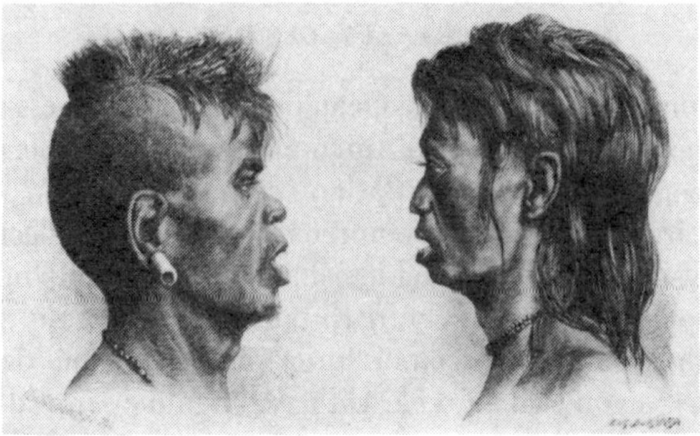

Types de Bolovens et de Gnia-heuns

Tombeau de Khâs bolovens

réduction de maison, haute de vingt centimètres, placée sur une sorte de petit autel, puis, à côté, une espèce de petite panoplie extrêmement curieuse.

On y voit, disposé avec un certain art, sur une monture de bambou, tout ce qui constitue la vie du sauvage : un petit sac ou une petite arbalète avec un carquois de flèches microscopiques, un mortier à riz de la grosseur d'un dé à coudre avec son pilon, une pirogue de poupée, pourrais-je dire, munie de ses pagaies, une masse et une hotte à l'avenant ; le tout est couronné par un œuf de poule et un paquet de plumes. Enfin, on voit encore, sur cet étonnant simulacre, des grains de riz et quelques houppes de coton, etc., collés avec de la résine ou de la cire.

Sont-ce là des ex-voto destinés à préserver tous ces objets, ces ustensiles, ces armes, de tout accident, et visant à faire aller la flèche droit au but, que la pirogue résiste au choc des rochers dans les rapides, que la moisson soit abondante et que les couvées viennent à souhait ? Ou bien faut-il croire que les sauvages ayant fait, à l'exemple de l'humanité tout entière, leurs dieux ou leurs génies à leur image, ont rassemblé, là, en un seul endroit, tout ce qui peut être utile aux esprits qui voudraient visiter leurs maisons, pour se les rendre favorables par ces délicates attentions ? Je pencherais plutôt, après réflexion, pour la seconde hypothèse.

Devant les portes, sur la surface de section d'un tronc d'arbre ou sur une petite plate-forme élevée sur un bambou, je vis également quelques lambeaux de peau, des touffes de poils de sangliers, de cerfs, des écailles de pangolins ou de tortues, avec quelques grains de riz. Je suppose avoir retrouvé là un des modes de sacrifice que les sauvages ne manquent pas d'accomplir quand ils ont tué quelque animal, qu'ils consacrent ainsi, et dont ils offrent fictivement une partie aux génies de la forêt ou aux propres esprits de ces animaux. Pour tous ces sauvages, en effet, les bêtes ont un esprit qui vague dans la forêt, tout comme les hommes.

Il est inutile, du reste, de questionner les Khâs au sujet de tous ces problèmes. Je n'ai jamais pu obtenir d'eux une réponse satisfaisante, quand toutefois ils daignaient me répondre ; pour arriver à quelque éclaircissement, on conçoit qu'il faudrait séjourner chez eux, posséder, en outre, un excellent interprète ; et encore, ce serait bien difficile : la plupart exécutent tout cela machinalement, par routine, sans se rendre bien compte de ce qu'ils font. La raison la plus habituelle qu'ils m'ont donnée est la suivante : nous faisons cela parce que nous l'avons toujours vu faire, et nous ne pouvons pas faire autrement que les autres.

Quelle erreur de croire que la vie des sauvages est faite de liberté ! Il n'y a pas d'existence moins libre que la leur. Leurs moindres actions sont entourées d'une foule d'empêchements, toutes leurs entreprises sont soumises à toutes sortes de règles, de cérémonies embarrassantes. Cinquante fois par jour ils sont arrêtés par le besoin impérieux de se soumettre à des usages strictement obligatoires, et l'étiquette de la cour de Louis XIV est la simplicité même à côté du code des actes de la vie sauvage.

Une des choses qui m'étonnent le plus, c'est ce besoin de symbolisme qui se trahit partout chez eux, sans qu'on puisse saisir aisément par quelles opérations de l'esprit ils ont passé pour y arriver.

En rentrant au Ban-Ka-Gnac, je suis tout surpris d'apercevoir, assis sur la plate-forme d'une case, deux Birmans, que je n'avais pas encore vus. Ce sont, me dit-on, des associés du Minh-huong, ou plutôt des espèces de domestiques à sa solde. Ces Birmans sont des hommes étonnants, et il faut qu'ils soient d'une énergie bien supérieure à celle des Laotiens et des Siamois. J'en rencontre partout depuis que je suis au Laos ; j'en ai même trouvé deux à Meuong-Caô, dans le Sé-Kéman. Ils viennent de leur pays, le plus souvent par la voie de terre, en passant par Korât et Oubôn ; mais il y en a aussi qui viennent de Rangoon par Bang-kôk.

Plus heureux que moi-même, ils n'ont rien à demander aux mandarins, et peuvent se passer, à la rigueur, de leur intermédiaire ; ils savent cependant se les rendre favorables par quelque mince cadeau dont ils ont bien vite retrouvé la valeur. Ils s'organisent en petites caravanes, composées d'un chef et d'un nombre variable de porteurs, qui marchent à pied, chargés comme des mulets, pliant sous le faix de deux paniers qu'ils portent en balance sur l'épaule. Ils parcourent ainsi le Laos, allant droit devant eux et, paraît-il, jusque chez les Roedèhs, partout où ils savent trouver un centre de population. Ils sont bien armés et ont l'air très déterminé. La plupart de ceux que j'ai vus ressemblent si singulièrement aux

Annamites qu'on ne peut douter que ces deux races, parties de points voisins, n'aient les plus grandes affinités. Partout où je me suis rencontré avec eux dans les pagodes et les salas, ils m'ont toujours cédé la place avec la plus grande politesse.

Leur pacotille se compose surtout d'étoffes et de boîtes cylindriques en laque rouge, qui sont très recherchées et qu'ils vendent à un prix exorbitant. Ils rapportent surtout chez eux des bestiaux, des éléphants, de l'ivoire et de l'or s'ils en peuvent trouver. C'est justement l'ardeur qu'ils ont mise à soutenir le contraire qui me fait supposer que leur présence aussi dans les environs d'Attopeu n'était pas sans relations avec la *sacra fames* du poète. Les Laotiens les désignent sous le nom de Khoulâs.

17 mars. – J'avais annoncé hier soir aux cornacs, après les révélations du Minh-huong, que, réflexion faite, j'avais modifié mes intentions primitives, et que je ne voulais plus aller à Saravan, mais me rendre directement à Bassac.

Ce fut un déluge de plaintes sur tous les tons. D'abord, on me soutient, avec un ensemble parfait, qu'il n'y a pas de route. Mais, armé de mes indications, je fais avouer le mensonge. Alors ce fut autre chose. « Il faut côtoyer des précipices affreux, il n'y a pas d'eau, nous mourrons de faim, etc. »

Je restai sourd, et je promis de jolies récompenses. Enfin tout s'arrange, mais à la condition que je m'abstiendrai de tirer aucun coup de fusil et, surtout, que je me garderai bien de battre personne ; car, s'il est un fait bien avéré, c'est que, dans ces parages, toute caravane où l'on tire des coups de fusil et où l'on fait châtier les paresseux et les récalcitrants ne manque pas de perdre un certain nombre d'hommes et d'éléphants.

Le lendemain, nous entrons dans une vallée dirigée est-ouest, formée par une large coupure qui sépare Phou-Louang d'une autre chaîne nommée Phou-Dak-Ling. Je m'arrête le soir au bord d'un ruisseau d'eau limpide et murmurante, au milieu de massifs de bambous.

Village de Khâs bolovens

IX

LA CHUTE DE SÉ-NOI
LE PLATEAU – LES KHAS BOLOVEN

18 mars. – J'ai été payé de toutes mes peines. Je n'avais jamais vu de pareils spectacles se dérouler devant mes yeux, et je ne crois pas que l'imagination la plus poétique soit capable de décrire d'aussi splendides panoramas. Le sentier des éléphants monte, par une série de cols et de mamelons, jusqu'à une hauteur de six cents mètres environ. On est toujours dans la grande vallée, mais divisée en deux vallées plus petites par une série d'éminences. De chaque côté mugissent des torrents blancs d'écume, roulant avec fracas sur un lit de roches noires et brillantes. Sous mes pieds, j'aperçois de temps en temps, au centre d'un défrichement, de petits hameaux khâs qui semblent noyés dans l'épaisse végétation des forêts qui les entourent.

L'après-midi, la route continue à s'élever, et les éléphants grimpent sur le flanc d'un épais contrefort, qui laisse à notre gauche une sorte de profond *cañon* qui nous sépare à présent de Phou-Louang. Les pentes de cette montagne se déroulent tout entières à mes yeux, et sont d'une beauté qu'aucune description ne peut rendre, avec leurs teintes passant du vert sombre au bleu d'ardoise, toutes pailletées, en quelque sorte, des larges feuilles des sagoutiers brillant au soleil, comme les armes polies de bataillons escaladant les ravins. A chaque instant, au fond de précipices vertigineux, ici tout ensoleillés, là tout enfouis dans l'ombre, apparaissent de nouveaux torrents. Enfin, tout à coup, après avoir dépassé une grosse roche qui depuis un instant me cachait le paysage, je me trouve en face d'une cataracte encore lointaine, dont l'aspect achève de monter mon enthousiasme au diapason le plus aigu. C'est le Sé-Noi, qui se précipite d'un seul jet, blanc comme la neige, dans un bassin inférieur que je n'aperçois pas encore, avec un bruit de tonnerre.

Mes Annamites eux-mêmes, et mon Chinois, c'est tout dire, semblent véritablement impressionnés de la grandeur de ce spectacle.

Je fais avancer mon éléphant jusqu'au bord de la profonde coupure qui absorbe la rivière, et je reste longtemps à contempler ces merveilles, ne m'éloignant qu'à regret. Ce moment restera comme l'impression jusqu'ici la plus vive de mon exploration.

Les éléphants sont décidément des animaux invraisemblables. Jamais je n'aurais voulu croire, si je ne l'avais vu de mes yeux, que ces énormes masses fussent douées d'une pareille légèreté. Tantôt, descendant sur la surface d'une roche glissante, tantôt grimpant sur un sol parsemé de cailloux roulants et d'arbres abattus, avec des inclinaisons telles qu'on croirait à chaque instant que sa charge va chavirer en avant ou en arrière, le colosse s'en va tranquillement, côtoyant l'abîme, ne faisant un pas qu'après s'être bien assuré, par des pesées sur ses membres antérieurs, que le terrain peut supporter son poids, tâtant de sa trompe les endroits suspects, et tout cela sans efforts apparents et sans brusques secousses.

Je m'arrêtai sur le bord du Sé-Noi, ou d'une de ses branches, que nous passâmes à gué, sur un banc de roches glissantes, à deux ou trois kilomètres au-dessus des chutes, dont le grondement forme une basse continue accompagnant les mille bruits de la montagne : bordé de roches et d'arbustes, puis d'un fourré de lianes qui semble une muraille végétale par-dessus laquelle s'élancent des arbres de haute futaie, d'une fraîcheur et d'une variété infinies de feuillage, le Sé-Noi, coupé de deux cascades entre lesquelles ses eaux calmes réfléchissent comme un miroir les détails de la végétation des rives, offre un spectacle d'une tranquillité et d'une grandeur incomparables. Quelle belle soirée ! elle mérite à elle seule le voyage que j'ai entrepris, et je me sens envahi par une véritable tristesse à l'idée que, poussé par l'inexorable nécessité, il faudra demain que j'abandonne tout cela.

19 mars. – Parti dès le matin à l'aventure, je m'égare au travers de plaines couvertes de hautes broussailles, et croyant arriver, guidé par le bruit, à la chute que j'avais vue la veille, j'arrive à une autre cataracte moins grandiose que la première, formée par un affluent du Sé-Noi ; celle-ci est composée d'une série de chutes qui s'éparpillent de roche en roche. Je fais une bonne récolte botanique.

Revenu au camp, je mesure deux Khâs gnia-heun que j'avais

Grenier à riz et maison sépulture des sauvages du Grand Plateau

rencontrés abrités dans le creux d'un rocher, fuyant le choléra. Ils transportent avec eux tout leur mobilier, et jusqu'aux petits trophées dont j'ai parlé plus haut.

Guidé par l'un d'eux, je marchai ensuite le long de la rivière pour aller voir de près la grande chute, avant de la quitter peut-être pour jamais. Je réussis, m'accrochant aux saillies et aux racines, à descendre, non sans danger, jusqu'au bassin inférieur, et je fis une ample récolte des plus belles orchidées du monde, qui croissent au sein d'une poussière d'eau qui les baigne perpétuellement.

En revenant de cette excursion, je tombe tout à fait inopinément sur deux petites cases de Khâs, cachées dans le fond d'un entonnoir, et adossées aux rochers, de telle sorte que toute retraite devient impossible pour leurs habitants. Ne pouvant s'enfuir, tous les membres de la famille s'empilent pêle-mêle contre un toit à porcs, dans le point le plus reculé qu'ils peuvent atteindre, et là, sans doute pour échapper au moins à la vue d'une aussi terrible apparition, la face tournée vers la paroi de bambou, et cachée entre leurs mains, ils se serrent en un paquet, sans un cri, sans un geste, en proie à la plus violente terreur. Rien ne peut les arracher de là, et si je prends la tête de l'une des jeunes femmes du groupe entre mes mains, tête fine et non sans grâce, elle ferme obstinément les yeux, pâle et toute prête à défaillir.

La route continue à s'élever sous la forêt de haute futaie et au travers des massifs de bambous, coupés de temps en temps par de petites plaines horizontales formant clairières et marécages. Une heure environ avant la nuit, nous marchons définitivement sur un terrain plus ou moins horizontal, formé d'argile rouge, qui se découpe en mamelons arrondis. De grandes clairières artificielles, parsemées de troncs d'arbres carbonisés, gisant en désordre, et des buffles à demi sauvages annoncent le voisinage de l'homme.

Le caractère de la végétation est tout à fait modifié; les diptérocarpées de la plaine ont été remplacées par les chênes, les châtaigniers, les charmes; d'épais massifs de ronces (*Rubus*) chargés de fruits d'un jaune d'or bordent les sentiers, et l'herbe rase des clairières est émaillée de fleurs de violettes et de renoncules. Cette flore des pays tempérés se confond avec les palmiers (*Areca, Sagus, Calamus*) et les fougères arborescentes qui ombragent les ravins de

Séchage des plantes de l'herbier

leurs grandes feuilles d'une grâce et d'une teinte inimitables. Les *Styrax* et les *Engelardhtia* mêlent leur beau feuillage à celui des *Taxodium*, des *Pinus* et des *Podocarpus*. C'est le paradis du naturaliste.

Nous laissons derrière nous plusieurs tombeaux de Khâs boloven, placés avec une sorte de coquetterie au bord de ces charmantes clairières. Ce sont des enceintes rectangulaires faites de pieux aigus, que défendent par surcroît des chevaux de frise en bambou. Sur le tertre sont déposés les ustensiles divers à l'usage des défunts ; suspendus aux branches qui ombragent leurs restes, on voit la hotte et l'arbalète qui ne les ont jamais quittés, et un petit cruchon rempli de vin de riz.

Cependant les hottes et les arbalètes ne sont pas de premier choix. Une arbalète cassée et une hotte percée suffisent évidemment à toutes les exigences de ces mânes.

Après avoir erré assez longtemps à la recherche d'un gîte, nous faisons halte à la nuit close dans un village de Khâs boloven totalement abandonné.

20 mars. – Je salue cette date comme elle le mérite ! Voilà deux ans que j'ai quitté la France, et mes camarades partis en même temps que moi pour le service de la Cochinchine s'embarquent aujourd'hui à Saigon pour rentrer en Europe. Il y en a toutefois quelques-uns qui manquent à l'appel, tandis que moi, malgré tout, je suis encore là, solide et bien portant.

Ne soyons pas trop fier, cependant, car tout n'est pas fini, je suis encore bien loin du but, et j'ai encore bien des bols de riz à digérer, bien des *quarts* d'eau plus ou moins claire à absorber, bien des nuits à passer à la belle étoile, avant de manger mon premier morceau de pain, avant de tremper mes lèvres dans un verre de vin de France, avant de coucher dans un lit.

Malgré ces privations, je ne donnerais pas ma place, ici sur ce plateau, pour un empire. Une température délicieuse, des récoltes de plantes abondantes, des oiseaux merveilleux, des insectes aux chatoyantes couleurs, tout cela au sein de la nature la plus magnifique, que puis-je désirer de plus ? Une seule chose, c'est que cet enchantement puisse durer longtemps, et c'est justement impossible.

Aussi est-ce avec une ardeur fiévreuse que je me mets en chasse, parcourant ravins, mamelons, forêts, clairières; coupant, taillant, grimpant aux arbres, écorçant tous les vieux troncs que je rencontre, massacrant tous les animaux qui passent à ma portée.

Ce village de Bolovens s'appelle B. Theloung. Il se compose de cinq cases agglomérées au fond d'un entonnoir déboisé, auprès d'un ruisseau qui en fait presque le tour. Les cases sont fort bien construites, plus propres et plus commodes que celles des Laotiens et des Cambodgiens. A peu près trois fois plus longues que larges, elles présentent à chaque extrémité une véranda, et possèdent à l'intérieur deux grandes chambres et une plus petite. Les parois sont verticales. Les Bolovens paraissent avoir une prédilection particulière pour la ligne courbe : l'arête des toits et les petits côtés qui protègent les vérandas sont curvilignes. Une plate-forme prolonge le plancher du côté de l'entrée principale. Le seul reproche qu'on puisse faire à ces demeures, c'est l'usage d'un ou plusieurs foyers à l'intérieur des chambres, généralement au beau milieu. C'est un carré de terre et de cendres battues, maintenues par un cadre de bois. La fumée se répand de tous côtés, couvrant les cloisons, les murailles et tous les objets d'une couche brune et brillante.

Aux environs des hameaux, on voit plusieurs greniers à riz d'une disposition et d'un effet pittoresques. Ils sont établis sur un ou plusieurs arbres, dont on a coupé un certain nombre de branches au même niveau : sur le plan qui en résulte, les Khâs disposent le plancher d'une petite case qui abrite un immense panier.

Une sorte de collerette faite de lames de bambous extrêmement aigus entoure les troncs, la pointe dirigée obliquement vers le sol, et empêche les rongeurs de grimper. Des mannequins, armés d'un semblant d'arc avec sa flèche, perchés dans les arbres, ont la prétention peu justifiée d'écarter les tourterelles.

Je voudrais bien prolonger mon séjour, mais une nécessité vient s'ajouter à toutes les autres pour accélérer mon départ. Ma récolte de plantes est si abondante que toute ma provision de papier y a passé. Il ne m'est déjà plus possible de changer les enveloppes des échantillons nouveaux, et je suis obligé de faire établir de grandes claies de bambous et de branchages sur lesquelles je dispose mes paquets de plantes; tout mon monde est occupé à entretenir des feux au-dessous, et à retourner les paquets, comme des côtelettes sur le gril.

21 mars. – Aux environs du hameau, j'ai trouvé un autre village également désert, mais village de Gnia-heuns.

L'une des cases, hermétiquement close, et hérissée, comme une pelote d'épingles, de lances de bambous depuis la base jusqu'au faîte du toit, attire mon attention. Je la fais ouvrir par mon Annamite Tay, qui m'accompagne à la chasse. Elle contient un cadavre dans un état de décomposition avancée. Tel que la mort l'a surpris, il est resté là, étendu sur le dos, la pipe, la hotte, les calebasses et l'arbalète de rigueur à ses côtés. Impossible de l'approcher, c'est horrible ! C'est la première fois que je rencontre ce genre de sépulture. J'ai pu recueillir un squelette fort incomplet et un crâne de Gnia-heun, qui viennent augmenter la collection.

Les Bolovens sont revenus en partie au village, fort surpris de le trouver occupé par des intrus. Ils ne veulent pas se décider à rentrer chez eux avant notre départ, malgré mes prévenances à leur égard ; cependant ils ne se sauvent pas et causent tranquillement avec nous. Ces Bolovens ne sont pas de vrais Khâs. Ils ont pris en partie le costume laotien, et presque tous les hommes ont adopté la coiffure de leurs voisins. Les femmes sont restées plus sauvages.

J'ai fait encore aujourd'hui une trouvaille d'un intérêt considérable : sur l'emplacement du village lui-même et dans les environs, je rencontre un certain nombre de monuments, qui sont sans nul doute des sépultures ou les restes de quelque culte antique. Il s'agit d'une sorte de dalle de forme plus ou moins rectangulaire, d'un à deux mètres de longueur. Contre l'un des petits côtés se dressent des bornes, tantôt une seule, tantôt deux accouplées, d'un mètre à un mètre et demi de hauteur. Tous ces monuments sont orientés est-ouest. Les pierres en sont si frustes qu'au premier abord le travail de l'homme n'est pas évident, et ce n'est que leur répétition et leur orientation qui peuvent soulever tous les doutes, au milieu des nombreux rochers qui parsèment le sol.

Les Khâs du village, qui campent sur les lieux en attendant mon départ, sont fort étonnés quand, leur ayant montré trois ou quatre de ces monuments et leur similitude, je leur demande s'ils savent à qui il faut en attribuer l'érection. Vivant dans cet endroit depuis bien longtemps, ils ne les avaient jamais remarqués. Voilà un problème dont la solution se fera sans doute bien longtemps attendre…

22 mars. – Après une charmante promenade dans la forêt, j'arrive à un second village de Bolovens, nommé Dang-Kheuông, composé d'une quinzaine de maisons tout aussi abandonnées que les autres, disposées sur une seule ligne et bâties sur un modèle identique.

Je pars immédiatement à la chasse. D'énormes troènes, couverts de belles fleurs blanches, et une espèce de sureau m'offrent sans peine une belle récolte de cétoines, de *Macronotas* et de *Chrysochroas*.

23 mars. – Si j'étais riche, j'achèterais au roi de Bang-kôk ce coin perdu de ses immenses possessions, et je viendrais m'y établir avec quelques Français. Il n'y a pas de parc qui vaudrait celui-ci. Tous les fruits, tous les légumes de l'Europe méridionale y pousseraient à plaisir, et sans la difficulté des débouchés, quelle belle colonie on pourrait créer ! Au point de vue de l'histoire naturelle, un séjour de quatre à cinq mois sur ces plateaux serait plus profitable que trois années employées à parcourir toute l'Indo-Chine.

Le soir, je traverse d'immenses clairières couvertes, à perte de vue, de fougères pressées qui ondulent comme la houle au souffle du vent. Elles sont séparées par des forêts d'une épaisseur et d'une obscurité extraordinaires, remplies de sangsues féroces qui nous criblent les jambes et tout le corps de nombreuses morsures. Dans la saison des pluies, ce coin doit être inhabitable.

Halte à un village abandonné, de douze cases, nommé Long-Bok.

Je passe toute la matinée à poursuivre une troupe de gibbons noirs, d'une taille et d'une vigueur surprenantes, qui m'avaient réveillé dès le matin, en faisant entendre leur étrange concert, composé de notes plaintives qu'ils lancent tous en chœur, comme une série de sanglots de plus en plus aigus. Ces animaux sont extrêmement défiants, rusés et sauvages. Il faut les tirer à balle et de très loin, et encore, si l'on réussit à en toucher un, il faut qu'il soit tué raide ; autrement il s'accroche aux branches, traînant son membre brisé, et disparaît en un clin d'œil. Ils font des bonds de cinq à six mètres, avec des mouvements d'une grâce et d'une précision merveilleuses. L'espèce grise (*Hylobates leuciscus*), moins difficile à atteindre, exige toutefois beaucoup de patience : c'est à ce seul prix qu'on a des chances de réussir.

Je ne rencontre nulle part, dans mes courses, de traces de tigres ni de panthères, non plus que d'éléphants sauvages. Les cornacs m'assurent qu'à certaines époques, particulièrement dans la saison des pluies, ils remontent sur les plateaux et y deviennent très communs. Les cerfs ne sont pas non plus très abondants. Peut-être tous ces animaux n'aiment-ils pas le froid de la nuit, qui est ici toujours assez vif et très pénétrant. Tous les matins, un épais nuage de brume nous enveloppe et ne se dissipe que vers onze heures ou midi. Presque tous les soirs il pleut légèrement; il est évident que les pluies, qui du reste ne cessent jamais complètement, doivent devenir extrêmement abondantes pendant l'hivernage.

24 mars. – Rien à noter. J'ai passé toute ma journée en courses botaniques et zoologiques, m'arrêtant juste le temps d'absorber ma maigre pitance.

25 mars. – Route presque toujours sous bois. Forêt toujours aussi épaisse, aussi sombre, aussi pleine de sangsues. Quelques clairières, un grand marais viennent varier le paysage, qui finit, à force de splendeur, par m'écraser en quelque sorte. Le soir, j'ai traversé plusieurs ruisseaux et ravins rivalisant de beautés, et qui nourrissent un insecte aquatique très curieux (*Porrorynchus*).

Après avoir trouvé un ruisseau qui n'est autre que le Sé-Pien, nous tombons, cette fois, dans un village de Khâs boloven, que le choléra a oublié et que les habitants n'ont pas quitté. Mais les Bolovens ne sont vraiment plus des Khâs, car personne ne se sauve à mon approche; les femmes n'interrompent même pas leur travail, continuant, malgré ma présence, à piler leur riz, leurs nourrissons attachés sur le dos dans un morceau d'étoffe s'élevant et s'abaissant à chaque coup de pilon et gardant une physionomie d'un calme à mourir de rire, tant il contraste avec la gymnastique effrénée que leur fait subir le torse maternel.

Je mesure un bon nombre de Bolovens. Au point de vue ethnographique, ils présentent un intérêt médiocre, ayant pris, particulièrement les hommes, presque toutes les habitudes de leurs conquérants. La teinte de leur peau, notamment chez les femmes, m'a paru plus claire que celle des Laotiens, et surtout que celle des autres sauvages. Leur taille est un peu supérieure à celle des Laotiens, la différence principale consistant dans la forme du crâne, qui est sous-dolichocéphale, tandis que celle des Laotiens est nettement brachycéphale (arrondie). J'ai rencontré dans la forêt des femmes bolovens d'une beauté incontestable, et qui ne rappelle en rien celle des Laotiennes, dont elles se distinguent surtout par la forme de leur nez et par de grands yeux à ouverture horizontale et non bridés.

Je crois les Bolovens, du moins ceux qui sont rapprochés du grand fleuve et qui vivent, à la suite de leur assimilation presque complète, dans un état de sécurité aussi entière que les Laotiens, mieux doués physiquement et intellectuellement que ceux-ci, et cette remarque peut donner les plus grandes espérances relativement à l'avenir de tous les sauvages indo-chinois.

Puisque je viens de parler plus haut de la coloration de la peau chez ces peuplades, je saisis cette occasion de faire remarquer qu'à mon avis les voyageurs précédents ont beaucoup exagéré la différence de teinte qui sépare les Laotiens des sauvages. Les cornacs laotiens, les bûcherons, les cultivateurs, qui vivent toujours au soleil, sont aussi foncés que les sauvages, et, d'autre part, j'ai vu que les sauvages qui vivaient depuis longtemps à l'ombre, des blessés ou des malades, par exemple, étaient tout aussi blancs que les Laotiens soumis à un genre de vie analogue. Mais il est admis au Laos que les Khâs sont noirs, et cette idée est si bien enracinée, que j'ai vu des Laotiens auxquels je demandais de me montrer avec le doigt, sur un tableau chromatique, quelle était la teinte de sauvages qu'ils avaient devant eux, me désigner invariablement le noir absolu. Or, notez que souvent les Khâs étaient plus clairs que le Laotien lui-même que j'interrogeais.

Ce qu'il y a de plus vrai, c'est la différence de nuance ; les Khâs sont plus rouges, les Tays plus jaunes.

25 mars. – Je m'amuse, au retour de mon excursion journalière, à faire tirer l'arbalète aux Bolovens, pour juger de leur adresse, qui est très grande. Mais, avec de bonnes flèches, bien droites, pour peu qu'on ait l'habitude du fusil, on arrive bien vite à les égaler. Je leur montre les effets comparés de leurs armes et des miennes, en faisant éclater, d'une balle explosible de ma grosse carabine, un énorme mortier à riz, ce qui les impressionne assez vivement.

Il y aurait, me semble-t-il, d'intéressantes recherches ethnographiques à faire sur la filiation de cette arme remarquable qu'ils appellent *se-na* ou *tche-na*, et qui semble particulière aux populations de l'Asie orientale. C'est une arme très puissante jusqu'à la distance de quinze à vingt pas ; une simple flèche en bambou, sans fer, tirée de près, perce une planche de plus d'un centimètre d'épaisseur et est capable de tuer des bœufs et des buffles sauvages. Mais le maniement en est très difficile, à moins d'une longue habitude, et je n'ai jamais réussi, pour mon compte, à tendre certaines arbalètes que les Khâs armaient en un clin d'œil. Pour y arriver, ils maintiennent l'arme inclinée vers le sol avec les orteils appliqués à la jonction de l'arc et de la monture, puis tendent la corde des deux mains, en l'assurant bien derrière la gâchette.

La plupart des sauvages se servent de poison pour leurs flèches, mais toutes les tribus ne savent pas le préparer, et on va quelquefois fort loin pour en acheter. Je pense que les poisons sont de formules très variées ; la plante qu'on m'a le plus souvent apportée, quand je prenais des informations relatives à cette question, est une apocynée du genre *Strophantus*. Ils se servent aussi des strychnées.

26 mars. – Tout le plateau est enveloppé de brume, il fait froid et humide, et je pense avec une sorte de peur aux rayons du soleil qu'il va falloir bientôt braver dans la plaine aride en revenant à Bassac. Ici, il ne fait réellement chaud que pendant deux ou trois heures ; tout le reste de la journée est délicieux.

27 mars. – Je me laisse guider d'un village à l'autre au gré de la nonchalance des cornacs, qui sont cependant travaillés, d'un côté par leur paresse naturelle, et de l'autre par le désir de rentrer chez eux ; ils ont essayé de se faire remplacer par des Bolovens, mais sans avoir réussi jusqu'ici.

J'aperçois pendant la route, à quelques pas de l'amorce d'un petit sentier, une grossière barrière faite de bambous et d'arbres abattus, ornée d'hexagones et de bouquets d'herbes ; en l'air, se balançait une petite planchette, portant sur chacun de ses bords une série d'encoches régulières, mais les unes plus grandes, les autres plus petites. Je réunis les cornacs et je leur demande s'ils savent ce que veut dire cet écriteau. Malheureusement je n'avais pas de sauvages avec moi, et les Laotiens d'Attopeu, bien qu'habitués à vivre en pleine forêt, côte à côte avec les Khâs, ne me semblent pas très au fait de ce mode d'écriture. Enfin, après une assez longue discussion entre eux, j'obtiens l'explication suivante :

A droite, une série de douze petites encoches, une série de quatre grandes, plus une troisième série de douze petites. Traduisez : « D'ici douze jours, tout homme qui osera franchir notre palissade, sera notre prisonnier, ou nous payera quatre buffles ou (ou bien *et*) douze ticals de rançon. » A gauche, huit grosses encoches, onze moyennes, neuf petites. Ce qui signifie : « Notre village compte huit hommes, onze femmes et neuf enfants. »

Quoi qu'en ait prétendu F. Garnier, je n'ai jamais constaté d'autre écriture que ce système enfantin. La Commission a rencontré, comme cela m'est arrivé bien souvent, des écriteaux de bois suspendus au-dessus des routes des villages, et portant des caractères gravés à la pointe. Ce sont des caractères laotiens, et les sauvages, qui ne savent pas écrire, et qui attribuent à l'écriture des propriétés surnaturelles, se font fabriquer, moyennant finances, ces petites affiches par les bonzes laotiens.

Campé au village Moun-hou-Meuong.

Cette fois, malgré des prodiges d'habileté et de précautions, je n'ai plus une feuille de papier de rechange ; mes échantillons botaniques, desséchés au feu et empilés par douzaines dans une enveloppe unique, souffrent beaucoup des secousses des éléphants ; je suis réduit à ne plus herboriser du tout. Je me consacre entièrement à la zoologie, regrettant vivement l'absence des pluies, qui ont cessé complètement.

X

RETOUR A BASSAC

Voilà encore une journée de répit. Les cornacs réussissent à s'entendre avec quelques Bolovens, et presque tous me quittent, bien récompensés. Quant aux éléphants, ils n'en prennent aucun souci : c'est affaire à débrouiller entre le gouverneur d'Attopeu et le khiao de Bassac.

28 mars. – La route qui, hier déjà, s'inclinait très sensiblement, descend aujourd'hui avec rapidité au travers de grandes clairières arides, pavées, pour ainsi dire, de roches volcaniques, brisées et crevassées. Tous les ruisseaux sont à sec; c'est le désert après l'oasis. On trouve deux ou trois portions de forêt, dont une seule assez belle, où poussent, sur une pente très raide, des arbres gigantesques, les plus grands que j'aie jamais vus; ils appartiennent à la famille des sterculiacées. Pendant la descente, grave accident : mon lefaucheux, que j'avais confié à mon cornac pour pouvoir plus aisément descendre à pied les rochers, tombe du dos de l'éléphant sur la pointe d'un roc, et l'un des canons est entièrement faussé.

Le pauvre garçon, dont j'étais très satisfait, ne savait plus où se fourrer et, à peine arrivé, il vient se jeter à mes pieds, bien étonné de voir que je ne lui adresse aucun reproche. Mais j'ai toujours eu pour règle de ne jamais châtier que la mauvaise volonté évidente et la mauvaise foi.

N'empêche, c'est un gros malheur qui m'arrive là ! Je passe le reste du jour à faire l'armurier, et j'arrive, tant bien que mal, à réparer le dommage. Une demi-douzaine de balles, que je tire successivement avec une justesse suffisante, me prouvent que mon vieux fusil est encore capable de me rendre de bons services.

29 mars. – Je fais accélérer le plus possible la marche des hommes et des éléphants. Maintenant que les enchantements sont finis, je n'ai plus qu'un désir, revoir le Mékong et Bassac le plus vite possible, afin de prendre un peu de repos, ce dont j'ai grand besoin.

30 mars. – Rien de nouveau. J'ai passé la nuit dans un village entouré de marais et de jungles où foisonnent paons et coqs. Il est habité par des Khâs boloven qui ne parlent plus que le laotien, et qui sont indignés d'être pris pour des sauvages. C'est un phénomène curieux que j'ai souvent observé, surtout au Cambodge : aussitôt que les Khâs ou les Penongs peuvent espérer tromper sur leur origine, ils la renient complètement; comme les trois quarts des Laotiens sont mélangés de sang sauvage, la distinction est très difficile, du reste; et sur la rive gauche notamment, les Laotiens en apparence les plus purs avancent sans la moindre difficulté qu'on ne distingue un Khâ d'un Laotien qu'à ses oreilles largement percées.

31 mars. – Nous voilà revenus, à partir de ce village (B. Nonghêt), dans cet affreux pays de forêts-clairières.

Il fait une chaleur d'autant plus pénible que j'en ai été presque déshabitué par la douce température des plateaux. Enfin, après une longue journée de marche, j'arrive vers les bords du Nam-Không, en face de la grande île Dôn-Deng, un peu au nord de mon point de départ. Ce jour-là, je dînai à la pagode, d'une corbeille de riz que je dus à la charité des bonzes.

Il ne s'agit plus maintenant que d'avoir des barques pour traverser le fleuve, et ce n'est pas une petite affaire.

1er avril. – Après d'interminables discussions avec le chef du village, les choses finissent par s'arranger mieux que je n'osais l'espérer; et à onze heures du matin, je m'embarque avec mes bagages dans des pirogues montées moitié par des hommes, moitié par des femmes, qui font un bruit d'enfer. Nous doublons, par le nord, la pointe de l'île Rouge, et je grimpe, vers trois heures, la berge de Bassac, que j'avais quittée quarante jours auparavant.

Le prince d'Oubôn est toujours là; mais il a changé de campement, et l'on me fait l'insigne honneur de me donner la maison qu'il occupait avec sa suite, maison spacieuse, perchée sur le haut de la berge, d'où l'on domine tout le fleuve.

Je vois se dessiner dans l'est la pente bleuâtre des beaux plateaux que je viens de traverser et d'où j'emporte des impressions qui ne s'effaceront plus jamais.

2 avril. – Je vais faire visite au khiomeuong et raconter au prince mes mésaventures avec le gouverneur d'Attopeu, en le prévenant de la plainte que j'allais adresser contre ce dernier au commissaire de France à Bang-kôk.

Le soir, le prince vient me rendre ma visite. Il faut lui montrer mes plantes, mes oiseaux, mes insectes ; les portraits des Khâs surtout ont le don de le réjouir au dernier point, et, à chaque feuillet de mon cahier d'anthropologie, il lance un large éclat de rire, religieusement répété *crescendo* par toute la suite, qui n'y voit rien du tout, et semble cependant transportée de joie. Les malheureux ne se doutent pas que les trois quarts d'entre eux sont presque aussi khâs que les originaux de ces portraits, et le pauvre descendant des rois du Laos lui-même possède un nez fortement imprégné de sauvage, ce qui veut dire beaucoup moins laid que celui des vrais Laotiens.

Chose étonnante ! les pipes, les coiffures, les ustensiles que j'ai rapportés de l'excursion du Sé-Kéman intéressent aussi très vivement *Son Altesse*, qui considère tout cela comme si elle n'avait jamais rien vu de ces lointaines régions. Je ne me doutais pas, en vérité, que j'avais fait un aussi grand voyage. Par exemple, je me gardai bien de déballer mes squelettes et mes crânes.

Le prince se montra ravi d'un joli stéréoscope que je lui offris, et je saisis l'occasion pour lui demander de faire transporter à Phnôm-penh les collections que j'avais recueillies depuis quatre mois. Il y consentit de la meilleure grâce du monde.

Les jours qui suivirent furent employés activement à l'emballage de mes collections, ce qui nécessita la confection préalable d'une quinzaine de grands paniers cylindriques faits des épaisses et larges feuilles de *Dipterocarpus*, si bien imbriquées et si artistement maintenues entre deux réseaux de lanières de bambous que la pluie est impuissante à en mouiller le contenu.

C'est dans des paniers de ce genre que les Laotiens transportent toutes leurs denrées ; c'est au moyen d'ouvrages analogues qu'ils couvrent leurs barques, qu'ils font les cloisons de leurs cases, et même qu'ils construisent en un clin d'œil des abris temporaires, ne laissant pas filtrer une seule goutte d'eau, et qui m'ont bien souvent protégé la nuit, pendant la saison des pluies, des orages diluviens que je recevais en pleine forêt.

Dès le lendemain, je tombai malade, mais je pus encore rédiger quelques lettres et adresser la carte de l'excursion que je viens de raconter; j'allai aussi, sous prétexte de me remettre, estamper une inscription à une trentaine de kilomètres au sud-sud-ouest de Bassac, auprès d'un antique monument composé de trois tours de grès, monument qui m'avait été signalé par le khiomeuong lui-même. Mais, en revenant, je fus pris d'une rémittente bilieuse qui me mit à deux doigts de la mort, si bien que j'avais déjà fait prévenir le prince, pour lui confier mes papiers, mon argent et mes collections.

Enfin, à force de sulfate de quinine et d'ipécacuana, je réussis à m'en tirer, mais je restai si faible que je ne pus me remettre en route pour continuer mon voyage sur le Nord que le 15 avril. Je me proposais de traverser la grande chaîne qui sépare la vallée du Mékong du versant de la mer de Chine, le Laos et les tribus sauvages de l'empire d'Annam. Je pus accomplir ce projet, mais au prix de bien des misères, en affrontant les mille mésaventures qui m'attendaient sur ma route et que je raconterai; j'atteignis enfin Hué le 15 août de la même année, après un long parcours au travers de nouvelles populations de la rive gauche, en pleine saison des pluies.

DE BASSAC A HUÉ

XI

DÉPART DE BASSAC
LES ADIEUX AUX AUTORITÉS
LA FÊTE DE L'EAU – COMMENT ON S'INSTALLE EN PIROGUE
PREMIÈRE PLUIE – LES PREMIERS RAPIDES

J'ai laissé le lecteur au moment où, revenu d'Attopeu à Bassac, je m'apprêtais, convalescent d'une de ces fièvres des pays chauds si communes et si graves au Laos, à reprendre mon voyage interrompu. Nous étions au 14 avril. Très affaibli, et profondément dégoûté de la grossière nourriture qui composait mon ordinaire, je ne voyais pas l'avenir sous de très belles couleurs. Mais j'étais cependant bien décidé à ne revenir sur mes pas qu'à la dernière extrémité.

Ce ne fut pas sans peine que je parvins à terminer l'étiquetage de mes échantillons et l'emballage de mes collections; mais je n'eus pas même le courage d'achever les lettres, cartes et rapports que je me proposais d'envoyer en France. Je comptais partir le 15 avril. Le prince m'avait bien promis des pirogues pour ce jour-là; mais, suivant l'invariable coutume du Laos, à laquelle mon impatience ne parvint jamais à se résigner complètement, je ne vis arriver ni hommes ni pirogues.

J'allai faire ma dernière visite de cérémonie pour passer le temps. Le prince m'adresse force souhaits de bonheur, et, pour ne pas être en reste, je lui offre mon cheval en souvenir de moi, et en même temps je lui annonce mon retour probable dans sa province, après deux ou trois années de séjour en France.

– Que faudra-t-il vous apporter de mon pays? lui demandai-je. Dites-moi quel est l'objet qui vous ferait le plus de plaisir, et je vous promets de ne pas l'oublier.

Une discussion fort embrouillée s'engagea aussitôt avec les cour-

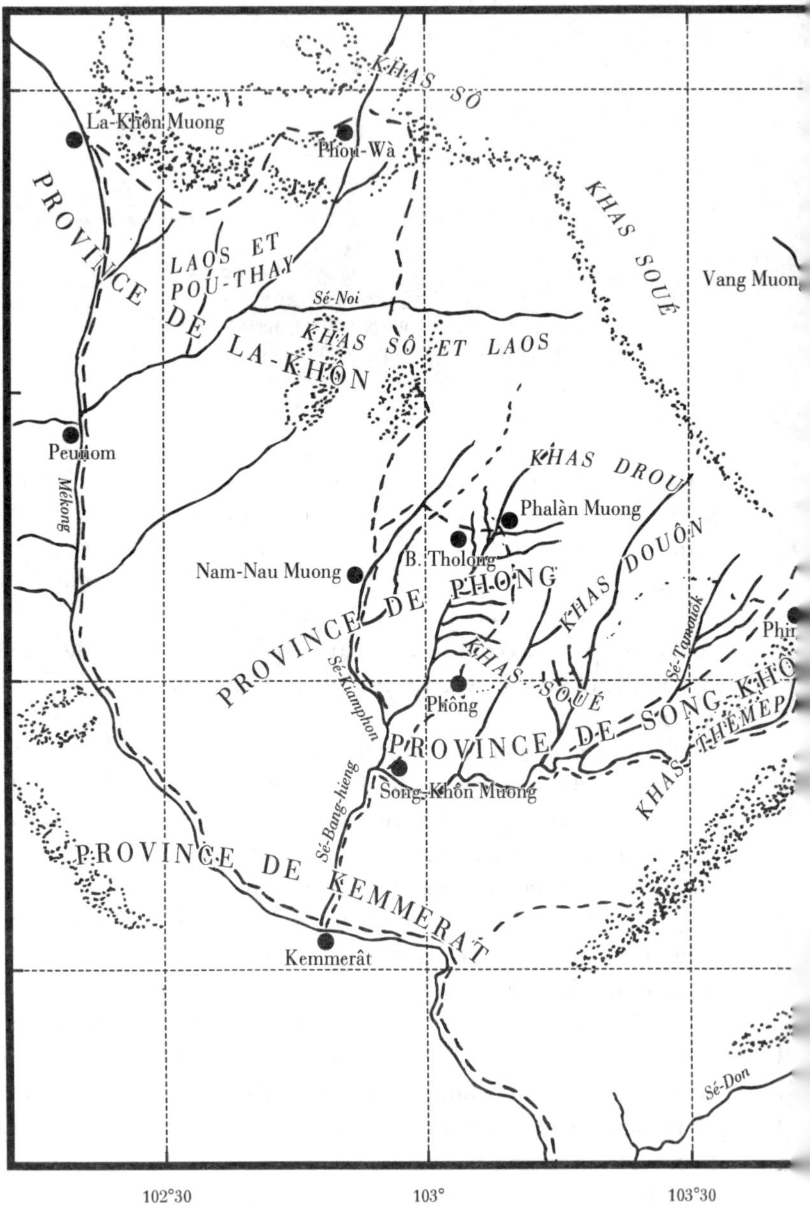
17°30
17°
16°30
16°
102°30
103°
103°30
La-Khôn Muong
Phou-Wà
KHAS SÔ
KHAS SOUÉ
Vang Muon
PROVINCE DE LA-KHÔN
LAOS ET POU-THAY
Sé-Noi
KHAS SÔ ET LAOS
Peuniom
Mékong
KHAS DROU
Phalàn Muong
B. Tholong
Nam-Nau Muong
PROVINCE DE PHONG
KHAS DOUÔN
KHAS SOUÉ
Sé-Tamonok
Sé-Kiamphon
Phông
PROVINCE DE SONG-KHÔ
KHAS THÉMEP
Sé-Bang-hieng
Song-Khôn Muong
PROVINCE DE KEMMERAT
Kemmerât
Sé-Don

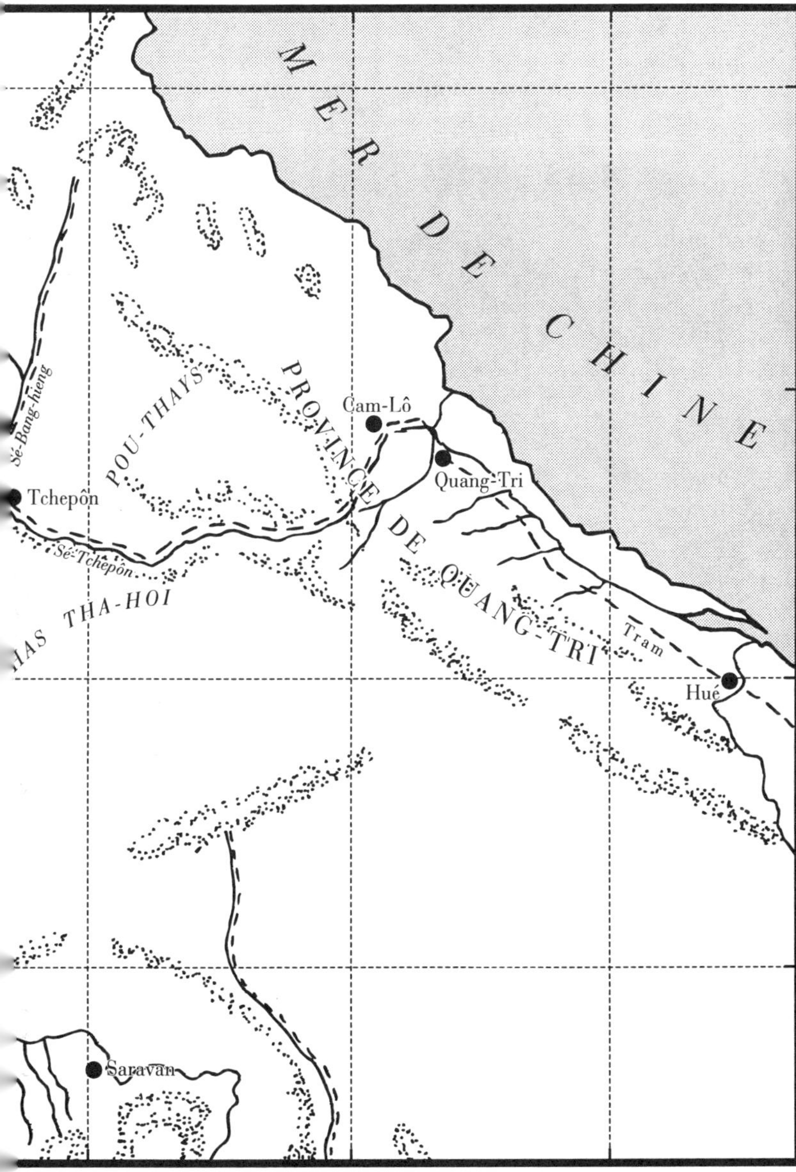

RÉGIONS TRAVERSÉES DANS LE VOYAGE VERS HUÉ (février-août 1877)

tisans, toujours occupés à polir le parquet de leurs coudes. L'assemblée, après plusieurs propositions et amendements, posa enfin sa conclusion, qui eut le don d'agréer au prince, et celui-ci formula sa demande, non sans une certaine timidité ; il s'agissait... de belles chemises de couleur !

Je lui en promis une douzaine. Je ne sais si je pourrai jamais les lui porter moi-même ; mais si je connaissais un moyen de les lui faire parvenir, je n'y manquerais certainement pas.

De là j'allai voir mon *cher ami* d'Oubôn. Toujours aussi sans-gêne, il tente encore de me rançonner ; mais, cette fois, n'ayant plus besoin de lui, je fais la sourde oreille. On pense bien que je ne proposai à cet être désagréable aucune discrétion : il aurait été capable de me demander un canon rayé et plusieurs caissons d'obus, car je venais de commettre l'imprudence de lui décrire les effets merveilleux de ces engins civilisateurs.

Toutefois, je savais que mes prédécesseurs lui avaient donné des couverts de ruolz ; j'avais perdu les miens au passage de l'un des rapides du Sé-Moun, avec presque toute ma batterie de cuisine, la pirogue qui les portait ayant chaviré avec le cuisinier : le cuisinier et quelques objets de la cargaison avaient été repêchés, mais non les couverts, et depuis cette époque je mangeais avec une cuillère et une fourchette de bambou, produits de mon industrie. (Pour la fourchette, mon habileté n'avait pu dépasser trois dents).

C'était une privation véritable ; aussi proposai-je au prince un échange, et moyennant une petite cafetière en argent, ayant obtenu ce que je convoitais, j'opérai immédiatement ma retraite.

Aujourd'hui, grand remue-ménage dans les rues de Bassac. C'est « la fête de l'eau ». Les deux khiaos, suivis des mandarins et de toute la population mâle, s'en vont à la pagode en grand cortège, boire l'eau du serment, et jurer fidélité au roi de Siam. Ils passent devant mon sala, portés en palanquin. Ils sont habillés de vestes de brocart d'or et coiffés d'une sorte de petit casque de velours ou de drap noir, agrémenté d'ornements dorés. Tout le village est dehors, en habits de cérémonie dont les couleurs vives miroitent au soleil, avec les lames des lances et les fusils des soldats. Au retour, tout le monde s'asperge réciproquement d'eau, en poussant des cris de joie : on se croirait au baptême de la ligne.

16 avril. – C'est aujourd'hui que j'ai commencé ce long trajet en pirogue, qui doit, m'a-t-on dit, durer près d'un mois. Je me propose de remonter le Grand-Fleuve jusqu'à La-khôn. Là, je séjournerai quelque temps dans les montagnes que la commission du Mékong a signalées sur la rive gauche, et dont l'exploration doit m'être facilitée par les ordres que le prince d'Oubôn m'a promis d'envoyer aux mandarins de ces provinces, qui dépendent de son autorité. Ensuite, me dirigeant vers l'est, je tâcherai de venir déboucher dans le Tong-king méridional, en traversant la grande chaîne de montagnes vierges encore des pas de l'Européen, et qu'habitent, dit-on, des populations sauvages inconnues séparant le Laos de l'Annam.

Trois grandes pirogues portent tout mon matériel et mon personnel, diminué de mon préparateur chinois A-hoï; ce lâche gredin, profitant de mon état de maladie à Bassac, m'avait un jour répondu de la façon la plus grossière, se mettant en état de rébellion déclarée. Je lui ordonnai immédiatement de ne plus reparaître à mes yeux, et je lui donnai cet ordre le fusil à la main, prêt à faire feu. Comme A-hoï connaissait bien les conventions que nous avions passées et qu'il avait signées, il ne se le fit pas dire deux fois, et je ne le revis plus.

Je n'étais donc plus accompagné que de deux Annamites : Tay, servant de préparateur et de factotum, très intelligent, mais paresseux, et ayant besoin d'une surveillance continuelle; le cuisinier Bay, brave homme, mais rendu stupide par la nostalgie. J'emmenai en outre un petit garçon, métis de Siamoise et de Minh-huong, acheté à Phnôm-penh, petit vaurien, qui résumait tous les vices des trois races dont le sang coulait dans ses veines.

Les pirogues étaient remplies de caisses et de paquets. Celle qui m'était destinée ne présentait qu'un vide étroit au-dessous de la voûte de feuillages imbriqués qui les couvrait, et c'est dans cette espèce de cercueil, chauffé à une température voisine de quarante degrés, que je me glissais la tête la première et que je m'étendais sur la surface inégale de mes caisses, obligé de me mettre sur le côté pour tenir à la main un livre ou mon cahier de notes. Mes fusils à gauche, des boîtes à insectes et des flacons à droite, diminuaient encore l'espace disponible. Tel était le charmant lieu de repos où je

Cortège du prince de Bassac à la fête de l'eau

Remontée du Mékong entre Pak-Moun et Kemmerât

comptais refaire mes forces et ma santé, sans avoir même la distraction de pouvoir examiner les rives du fleuve et le paysage.

Je considérais d'avance tout le reste du mois d'avril au moins comme perdu, car je ne devais pas songer encore à gravir les hautes berges pendant les haltes, pour me livrer à mes chasses et à mes herborisations habituelles; mais la résignation me semblait d'autant plus facile que cette partie de mon trajet n'était pas un itinéraire inconnu, car M. Delaporte en 1867, MM. d'Arfeuille et Rheinard en 1869, l'ont déjà suivi. Même bien portant, je n'aurais eu que bien peu de choses nouvelles à enregistrer.

Les pirogues sont dans un état pitoyable. Il faut dans chacune d'elles un homme occupé à vider sans cesse, au moyen d'une moitié de gros bambou, l'eau qui, filtrant par mille fissures, ne tarderait pas à mouiller le chargement. De plus, les deux premiers jours, il s'élève un vent sud-sud-est très fort, qui nous oblige à nous arrêter à l'abri des broussailles; le reste du temps, nous marchons avec une lenteur désespérante.

Je suis furieux contre le prince de Bassac qui m'a si mal servi. Je regrette les trop nombreux présents que je lui ai faits. Je me sens fatigué et sans courage. Je m'avoue à moi-même qu'en ce moment, si une difficulté sérieuse se présentait sur ma route, je n'aurais plus l'énergie nécessaire pour en triompher.

Je remonte le long coude que fait le Nam-Không en approchant des embouchures du Sé-Moun, où je m'étais trouvé à la fin de janvier dernier. Le fleuve a baissé de deux mètres environ depuis cette époque. Son lit est parsemé d'un grand nombre d'îlots et de bancs de roches, couverts de broussailles et d'arbustes (*Gomphocarpus*, *Crataea*, etc.).

Le ciel commence à se couvrir. Des orages grondent à l'ouest depuis plusieurs jours. J'appelle la pluie de tous mes vœux, et je l'attends avec une impatience sans cesse croissante : je compte sur l'abaissement de température qui suit toujours les premières ondées pour rendre le séjour de ma prison moins insupportable et faire revenir le moment des bonnes récoltes zoologiques.

Le 18 au soir, première pluie! Enfin! avec quel plaisir je l'entends tomber, drue, serrée, fréquente, sur les eaux du fleuve! Cette pluie éclaircit l'atmosphère. Depuis mon retour à Bassac, il y

E. BURNAND

Un camp de pêcheurs laotiens dans les rochers du Mékong

a dans l'air une sorte de brouillard qui ressemble moins à de la brume qu'à de la fumée ou des poussières; il ôte au paysage toute profondeur, et le fait ressembler à une mauvaise grisaille.

Les journées sont d'une monotonie désespérante; le soir est bien long à venir m'apporter le sommeil : je ne continue ces notes que par acquit de conscience, et pour ne pas m'embrouiller dans les dates, ce qui arrive bien plus facilement qu'on ne pense. Je comprends très bien à présent comment les sauvages et les trois quarts des Laotiens ne savent pas même leur âge. Je crois être déjà en retard d'un jour.

19 avril. – Ma santé se rétablit peu à peu et, avec le retour de mes forces, mes idées noires s'éloignent rapidement. Je suis seulement en proie à un accès de paresse profonde, cherchant en moi-même toutes sortes de prétextes et d'excuses pour ne pas faire un mouvement.

Je débarque un instant à Pak-Moun, petit village de belle apparence, situé au sommet d'une haute berge argileuse, sur la rive droite, à l'entrée du Sé-Moun. J'ai changé les rameurs, pour continuer ma route sans incidents.

Le Nam-Không ne tarde pas à prendre un aspect tout nouveau. Son lit se rétrécit, ses berges d'argile et de sable, mollement ondulées, disparaissent pour faire place à d'énormes rochers d'aspect triste et sauvage, quelquefois taillés à pic comme d'un coup de ciseau gigantesque. Le fleuve, aux eaux désertes et sombres, prend l'apparence d'un canal contenu entre deux murailles cyclopéennes, et acquiert une profondeur énorme. Le courant est fort, mais uniforme et sans rapides. C'est demain que doivent commencer les tourbillons et les sauts dangereux signalés par mes devanciers.

20 avril. – Toute la journée le paysage reste le même. Quelle longue série de siècles la nature a-t-elle dû employer pour creuser ainsi d'abord la large vallée du Mékong au travers des plateaux de grès qui s'aperçoivent dans le lointain, à droite et à gauche, transformés en montagnes, puis pour ouvrir le dernier chenal au sein de ces rochers compacts!

La force du courant oblige, de place en place, les hommes à

grimper sur les rochers, et à haler les pirogues l'une après l'autre, au moyen de longs câbles de rotin. Puis ils redescendent à bord, ruisselants d'eau et de sueur, se remettre à la pagaie ou à la gaffe, pour recommencer bientôt le même manège dans les endroits où la ligne de grand courant, se rapprochant d'une des murailles, ne permet plus d'avancer. Quel spectacle imposant le fleuve doit présenter en ces parages, au moment de sa plus grande crue !

Au fond de ces roches brillantes, recouvertes d'une sorte de vernis noirâtre qui réfléchit l'ardeur du soleil, c'est une vraie fournaise ; il me tarde d'avoir franchi ce long corridor, dont le pittoresque m'avait d'abord séduit.

Les cavités des rochers, aux endroits où le courant est le plus violent, sont habitées par des bandes de Laotiens, qui viennent y camper pendant la dernière partie de la saison sèche, avec femmes et enfants, s'occupant à pêcher et à sécher au soleil des poissons magnifiques à la vue, moins séduisants pour l'odorat. Dans les anfractuosités, comblées par des dépôts d'un limon extrêmement fertile, ils cultivent un peu de tabac et de coton.

21 avril. – Franchi aujourd'hui le kheng (rapide) Gna-p'heut (Ya-peut de M. Delaporte, Ya-phut de MM. d'Arfeuille et Rheinard). Il faut que cette époque de l'année soit très favorable, car j'ai pu passer, non tout à fait sans difficultés, mais sans aucun danger, cet étranglement où mes prédécesseurs avaient failli être entraînés, avec leurs pirogues et radeaux, par les tourbillons. Toute la masse des eaux, obligée de passer par un étroit couloir, d'une quarantaine de mètres de large, s'y précipite en fureur, avec de violents remous. Des tourbillons fugaces, de soixante à quatre-vingts centimètres de diamètre, se dessinent à la surface écumante du rapide ; mais sur le bord de la rive droite, l'eau glisse en une seule nappe presque polie. Les pirogues, déchargées, ont été halées l'une après l'autre à la cordelle, sans embarquer une goutte d'eau.

Je sens mes forces revenir rapidement. J'en ai fait aujourd'hui l'épreuve en portant moi-même, sur mes épaules, au-delà du rapide, les plus lourdes de mes caisses, que quatre Laotiens ne transportaient qu'en rechignant, non sans se reposer tous les vingt pas, et en me faisant perdre trois bonnes heures. Si je les avais écoutés, nous serions restés là toute une journée : l'un porte mon paquet de tabac, un second ma pipe, en marchant derrière moi tout comme si j'étais le prince d'Oubôn en personne ; un troisième trouve que mon filet à papillons, ou un fusil, constitue une charge très suffisante. Puis, ils s'étonnent de mon impatience, m'estimant tyrannique de les empêcher de s'accroupir à mi-route pour confectionner une chique de bétel, ou battre tranquillement le briquet, leurs grosses cigarettes coniques passées dans l'oreille. Ah ! quelles races !

Après les rapides, le Nam-Không s'élargit un peu, et les rochers se recouvrent de limon desséché. Mais il est toujours aussi encaissé, d'une vingtaine de mètres au-dessous du faîte des falaises, où se dressent de vilains bambous, jaunes et sans feuilles, pareils à d'énormes balais, et de maigres arbres à huile. C'est triste à mourir ! Les rives sont complètement désertes : mais qui donc voudrait vivre au milieu d'une pareille désolation ? Quelques sternes au bec rouge ou jaune et des vanneaux criards animent seuls le paysage.

Le lendemain, les rives se relèvent à pic, atteignant par endroits jusqu'à cinquante mètres de hauteur. Je m'arrête le soir auprès d'un nouveau rapide, le kheng Song-Khôn.

23 avril. – Nous continuons à remonter péniblement le courant. Le fleuve présente une série d'étranglements et de bassins qui se succèdent comme les grains d'un chapelet : à chaque étranglement un rapide. Par moments, je remarque des échos et des résonances bizarres ; j'entends distinctement les paroles prononcées dans la troisième pirogue, à cinq cents mètres de distance, et je ne distingue rien de ce qui se dit dans la pirogue intermédiaire, beaucoup plus rapprochée.

24 avril. – Toujours la même monotonie. On est obligé de décharger encore les pirogues pour franchir le kheng Pala-Kay, plus difficile que tous ceux des jours précédents. Une des embarcations se remplit en un clin d'œil, et nous avons beaucoup de peine à la tirer de ce mauvais pas. C'est que les pirogues laotiennes, comme celles du Cambodge, du reste, sont d'autant plus épaisses que leurs dimensions sont plus considérables, afin de pouvoir résister aux chocs violents qu'elles sont destinées à supporter ; en outre, elles sont toujours fabriquées avec des bois pesants *(Shorea, Dipterocarpus, Anisoptera, Hopea)*. On ne pourrait jamais songer à transporter les pirogues comme on le fait en Amérique, même les plus petites, pour les distances ou les dénivellements les plus faibles. Tout ce que l'on peut essayer, dans certains endroits favorables, c'est de traîner ces lourds bateaux sur des rouleaux de bois pour franchir un rocher uni et en pente assez douce. C'est ainsi que j'ai dû passer le dernier rapide du Sé-Moun. Mais il faut pouvoir disposer de beaucoup d'hommes.

Que j'ai donc, encore aujourd'hui, pesté contre la bêtise des Laotiens ! N'imaginent-ils pas, au lieu de porter directement les caisses, tout d'une traite, d'un bout à l'autre du banc de roches de kheng Pala-Kay qui n'avait pas en tout plus d'une quarantaine de mètres, de faire un dépôt à mi-route, et d'y accumuler de nouveau tout le chargement !

Au-dessus de ce rapide, le fleuve dessine un grand coude vers l'ouest ; les rives s'abaissent ; il s'élargit beaucoup, il redevient plus calme, et laisse émerger de longs bancs de sable plus ou moins dénudés.

Au coucher du soleil, il fait encore une chaleur étouffante (35°5), et je m'arrête sur un îlot de sable fin, en face du village Ban-Na-Veng. Au moment où je prenais mon bain, dans un costume encore plus succinct que celui de mes rameurs, je vois quatre ou cinq pirogues, chargées d'hommes à couler bas, traverser le fleuve et accoster mon campement : ce sont des habitants du village, qui, pour le plaisir, je suppose, qu'ils éprouvent à examiner un Français *in naturalibus*, m'apportent je ne sais combien de corbeilles de riz, de poisson, de sucre de palme, de poulets, de bananes et de mangues. Il y en a pour huit jours. Je leur fais, en retour, une abondante distribution de mes articles de pacotille, et ils s'en retournent enchantés, d'autant plus que leur désir a été satisfait, et qu'ils pourront assurer à tout le monde, notamment à leurs femmes, très curieuses sur ce chapitre, que les *Falang* ne diffèrent pas sensiblement des Laotiens. Je ne puis me permettre de raconter ici, même en latin, les étranges questions qu'à chaque station on ne manquait pas de poser à mes Annamites, et toutes les bourdes qui couraient sur ma conformation particulière.

XII

KEMMERAT
L'EMBOUCHURE DU SÉ-BANG-HIENG
LE RAPIDE KHENG DÔN SAA – LA GRANDE PAGODE DE PEUNOM

25 avril. – En approchant de Kemmerât, le fleuve reprend tout à fait l'aspect monotone qu'il a dans le Cambodge, au-dessus de Phnôm-penh : ce sont les mêmes berges de limon jaunâtre qui s'éboule en falaises abruptes après chaque inondation, ou se dépose en talus inclinés, cultivés çà et là en maïs, tabac, coton, légumes ; la rive droite est parsemée de villages, qui se reconnaissent de loin à leurs bouquets de palmiers et aux branches horizontales des *Eriodendron*. De place en place, de gros figuiers et d'énormes *Sterculia* étalent leur large dôme de feuillage au-dessus des broussailles et des herbes brûlées. La rive gauche, comme toujours, est moins peuplée et plus sauvage, comme si la race laotienne n'avait pas encore réussi à la conquérir complètement sur ses anciens possesseurs khâs et ne s'y sentait pas encore tout à fait chez elle.

Je passe devant la large embouchure du Sé-Bang-hieng, dont l'exploration faisait partie de mon programme. Je ne sais si je pourrai exécuter cette partie intéressante de ma tâche ; mais pour le moment ses eaux sont trop basses, me dit-on.

J'arrive à Kemmerât à onze heures, le dixième jour après mon départ de Bassac. On m'avait dit qu'il me fallait compter quinze journées, mais avec les Laotiens il faut toujours rabattre quelque chose. Du reste, les renseignements que l'on recueille sur les distances en questionnant les indigènes sont toujours contradictoires, ce qui tient au peu d'importance que la longueur des voyages et le temps qu'ils y consacrent ont toujours pour eux. Une fois en route, qu'ils mettent quatre ou cinq jours, ou plutôt, comme ils disent, quatre ou cinq nuits de plus, peu leur importe, ils arriveront toujours ; et une fois le voyage terminé, ils ne s'inquiètent guère de savoir et de noter le nombre de journées employées. Et en outre, il est si rare qu'ils se déplacent.

J'envoie mon passeport au khiomeuong, sans cadeaux. Quelques mandarins viennent bientôt m'annoncer que le sala est prêt, et que des hommes vont venir prendre les caisses pour les porter à terre, afin que l'on puisse renvoyer au prince de Bassac ses pirogues, qu'il attend, paraît-il, avec impatience. Comme je vois là un bon moyen d'accélérer le zèle des autorités de Kemmerât, qui s'inquiéteront plus de désobliger leur voisin que moi-même, je refuse énergiquement de laisser toucher à mes bagages, déclarant qu'on ne les déchargera que lorsque j'aurai de nouvelles pirogues, et pas avant. Puis je distribue aux mandarins quelques menus objets, entre autres un chandelier de cuisine en cuivre, qui excite de vives convoitises, et peut laisser à l'imagination du gouverneur toute latitude sur les libéralités dont je suis capable.

Vers le soir, le pauvre vieux arrive à bord, en composant avec dignité sa physionomie bonasse, timide et visiblement effrayée. Évidemment on lui a fait de ma personne un tableau peu encourageant, car il descend la berge avec l'air dépourvu d'enthousiasme d'un conscrit qui va sur le terrain pour la première fois. Je le rassure de mon mieux, et il me promet des bateaux pour le lendemain avant midi. S'il ne ment pas, je crierai au miracle. Je récompense sa bonne volonté d'une belle pipe turque, d'un fusil rayé, avec de la poudre et sept cents capsules.

26 avril. – Rendu ma visite au gouverneur, qui me fait l'exhibition de ses armes européennes, un fusil de chasse et un revolver, souvenirs des précédents explorateurs. Il faut voir dans quel état elles sont aujourd'hui ! Tous mes talents d'armurier n'y peuvent plus rien, ce qui me fait baisser de plusieurs coudées dans l'estime de la population. Quant aux capsules que j'ai données la veille, elles n'auront pas le temps de se gâter, si cela continue, car depuis hier soir c'est une succession ininterrompue de coups de feu.

Je m'évertue longuement à recueillir quelques notions sur le Sé-Bang-hieng, grand affluent de la rive gauche, qui se jette dans le Nam-Không en face de Kemmerât, et dont le commandant de Lagrée a exploré une faible partie. Les renseignements que l'on me donne sont très confus, et j'en conclus que les Laotiens de ce pays-ci n'y pénètrent que rarement et ne s'y aventurent jamais bien loin.

Passage du rapide de Kheng Dôn Saâ

Toutefois, tout le monde s'accorde à me dire que pour pouvoir remonter à plus de deux journées il faudrait attendre les hautes eaux. On m'assure cependant qu'il serait possible, en partant de Kemmerât, d'arriver en quinze nuits au Meuong-Kèo (c'est-à-dire en Annam). Mais personne ne sut me dire par quels chemins on passait, quels villages on trouvait sur sa route, sauf un seul, qui s'appelle Phông, quelles populations habitaient le pays, et l'on ne put me citer aucun homme ayant jamais accompli ce voyage : si donc quelques relations ont existé entre les Annamites et cette partie de la vallée du Mékong, elles remontent bien loin et n'ont jamais été que très irrégulières.

Je suis obligé de reconnaître que j'avais calomnié l'activité des mandarins de Kemmerât, car je peux partir avant midi, résultat exceptionnel que je dois attribuer à la réclamation du prince de Bassac, et à l'idée que j'ai eue de ne pas vouloir débarquer.

Le soir, nous arrivons à un rapide, le kheng Dôn Saâ, formé par une série d'îles, d'îlots et de bancs de roches aiguës, qui ne laissent plus, à cette époque, qu'un chenal étroit et tortueux, où l'eau bouillonne d'une manière effrayante. Il expose à de très grands dangers, et je ne l'ai pas franchi sans une émotion poignante, prolongée pendant plus d'une heure.

Ce qui fait la grande difficulté de ce passage, à la fin d'avril du moins, c'est que les berges sont tellement accores et broussailleuses qu'il est impossible de décharger les pirogues, qui doivent forcément passer avec tout leur chargement. De plus, comme les endroits où les hommes peuvent mettre pied à terre sur les roches sont très espacés et très étroits, il faut se servir de câbles de rotin très longs, dont la manœuvre devient difficile et périlleuse.

Les Laotiens de Kemmerât firent preuve en cette circonstance d'un courage et d'un sang-froid au-dessus de tout éloge, et dont j'étais bien loin, je le confesse, de les soupçonner capables. Il est vrai qu'on m'avait donné des hommes habiles et choisis. Je restai dans ma pirogue, occupé à vider précipitamment l'eau qui la remplissait à chaque changement de direction, et menaçait de la faire couler, en me noyant à coup sûr. Deux hommes, armés de leur longue gaffe, manœuvraient, avec une précision étonnante, à l'avant et à l'arrière pour éviter les rochers et les remous trop violents.

Le piqueur de l'avant l'a échappé belle : sa gaffe ayant glissé sur une pointe de roc, dans un des moments les plus critiques, il perdit l'équilibre, poussa un cri de détresse, et disparut dans le gouffre. Il réussit – comment ? je ne saurais le dire – à se raccrocher aux gros bambous qui garnissent le flanc des pirogues et leur servent de défenses, et remonta à bord, sans grande émotion apparente.

Avec quel soulagement je revis, au bout de l'île, les eaux calmes et tranquilles ! avec quelle satisfaction, ce soir-là, je mangeai sur mon rocher mon morceau de poisson sec et quelques poignées de riz gluant !

Un danger de cette sorte, qui ne dure que quelques instants, ce n'est rien ; mais quand il se prolonge une heure durant, c'est un véritable supplice ; et si j'avais encore une fois à passer le kheng Dôn Saâ à la fin des basses eaux, il faudrait que j'y fusse forcé, je le dis sans honte.

27 avril. – Le Nam-Không est semé de belles îles et de rochers ; le courant est, par endroits, très fort ; il y a encore quelques petits rapides. Il fait chaud (37 degrés) ; mais le ciel commence à se couvrir vers le soir, et de longs coups de tonnerre se font entendre. La pluie, qui n'a pas reparu depuis le 18, ne tardera pas, je l'espère, à s'établir régulièrement.

28, 29, 30 avril. – Je ne fais à Ban-Mouk qu'une courte halte, le temps d'y changer de rameurs. Le fleuve, immense et toujours monotone, presque sans courant, laisse émerger de longues îles plates, où de grands jabirus, au plumage bleu métallique et blanc, aux tarses rouges, se livrent à des courses et à des danses comiques, avec des bandes de vanneaux et de becs-en-ciseaux au vol puissant et gracieux.

Le 30 au soir, à la nuit faite, j'arrivais à Peunom, célèbre dans tout le Laos par sa vieille pagode et sa bonzerie. Dès le lendemain matin, j'escaladai la berge pour aller visiter le monument environné de nombreux *thât* ou tombeaux pyramidaux, et protégé par deux enceintes ; il se compose d'un thât très élevé, dont la base est sans doute d'une époque assez reculée, mais qui a subi de très nombreux remaniements, et d'un grand bâtiment, entouré d'un péristyle de

Visite du gouverneur de Kemmerât

Jabirus sur les bancs de sable du Grand Fleuve

belles colonnes de bois, à chapiteaux en forme de palmes. L'intérieur, très sombre, asile de nombreuses chauves-souris, est couvert de fresques dégradées et que l'on ne distingue qu'avec difficulté. Les volets et les baies des fenêtres sont décorés de personnages presque de grandeur naturelle, représentant des Chinois, des Birmans et aussi des Européens. J'ai trouvé là, pour mon compte, le marquis classique, avec son tricorne, sa perruque poudrée, son jabot de dentelles, sa culotte et ses bas bien tirés, copié sans doute sur quelque vieille image rapportée de Bang-kôk, il y a bien longtemps. L'autel est garni d'une multitude de Bouddhas, de forme, de matière et de dimensions différentes, les uns grands comme l'ongle, les autres de six mètres de hauteur.

Derrière, et dans une seconde enceinte, s'élève le thât, modification peu réussie des anciennes tours ou *preasât* du Cambodge, et dont la haute flèche s'élève au-dessus des massifs de cocotiers qui l'entourent. Les briques qui le composent sont fines, admirablement jointes et sculptées avec soin, en forme de feuillages ornementaux. La base de la tour est couverte de verroteries et de tessons de porcelaines, ramassés un peu partout; on peut même y voir une paire de vieilles besicles incrustées curieusement dans la chaux.

Je reste longtemps à la bonzerie, en compagnie du chef des bonzes et de ses moines, qui me reçoivent très bien, mais qui n'avaient pas cessé de m'espionner pendant toute ma promenade; je fais une distribution générale de crayons, de lunettes, de briquets, et je me fais réciter et lire des manuscrits de prières. C'est en ces circonstances surtout que je souffre vivement d'être privé de l'aide d'un bon interprète. Les bonzes étaient tout disposés à mettre à ma disposition leur bibliothèque et à me raconter toutes leurs légendes. Je suis si bien leur ami, qu'ils m'autorisent à aller tuer des chauves-souris dans la pagode elle-même !

Arrivée devant le village de La-khôn

XIII

LA-KHÔN
LA COLONIE ANNAMITE
LES MONTAGNES DE LA-KHÔN
LA DÉFIANCE DES AUTORITÉS LAOTIENNES

Le 2 mai, je quittai Peunom. Le Nam-Không a près d'un kilomètre de large, ses eaux sont calmes et peu profondes. Les villages et hameaux sont très nombreux sur la rive droite. Sur la rive gauche, un joli thât, nommé Meuong-Kay, dresse sa flèche gracieuse au milieu des arbres. J'arrive devant La-khôn à cinq heures du soir. En avant du village se développe un large banc de sable que les petites pluies des jours précédents ont revêtu d'un tapis de verdure tout neuf, sur lequel les chevaux, les zébus et les enfants prennent leurs ébats. Des baigneurs et des baigneuses sont pittoresquement mélangés sur le bord ; les femmes, à ma vue, se sauvent à qui mieux mieux, en retenant d'une main leur langouti mouillé, et de l'autre entraînant leur enfant qui pleure, en costume de chérubin.

Sitôt accosté, je suis entouré par des Annamites, qui sont venus ici fonder une petite colonie. Prévenus je ne sais comment, ils attendaient mon arrivée, et me gratifient de tous leurs saluts et de toutes leurs formules de politesse. Ils sont ici comme partout, hâbleurs, comédiens, obséquieux, mais leurs physionomies éveillées et expressives me délassent des mines placides et abruties des Laotiens.

C'est en grande partie à notre arrivée en Cochinchine, et aux levées de soldats qui ont suivi notre débarquement à Tourane, que cette colonie doit son existence : elle fut formée principalement à cette époque par des réfractaires, qui s'exilèrent volontairement de leur pays, le Nghè-An, pour ne pas s'exposer, de trop loin, à nos balles coniques, et, de trop près, à nos sabres-baïonnettes. D'autres, qui voulaient se soustraire à des condamnations judiciaires ou à des créanciers impitoyables, ont émigré avec leur famille.

Ces Annamites, qui devraient regarder comme ennemi un

Français inconnu, solitaire, et comme perdu dans ce lointain pays, le représentant d'une nation qui s'est imposée à la leur, manifestent cependant pour moi une sympathie visible, et me considèrent comme un protecteur, presque comme un compatriote. N'est-ce pas là un singulier phénomène ?

Je reçois presque aussitôt la visite obligée des mandarins inférieurs et du fils du gouverneur, jeune gandin qui porte un veston de drap noir, à la dernière mode de Bang-kôk. Le refrain ordinaire du *bo mi, bo day, bo hou tiac* (il n'y en a pas, c'est impossible, nous ne savons pas) ne tarde pas à aller son train. Les montagnes ? bo hou tiac ! Les Khâs ? bo mi ! La route des mines de plomb ? bo day !... Je compte sur le contenu de mes caisses pour leur ouvrir l'intelligence.

3 mai. – Après avoir passé la nuit dans ma pirogue, je vais prendre possession du sala qu'on m'avait désigné, près de la maison du khiomeuong, qui ne tarde pas à venir me voir. C'est un des Laotiens les plus méfiants et des plus confits en dignité et en stupidité que j'aie encore rencontrés. J'essaye, à coups de cadeaux, de dérouiller sa langue et d'éclaircir sa physionomie impassible. Débutant par un revolver, je continue par une ceinture en passementerie d'or, du plomb de chasse, de la poudre, un rasoir, des pipes, etc. Rien n'y fait. Il ne sourcille pas, prend tout, mais ne prononce pas une parole. Ma carabine à tige seule lui fait manifester son effroi par un geste brusque, lorsque je lui mets sous le nez ses larges canons, pour lui faire voir les rayures. Il croyait évidemment que je me préparais à lui faire sauter la cervelle.

Cette scène comique, mais embarrassante, dure fort longtemps. Je finis par savoir, mot par mot, puis phrase par phrase, que le prince d'Oubôn a tenu sa promesse, qu'il a écrit, qu'on m'a préparé un camp dans les montagnes, et que je pourrai partir quand je voudrai. Sans donc m'inquiéter davantage, je pris mes dispositions pour m'en aller le lendemain.

Les Annamites continuent à m'entourer et à se transformer volontairement en domestiques de mes domestiques, qui, revêtus de leurs beaux habits, trônent, font les grands seigneurs et prennent des allures de mandarins à quatre parasols.

Comme mes voyages en pirogue sont terminés, et qu'à partir de La-khôn, je vais me diriger vers l'est, à travers les terres, je commence à me débarrasser déjà de ce qui m'est inutile, ou du moins de tout ce qui ne m'est pas indispensable ; car il faudra que je fasse porter tout ce que je possède à dos d'hommes, et je tiens à avoir le moins de porteurs possible. Je favorise les Annamites, qui héritent de presque toutes mes dépouilles, et, tout en me livrant à ce manège, je cherche à trouver parmi eux un messager qui consentirait à porter au Nghè-An une lettre aux missionnaires du Tong-king méridional prévenant de mon arrivée l'évêque de cette région, où les chrétiens sont nombreux, et lui demander l'appui de son influence pour triompher des difficultés que je prévois à la frontière. C'est qu'en effet j'allais m'aventurer dans un pays où les lettrés soupçonneux à l'égard de tous les étrangers, mais surtout des Français (et il faut convenir qu'ils n'ont pas tout à fait tort), ne manqueraient pas de me susciter toutes sortes d'embarras et d'ennuis que je voulais éviter ; je ne craignais rien pour ma sécurité personnelle, mais des retards, des impossibilités même d'avancer, surtout quand on saurait que je voulais pénétrer, sans aucune autorisation royale, dans un pays qui a toujours tenu à nous fermer ses portes, ou qui ne les a jamais entrouvertes que le moins possible, sous la menace des coups de canon.

Mais toutes les tentatives que je fis pour obtenir un courrier restèrent sans résultat. Les uns refusent, en prétextant l'ignorance de la route à suivre ; les autres se retranchent derrière la peur des sauvages et des brigands, ou la crainte de s'attirer la colère du khiomeuong ; d'autres enfin m'avouent sans aucun embarras qu'ils se garderaient bien de remettre le pied au Tong-king, attendu qu'à la première nouvelle de leur retour on n'aurait rien de plus pressé à faire que de leur couper la tête : preuve évidente que la colonie de La-khôn n'est pas composée de prix de vertu.

Le 4 mai, par une chaleur accablante, après avoir remonté pendant quelques milles le cours du fleuve, dans la propre pirogue de gala du gouverneur, une des plus longues et des plus vastes que j'aie vues, armée de quarante pagayeurs, je mets pied à terre sur la rive gauche, et je me dirige, suivi d'une dizaine de porteurs, vers les montagnes qui profilent dans l'est leurs sommets capricieusement dentelés. Mais j'ai commis l'imprudence de m'engager pieds nus sur ce sol brûlant et crevassé, et je me blesse profondément au pied gauche : c'est que je n'avais plus que deux paires de chaussures, et, en considération des longues et nombreuses étapes qui me restaient à faire, je les ménageais comme un avare son trésor.

Enfin, j'arrive cahin-caha, après de nombreuses haltes, au pied des montagnes, dont le premier abord m'enchante, et je trouve une jolie petite maison de bambous verts, toute fraîchement faite, auprès d'un trou rempli d'eau, contenue dans les cavités de roches de marbre. La soirée se passe à compléter mon installation, à faire établir, toujours en bambou, une table, un banc ainsi qu'une petite case pour la cuisine des Laotiens et des Annamites.

5 mai. – Malgré les douleurs que la blessure de la veille me cause à chaque pas, je fais une excursion préliminaire au pied des montagnes : ce fut une déception profonde. Il est certain que ces roches noires et crevassées, ces masses énormes surgissant en désordre du sein de la plaine nue ou couverte de fourrés de bambous épineux, ces cavernes profondes qui s'ouvrent sur leurs flancs et les dents aiguës de leurs sommets méritent de tenter le crayon de l'artiste; mais je puis conseiller au naturaliste qui viendra sur mes traces de laisser de côté les belles montagnes de La-khôn.

Lorsque l'on a réussi, non sans peine, à traverser les fourrés, on arrive au pied d'une montagne, ou plutôt d'un énorme rocher isolé, et il faut renoncer à une ascension impossible : ce sont presque partout des murailles à pic, où l'on voit quelques arbrisseaux tordus et malingres chercher dans les fissures une nourriture problématique.

Le lendemain et le surlendemain, je continue mes courses d'un autre côté des montagnes, pour essayer de dénicher une station plus favorable à mes travaux. Je trouve une petite portion de forêt, où j'espère au moins découvrir quelques insectes; mais comme elle est fort éloignée, que je suis blessé, à demi malade et accablé par une chaleur terrible, je suis obligé de faire changer la maison de place, ce qui n'est ni long ni difficile.

Dans la journée je reçois la visite d'un Annamite de La-khôn qui vient m'annoncer qu'il consent à porter une lettre à Mgr Gauthier, dont il connaît la résidence; il a l'autorisation du gouverneur. Je lui promets une barre d'argent pour son voyage, moitié à son départ, moitié au moment de son retour, qu'il doit effectuer en vingt-cinq jours. Je lui donne, séance tenante, douze ticals et, pour plus de sécurité, je le renvoie au meuong avec Tay, qui est chargé de remettre la lettre au gouverneur, lequel la transmettra au courrier.

9 mai. – Température : max., 38°– 3 heures de l'après-midi, 37°5 – 4 heures, 37°– 6 heures, 33°– 10 heures du soir, 27°2. Cette fois, je déclare la situation intolérable. Je suis convaincu que si cette horrible température dure encore quinze jours, je n'y résisterai pas. Non seulement j'ai perdu tout appétit, mais je suis pris de nausées rien qu'à la vue de ce riz exécrable que je suis cependant forcé d'avaler. Je le remplace au moyen de graines de jacquier (*Artocarpus integrifolia*) et de racines d'ignames sauvages que je fais déterrer dans la forêt.

Il y a des pays où le thermomètre monte plus haut, mais il n'est pas possible qu'il en existe où la chaleur soit plus pénible. Si jamais les Européens s'implantaient dans ce pays-ci, on peut être assuré que ce mois de mai serait marqué par une mortalité terrible.

Et pas de pluie ! quelques cumulus errent dans un ciel blanc, éblouissant. Pas d'insectes, pas de plantes ni d'oiseaux à préparer. La faune de ces montagnes est très pauvre. On n'entend pas un cri d'oiseau, pas même de coq ni de paon. Les mammifères ont l'air absents ; je n'aperçois pas davantage d'écureuils, si fréquents partout ailleurs. Sur la terre, aucune trace de tigres ou de cerfs. Il n'y a que des chauves-souris (*Rhinolophes*) qui sortent des cavernes après le coucher du soleil, en bandes innombrables, se dirigeant toutes vers l'ouest, et que je m'amuse à tirer et à tuer au passage, au grand étonnement des Laotiens.

10 mai. – Température : minim. de la nuit, 26°3 – Max., 38°5 – 6 heures du soir, 35°– 10 heures, 30°5. Je n'y tiens plus ; et cependant, depuis deux ans de voyages, après six années de Cochinchine, je n'ai pas peur des ardeurs du soleil. Mes Annamites ne valent pas mieux que moi. Je me fais fabriquer, avec des herbes et des feuilles de palmier, un *pankah*, sorte de grand éventail rectangulaire suspendu par des cordes, et que les Laotiens sont chargés, à tour de rôle, de mettre en branle au-dessus de la natte où je m'étends, habillé d'un simple langouti. L'eau que nous buvons, puisée dans des mares croupissantes, a bien, pour le moins, quarante degrés, *après qu'on l'a fait rafraîchir*. Que ne donnerais-je pas pour un verre de bière glacée !

Vers quatre heures (trente-sept degrés), j'essaye de sortir pour chasser, et aller visiter les troncs d'arbres que j'ai fait abattre dans la forêt, afin d'y recueillir des insectes. Au bout de vingt minutes, jetant mon fusil, je suis obligé de m'étendre à terre, haletant et saisi de vertiges.

11 mai. – Mais voici bien une autre histoire, qui dépeint exactement les mandarins du Laos. Si je m'attendais à rencontrer des difficultés pour mon retour par le Tong-king, j'étais certes bien loin de penser qu'elles me viendraient, pour commencer, du côté des autorités laotiennes.

Les choses étaient réglées comme je l'ai dit plus haut, et je croyais déjà l'Annamite porteur de ma lettre en route pour le Nghè-An, lorsque le soir j'apprends par deux petits chefs venant de Lakhôn que mon message n'était pas parti, que le gouverneur s'est permis de le garder, qu'avant d'autoriser son départ, il a voulu se concerter avec ses deux collègues des provinces voisines de Hou-ten et de Sania-boury, et qu'il les attend pour prendre une décision en cette grave occurrence !

Voilà mon pauvre billet transformé en papier d'État : il paraît qu'on me regarde comme un ténébreux conspirateur ; que mes occupations singulières paraissent suspectes au plus haut point, et que l'on me prête tout simplement l'intention d'appeler les Annamites du Tong-king à la conquête du Laos.

Comment peut-on concevoir pareilles niaiseries ? Au récit de ces énormités, me sentant déjà rempli d'irritation, je simule les allures d'un homme exaspéré, furieux, car il s'agissait d'intimider, et sur-le-champ, le khiomeuong, afin d'obtenir le départ de ma lettre avant la réunion de ce ridicule triumvirat. Je criai, je tempêtai, je menaçai, tant et si bien que les émissaires repartirent au galop de leurs chevaux, dans un état d'émotion visible.

Il n'y a maintenant qu'à attendre. Pourvu que cet infernal imbécile ne me fasse pas échouer au port ! S'il me joue un pareil tour, je le lui ferai payer cher !

12 mai. – Rien de nouveau. Je suis, du reste, obligé de rester confiné sous ma case, souffrant beaucoup de ma blessure au pied : on sait, en effet, que les plaies des membres inférieurs prennent facilement, dans ces régions, un mauvais caractère, et qu'elles peuvent causer les plus graves désordres, lorsqu'on ne s'oppose pas à leur tendance à l'ulcération par le repos et les soins convenables.

Je trouve aujourd'hui toute ma bande de vauriens occupée à fumer de l'opium, acheté à La-khôn avec de l'argent qu'ils se sont procuré en me volant de la poudre et des couteaux pour établir un petit commerce. Grand interrogatoire, suivi d'une correction en règle, où ils jouent à tour de rôle le personnage de bourreau et de victime. Quand donc pourrai-je me passer de leurs services et les envoyer tous au diable ?

Les jours suivants, jusqu'au 15 mai, se passent dans l'inaction et le repos forcé à soigner ma plaie et à ronger ma colère contre tous ceux qui m'entourent.

Le thermomètre monte jusqu'à 39°4 ; le 17 mai, voyant que les pluies ne se décident pas à tomber, et ne pouvant plus soutenir les assauts de ce ciel implacable, je change, pour la troisième fois, ma case de place : je la transporte de la lisière du bois dans la forêt même, au pied de la montagne la plus vaste et la plus élevée, sous un groupe d'arbres immenses, servant de perchoirs à une famille de grands calaos à la voix rauque et au vol bruyant.

J'ai appris que ma grande scène de l'autre jour avait réussi, et que l'Annamite était parti aussitôt avec mon message.

Avant de continuer ces notes prises au jour le jour, je transcris ici une lettre que j'ai reçue récemment du P. Lesserteur, directeur au séminaire des missions étrangères, et qui fait toucher du doigt l'état d'esprit des populations laotiennes.

« Paris, 30 mars 1879.

« Monsieur le docteur,

« J'ai reçu dernièrement une lettre du P. Montrouziès, missionnaire au Tong-king méridional, datée du 9 septembre 1878 (quelques jours seulement avant sa mort), dans laquelle se trouve un renseignement que je m'empresse de porter à votre connaissance... Les missionnaires ont entendu dire que le courrier que vous aviez envoyé de La-khôn à l'évêque du Nghè-An avait été tué en retournant auprès de vous, et par conséquent, que vous n'aviez pas reçu la réponse. Pour dissiper les doutes pénibles qu'un tel silence était de nature à provoquer, je vous transcris le passage de la lettre du P. Montrouziès relatif à cette affaire.

« *Le commissionnaire de M. Harmand arriva d'abord à Kuong-Phuong et remit à Mgr Croc une lettre adressée à l'évêque du Nghè-An. Mgr Croc renvoya aussitôt la lettre à Mgr Gauthier, et répondit à M. Harmand. Le jeune homme repartit avec la réponse, mais, arrivé à peu de distance de La-khôn, il fut volé par des Laotiens. Il eut alors l'imprudence de menacer le village.*

« – *Si l'officier français vient ici, lui répondit-on, que nous fera-t-il?*

« – *Il vous coupera la tête...*

« *Ces pauvres ignorants s'effrayèrent sans raison, et convinrent entre eux qu'il valait mieux qu'un seul homme pérît que plusieurs : aussitôt, ils coupèrent la tête au malheureux jeune homme. C'est ainsi que M. Harmand ne fut jamais rejoint par son commissionnaire.*

« De plus, je sais de source certaine que Mgr Gauthier, à la nouvelle de votre prochaine arrivée, se hâta de vous recommander le plus chaleureusement possible à tous les prêtres indigènes qui pouvaient se rencontrer sur votre passage, et désigna le P. Montrouziès pour aller au-devant de vous et vous accompagner tout le temps que vous le jugeriez nécessaire.

« Maintenant que Mgr Gauthier et le P. Montrouziès sont morts l'un et l'autre, il était de mon devoir, en ma qualité d'ancien missionnaire du Tong-king, de rendre cette justice à leur mémoire, et de vous faire savoir que non seulement ils étaient décidés à faire le plus cordial accueil au hardi voyageur leur compatriote, mais encore qu'ils avaient déjà pris toutes les dispositions convenables à cet effet..., etc.

« Veuillez agréer, etc.

« L'abbé Lesserteur,
« Directeur. »

On voit que cette malheureuse colonie de la La-khôn a été bien mal récompensée de la confiance qu'elle m'avait témoignée. Pauvre gens !

XIV

LA SAISON DES PLUIES
AU PIED DES MONTAGNES
LES CAVERNES – ADIEU AU NAM-KHÔNG
DÉPART DE LA-KHÔN – LE MEUONG PHOU-WA
DISCUSSIONS AVEC LES MANDARINS

A partir du 17 mai, les pluies ont commencé à tomber abondamment, et la température s'est abaissée aussitôt. Les insectes ne tardent pas à faire leur apparition, je vais mieux, et l'état d'irritation de mon caractère subit une détente immédiate. Je consacre le matin et le soir à la chasse, et le milieu du jour à disséquer et à travailler au microscope. Je serais le plus heureux des explorateurs si les oiseaux et les mammifères n'étaient pas si rares.

Pourvu que tout aille bien maintenant, dans un mois ce sera fini. Je pourrai m'asseoir à une table sur laquelle je verrai du pain, du vin, des assiettes blanches et une nappe ! Je pourrai coucher dans un lit, déshabillé ! Tout cela n'a l'air de rien quand on n'en a jamais été privé. Il faut pourtant convenir que c'est quelque chose. Mais, malgré tout, je ne penserais pas encore au retour si j'avais été plus heureux dans mes recherches ; et si mon voyage était à refaire, je le pousserais plus au nord, dans les pays inconnus à l'est du royaume de Luang-Prabang. Si l'avenir m'appartient un jour, c'est là que je porterai mes pas, pour terminer l'œuvre de Mouhot. En ce moment, je n'y puis pas songer : mes ressources tirent à leur fin, je n'ai plus d'effets, plus d'alcool, plus de papier à herboriser. Je ne peux plus rien tirer de mes hommes, qui font tout en rechignant, et ne marchent bien que sous ma surveillance directe. Enfin, moi-même, sans être malade, je me sens épuisé, et l'enthousiasme indispensable commence à me faire défaut. Il est nécessaire que je regagne la côte. Nous verrons plus tard.

25 mai. – Moi qui me plaignais ces jours derniers de l'absence des pluies, je suis obligé de reconnaître que je suis bien difficile à satisfaire, car voilà que maintenant je me plains qu'il y en a trop. Quelles averses et quels orages ! Le jour est si faible dans la forêt, au pied de montagnes à pic, que je n'y vois plus assez pour travailler, et l'humidité est telle que mes instruments, mes habits, mes nattes, disparaissent sous une couche onctueuse de moisissures verdâtres.

Je ne sais si j'aurai lieu de me repentir de ma nouvelle habitation, et si je dois être victime de la fièvre. Jusqu'à présent rien de suspect, sauf ce sentiment de profonde lassitude. Mais deux de mes serviteurs sur trois sont malades. Du reste, tous les soirs, abondante distribution, et absorption forcée, de sulfate de quinine, aux valides comme aux fébricitants.

Ces montagnes sont singulières. Malgré l'abondance des pluies qui les inondent, il ne se forme ni à leur base ni sur leurs flancs, dans les quelques endroits que j'ai réussi à escalader, le moindre torrent, le plus maigre ruisseau. Elles absorbent tout par leurs fissures. Puis les eaux, filtrant peu à peu dans l'intérieur des calcaires, dissolvent les roches, creusent de profondes cavernes, qui se remplissent par endroits de dépôts stalagmitaires. Ailleurs, des stalactites blanches pendent en masses énormes le long de ces murailles à pic, et sont douées d'une remarquable sonorité : frappées à coups de pierres, elles résonnent sourdement comme les dernières vibrations d'une grosse cloche. Il y a des cavernes qui me rappellent, par l'abondance des chéiroptères qui tapissent littéralement leurs parois, les galeries sombres des vieux monuments du Cambodge. Quant on y pénètre, on est suffoqué par l'odeur étrange et la chaleur qui se dégagent de ces amas de corps vivants ; les chauves-souris, effarées, volent en tous sens, en si grande quantité qu'armé d'un simple bâton, que je fais tournoyer au-dessus de ma tête, je les abats par douzaines. Elles sont cantonnées par espèce et par sexe. Les oiseaux et les mammifères font toujours défaut, et mes collections ne se sont pas enrichies pendant mon séjour aux montagnes d'un seul spécimen nouveau. Les reptiles sont un peu plus communs, moins cependant que la nature du sol

Chasse aux chauves-souris dans les cavernes

ne me l'avait fait espérer : j'ai pu capturer quelques jolis iguaniens et geckotiens.

Maintenant, il s'agit de songer au départ, avant que les ruisseaux soient trop gonflés par les pluies et que le sol devienne impraticable. Je rencontrerai sans doute mon commissionnaire en route. D'ailleurs, s'il me manque de quelques jours, il saura bien me rattraper.

27 mai. – Je reprends donc la route du fleuve. La plaine aride que j'avais traversée au commencement du mois présente déjà un aspect tout différent. Les herbes poussent à vue d'œil et, quand le soleil brille, le paysage est charmant; c'est le plus beau moment de l'année.

Je trouve la grande pirogue du gouverneur qui m'attend depuis le matin. Je fais un partage équitable d'argent et de cadeaux variés aux Laotiens qui m'ont accompagné dans mes courses, et qui viennent tous me saluer, pour ne pas se laisser oublier. Ce qui a le plus de succès, ce sont les boîtes de sardines : le contenant est encore plus apprécié que le contenu, et les assistants se roulent pêle-mêle sur le sable pour les conquérir.

Aussitôt débarqué au sala de La-khôn, je me mets à confectionner des cartouches neuves, pour diminuer le volume de mes munitions; puis, en raison de l'exiguïté de mes ressources, je fais quelques tentatives, un peu honteuses, pour me défaire, contre argent, de l'excédent de mon plomb et de ma poudre. On m'offre des prix si dérisoires, un franc pour une livre de poudre, que j'aime encore mieux donner et faire le généreux.

Les jours suivants, je continue mes préparatifs, et je lègue au khiomeuong, qui ne le mérite pas, une foule de choses dont je peux me passer, notamment des paquets d'images d'Épinal, qui vont tapisser sur-le-champ, du haut en bas, l'intérieur de sa case. Du reste, il met un empressement extraordinaire à faciliter mon départ; les porteurs sont tout prêts. Je lui en avais demandé une quarantaine; mais on est venu apporter aujourd'hui vingt-cinq gros bambous, ce qui suppose déjà cinquante hommes.

Je laisse à La-khôn une dizaine de caisses d'instruments, de livres, de collections et de matériel pesant, qui seront expédiées à

Bassac : le prince m'a promis de faire descendre au Cambodge les envois que je pourrais lui faire [1].

Les Annamites de La-khôn viennent me faire leurs adieux en cérémonie. Cette colonie ne semble pas avoir augmenté sensiblement depuis le passage de la commission de 1867 : elle ne compte pas deux cents personnes. Ses représentants n'ont pas l'air bien prospère ; mais, telle qu'elle est, elle n'en mérite pas moins d'attirer l'attention, et surtout celle des Français, qui peuvent être appelés à bref délai à jouer un rôle considérable dans la nation à laquelle elle appartient.

Il n'est pas étonnant que quelques pauvres familles, venues ici comme des fugitifs, sans argent, sans ressources, à la merci des tyranneaux laotiens, soient restées misérables ; il n'est pas étonnant non plus qu'aucun de leurs compatriotes ne soit venu les rejoindre (surtout quand on sait que le Laos inspire aux Annamites une crainte mystérieuse, qui tient presque de la superstition), étant donné les lois excessivement sévères qui interdisent l'émigration, et qui rendent, en pareil cas, les parents responsables pour les réfractaires.

Mais au jour inévitable de la conquête de l'Annam et du Tongking par la France, la route que ces quelques fuyards ont déjà tracée ne tardera pas à être suivie par d'autres, qui pourront s'expatrier avec un petit pécule ; ceux-là, loin de craindre pour leurs parents et leurs biens, sauront au contraire qu'ils peuvent compter sur l'aide et la protection de leur nouveau gouvernement. L'exemple de ces pionniers ne sera pas perdu ; bien des familles, mieux instruites sur l'état du Laos, et se sentant à l'étroit sur cette bande resserrée des terrains de la côte annamite, où la population surabonde, iront alors chercher dans la vallée du Mékong des terres à défricher, des débouchés à leur activité commerciale, et des régions tout à fait appropriées à leurs aptitudes.

En un mot, nous pouvons compter sur les Annamites, lorsqu'ils seront nos sujets, pour coloniser à notre profit toute une partie de la

1. Ces caisses ne sont arrivées à Phnôm-penh que onze mois après ; rien n'y manquait, mais tout leur contenu, à part quelques animaux dans l'alcool, était complètement détérioré.

vallée du grand fleuve indo-chinois, où ils supplanteront rapidement les débris des races décrépites qui l'habitent. Par nous-mêmes, nous ne pouvons tenter aucune entreprise sur ses contrées si riches, mais si improductives par la faute de leurs possesseurs actuels. Il faut auparavant que le Laotien ait été éliminé, non par des moyens violents, mais par les effets naturels de la concurrence et de la suprématie du plus apte.

Enfin, le 31 mai dans la matinée, je traverse pour la dernière fois le Nam-Không, dont les flots m'ont si longtemps et si souvent porté depuis deux années. Malgré toutes les privations dont j'ai eu à souffrir sur ses bords, malgré les émotions et les colères que j'ai ressenties sur ses eaux, je le salue comme un ami que l'on va quitter peut-être pour jamais ne le revoir. Les gouttes d'eau que je vois scintiller au soleil vont descendre de rapide en rapide jusqu'à la mer ; elles passeront au Cambodge et en Cochinchine ; le pavillon de la patrie se reflétera sur elles, bien avant que mes pérégrinations soient terminées, et que je puisse entendre la voix d'un ami.

J'aborde la rive gauche vers dix heures du matin ; il faut attendre encore quelques porteurs en retard. Je compte avec terreur que je n'en ai pas moins de soixante-deux, plus un petit chef, armé en guerre comme un reître, et qui caracole fièrement sur son poney, faisant un bruit d'enfer avec tous les grelots de son harnachement rouge. Je vois aussi que l'on m'amène un cheval, que j'avais demandé, ne voulant pas compromettre ma guérison, déjà en bonne voie.

La longue colonne parvient enfin à se mettre en route, à la file indienne, dans d'étroits sentiers qui traversent d'abord d'assez belles rizières, et une croupe boisée au sol ferrugineux. La chaîne calcaire du groupe de La-khôn occupe le fond du tableau du côté du nord, avec ses pentes raides, son aspect tourmenté et ses sommets déchiquetés. Quand on s'éloigne des bords du fleuve, la campagne devient plus sauvage : on voit bien qu'autrefois il y a eu là de grandes cultures ; de nombreux indices trahissent l'existence oubliée d'anciens villages. Mais aujourd'hui les arbres fruitiers sont morts, les rizières se sont transformées en marais incultes, et la solitude s'est étendue partout peut-être à la suite de la guerre de 1830-1831 entre les Annamites et les Siamois.

Je marche en tête avec le guide, sans m'occuper le moins du

Colonne de porteurs au travers des rizières

monde de mes bagages, qui arriveront toujours un peu plus tôt, un peu plus tard, mais intacts, et cela sans la moindre surveillance. Au début de mon voyage, j'avais toujours des inquiétudes pendant les marches, et, le plus souvent, je me faisais suivre immédiatement du char qui portait la caisse d'argent et mes objets d'échange. Je me suis rapidement départi de cette méfiance injuste, et j'ai laissé toujours seuls, et absolument livrés à eux-mêmes, sans avoir jamais eu à m'en repentir, les conducteurs, cornacs, porteurs ou bateliers. Il faut rendre cette justice aux Cambodgiens et aux Laotiens : ils essayent de tromper le voyageur et de tirer de lui tout ce qu'ils peuvent – ils ne lui déroberont jamais un fétu.

Chaque caisse ou paquet, solidement amarré par des lianes à un gros bambou, dont deux hommes portent les extrémités sur l'épaule, est soigneusement mis à l'abri de la pluie au moyen d'un petit toit imperméable en feuillage.

Le soir, après avoir traversé une petite montagne de grès, par des sentiers de chèvre, puis une vallée boisée, je campe dans un petit village, bâti en plein marécage et habité par des Pou-Thays.

1er juin. – Fait route au travers de terrains marécageux, de forêts-clairières ; le soir, nous franchissons un défilé d'un aspect sauvage et grandiose, entre deux murailles verticales de marbre qui laissent entre elles un étroit passage. On débouche alors dans une sorte de cirque, où se disséminent quelques cases, encore de Pou-Thays, nouvelle population qui semble avoir occupé autrefois toute cette région, mais dont l'assimilation aux Laotiens paraît aujourd'hui presque complète.

De tous les côtés s'élèvent de charmantes montagnes boisées.

2 juin. – Nous marchons le matin dans une forêt broussailleuse, épaisse et sombre, au sol tourbeux, défoncé par les traces de nombreux éléphants ; puis le terrain se relève et, changeant de nature, devient aride, rocailleux et accidenté : il faut sans cesse grimper sur les rochers et sauter au fond de ravins envahis par les rotins et les lianes. Comment nos chevaux, conduits par la bride, ont-ils pu passer par là ? Il n'y a que ces petits chevaux laotiens capables de ces tours de force.

Nous avançons assez lentement, quoique la température soit agréable ; mais le manque d'eau nous retarde. Nous sommes obligés de faire halte dans le lit d'un torrent desséché, qui retient encore dans une cavité une mare de liquide verdâtre : on ne peut s'imaginer la quantité d'eau nécessaire à la cuisson du riz de près de soixante-dix hommes, qui font leur cuisine par petits groupes de trois ou quatre. Mais, par exemple, ils ne sont pas difficiles sur la qualité !

Le soir, succèdent à la forêt d'immenses savanes brûlées, plates, parsemées de rochers de marbre aux formes bizarres. Dans l'est, se dressent des massifs de cocotiers et de bambous qui annoncent le chef-lieu de la province de Phou-Wà, bâti sur les deux rives d'une jolie rivière, d'une quarantaine de mètres de large, aux berges escarpées : c'est le Sé-Bang-fay, que j'aurais cru beaucoup plus éloigné, et dont la rencontre me surprend agréablement.

Le village de Phou-Wà ne se compose que de quelques cases, adossées à une montagne à pic qui lui a donné son nom. Une étroite vallée sépare cette montagne d'un des prolongements de la chaîne de La-khôn : c'est par là que s'échappe le Sé-Bang-fay, que l'on dit sortir d'un lac ; on prétend aussi que son cours est en partie souterrain. Je vais tâcher d'élucider ces problèmes.

L'ensemble du village, avec la verdure de ses jardins, et la ceinture de montagnes nues, aux cimes dentelées, découpées comme la mâchoire de quelque carnassier fantastique, forme un paysage à la fois plein de charme et de sauvagerie.

Phou-Wà est habité par un mélange confus de Sôs, de Pou-Thays et de Làos.

Dans la soirée, mon Annamite Tay se rend auprès du gouverneur pour lui demander des hommes, ou des éléphants, ou des bœufs porteurs, le plus tôt possible. On répond d'abord qu'il est impossible de me donner des hommes pour aller chez les Annamites, parce que les Khâs qui habitent les régions intermédiaires sont très dangereux, ou, comme ils disent, *très méchants*. Enfin, après de nombreuses tergiversations, le khiomeuong se décide, et promet des porteurs pour après-demain.

Sur cette bonne parole, je lui expédie les cadeaux d'usage, et je m'endors, me proposant de faire les rêves les plus charmants sur les plaisirs qui m'attendent bientôt, car, dans quinze jours au plus, je compte bien en avoir fini avec cette existence de sauvage et de Juif errant.

3 juin. – De bonne heure, je me prépare à recevoir la visite des autorités. Ces entrevues, malgré leur monotonie, ont toujours pour moi un certain attrait : c'est surtout la mine de mes interlocuteurs qui m'amuse, et c'est chaque fois avec une nouvelle curiosité que j'examine tous les efforts qu'ils font pour se donner un maintien, composer leurs physionomies et débiter leurs mensonges.

Mais cette entrevue-là devait me laisser très perplexe. En effet, les dispositions de la veille, déjà médiocres, sont changées. Après avoir ruminé, hier soir, bien avant dans la nuit, avec toute sa mandarinaille et le petit chef de La-khôn, ses réflexions et son bétel, le gouverneur, qui n'est qu'un Khâ presque pur sang, ne parle plus de voir ceux de ses administrés qui m'accompagneraient massacrés sans pitié ou réduits en esclavage par les Khâs. Aujourd'hui, c'est autre chose : ce sont les Annamites eux-mêmes qui lui font peur, les Annamites... qui sont, comme chacun sait, de féroces coupeurs de têtes ! Au surplus, il n'existe aucune route pour aller chez eux ; jamais personne de Phou-Wà n'a songé à se rendre chez eux, et il n'y a personne qui soit capable de me servir de guide.

Je me suis promis de ne pas me fâcher, du moins d'une façon trop apparente. Mais je sens la colère bouillonner au-dedans de moi-même ; car dans tout ce que l'on me dit là, il y a autant de mensonges que de paroles. Tous mes arguments, très mal traduits du reste, ne peuvent aboutir à rien : Bo hou tiac hon tang ! (nous ne connaissons pas la route !). Le gouverneur reste inébranlable. J'ai beau lui appliquer la question à coups de cadeaux, procédant par la séduction à doses variées suivant le moment, je suis obligé de m'avouer vaincu, pour cette fois.

Tout ce que j'obtiens, c'est une promesse vague de faire chercher des porteurs, non plus pour demain, mais dans trois jours seulement, à cause de l'éloignement des villages où il faut aller les requérir. Ce n'est là qu'une défaite : la seule chose que ces profonds politiques désirent, c'est de pouvoir se retirer, pour reposer leur cerveau d'une si longue discussion.

Quant à la non-existence de la route, je savais à quoi m'en tenir. Tous les Annamites que j'avais questionnés à La-khôn sur sa direction (d'une façon malheureusement trop superficielle, car je ne prévoyais pas toutes ces difficultés) avaient été unanimes à me nommer Phou-Wà comme son point de départ. Et sur la question de la férocité des sauvages et des Annamites, il n'est pas besoin de dire que leur crainte n'était justifiée par rien.

Tout cela commence à m'inquiéter sérieusement, car il devient évident qu'il y a là-dessous une machination dont je ne me rends pas encore bien compte, et que ce n'est pas de lui-même que ce pauvre sauvage qui remplit à Phou-Wà les fonctions de gouverneur m'oppose une si singulière résistance. L'histoire de la lettre de La-khôn me revient en mémoire, mais je ne peux encore me décider à croire que tout cela soit bien grave – j'espère toujours que l'ascendant de l'Européen, aidé de quelques autres moyens, finira bien par avoir le dessus.

Dans la soirée, je retourne au meuong, avec des barres d'argent dans mes poches. Hélas ! c'est encore bien pis que ce matin. Il faut supposer que les villages où l'on doit aller réquisitionner les porteurs sont devenus depuis quelques heures extrêmement éloignés, qu'ils ont reculé jusqu'aux confins de la province, car il sera bien difficile, bien difficile, impossible (*bo day!*) d'avoir des hommes avant quatre ou cinq jours. Et puis, les Khâs, les Annamites, les pirates, les têtes coupées, la route !... Et encore : « Nous avons peur... – De quoi, de qui ?– Du roi de Bassac, du roi d'Oubôn. » Je lui conseille, pour le moment, d'avoir uniquement peur de moi.

Mais les plus beaux raisonnements restent impuissants. J'ai beau jongler avec mes barres d'argent, les faire miroiter sous toutes les faces, je me retire un peu moins avancé qu'en entrant.

Cette fois je ne puis plus m'y tromper : le gouverneur de La-khôn a agi en homme habile. Ne voulant pas et n'osant pas entamer la lutte avec moi, il m'a laissé partir pour Phou-Wà, comptant sur son voisin pour se *débrouiller* comme il le pourra. Ce qui me le prouve, c'est l'absence complète d'Annamites parmi les porteurs, absence qui m'avait semblé bizarre, mais que je m'étais expliquée par d'autres raisons : j'avais pensé que si on les avait écartés, c'était pour éviter le risque de révélations sur les exactions dont ils souffraient et sur les injustices dont ils étaient victimes de la part des mandarins.

Mais il n'est pas non plus naturel que les autorités de La-khôn se soient opposées *proprio motu* à me voir franchir la frontière. Il faut évidemment remonter plus haut. L'auteur de toutes ces mésaventures, c'est le prince d'Oubôn, dont toutes ces provinces sont suffragantes, et qui a évidemment donné des ordres formels à mon égard, tout en écrivant de me laisser circuler tant que je voudrais dans les montagnes. Ah ! si je tenais ce vieux gredin !

Enfin, l'important pour le moment c'est d'avoir des porteurs ; une fois que je les aurai, je marcherai devant, et je trouverai bien une route ; et alors, je me charge bien de me faire accompagner de force, au moins par un certain nombre d'entre eux. Ce soir je réunis au sala les petits mandarins. Je me montre à leur égard d'une générosité excessive, pour essayer de les faire parler, et d'obtenir, comme on dit, le fin mot de ce galimatias. Ma diplomatie échoue misérablement : ces pauvres gens, en apparence si obtus, sont d'une finesse à déconcerter le plus habile juge d'instruction. Du reste je tombe mal dans les éloges que je décerne aux Annamites, car il se trouve justement parmi mes interlocuteurs un orphelin de leur fait : son père a été bel et bien décapité authentiquement par les Kèos, et cela en pleine paix.

C'est ce qui s'appelle jouer de malheur !

XV

FORCE D'INERTIE DES LAOTIENS
DIPLOMATIE INUTILE – DÉPART POUR NAM-NAU
LES SAUVAGES SOUÉ
ET PHELONG

4 juin. – La situation ne s'éclaircit pas. Je suis presque certain à présent que le khiomeuong, bien décidé à ne pas me donner d'hommes pour aller du côté de l'est, ne cédera ni aux offres d'argent, ni à l'intimidation, ni aux menaces, et que je le couperais en morceaux sans le faire plier. Ah ! que la force d'inertie est donc un bel instrument, quand on sait en jouer avec autant d'habileté que ces Asiatiques !

D'après les Laotiens du village, que je fais interroger tant bien que mal par mes serviteurs (car, par moi-même, entouré comme je le suis d'une sorte de conspiration du silence, je ne puis rien apprendre), la résistance qui m'est opposée vient de ce que mon mauvais passeport, imprimé et banal, destiné aux négociants circulant dans la banlieue de Bang-kôk, dit bien de me laisser voyager dans l'intérieur des possessions siamoises, mais ne parle pas de m'en laisser sortir.

La journée se passe en pourparlers inutiles. Le lendemain, j'envoie d'abord Tay en ambassade, puis je me décide à aller moi-même au meuong. Comme on met en avant toujours les mêmes mauvaises raisons, et surtout l'ignorance de la route à suivre, je dis que je vais envoyer chercher à La-khôn un Annamite qui me servira d'éclaireur. Cette fois, le conseil est visiblement interloqué, mais reprend bien vite assurance, en réfléchissant (je devine tout cela à l'air triomphant qu'on affiche, car tous parlent à voix basse à travers leur bétel, et je ne peux saisir un mot) qu'à La-khôn on saura bien m'empêcher de trouver un guide. Malheureusement pour lui, le fils aîné du gouverneur, moins prudent que les autres, se montre hostile et insolent, ouvertement railleur, et, oubliant tous les efforts que j'avais faits pour me contenir, je saute sur lui : je le saisis par les deux épaules et le force à me demander pardon dans les règles.

J'ai beau tempêter, menacer, crier, rien n'y fait. Je change mes batteries, et je déclare que puisqu'il en est ainsi, je me trouve très bien à Phou-Wà, que je vais m'y établir à poste fixe pour toute la saison des pluies et que je saurai bien forcer le meuong à me nourrir pendant tout ce temps-là, moi, mes hommes et mon chien, et que nous avons tous un appétit d'enfer. Je croyais avoir trouvé un argument irrésistible. Mais pas du tout : le malheureux gouverneur, tout tremblant de l'algarade que je venais de faire à son fils, me dit de ce ton humble et résigné qu'ils savent si bien prendre :

– Seigneur, nous sommes bien pauvres, mais restez si vous voulez, ce que nous avons est à vous.

Je connaissais depuis longtemps ce manège. Je savais fort bien que si je mettais ma menace à exécution, il ne se passerait pas quatre jours sans que je fusse réduit à vivre uniquement de ma chasse, et que, ni pour or ni pour argent, je ne trouverais un grain de riz à acheter dans tous les villages environnants. Eh bien, malgré cela je me laissai prendre à ces mines piteuses, à ces mains levées, à ces génuflexions ; ma colère disparut en un instant, pour ne laisser subsister dans mon cœur qu'un sentiment de pitié sincère, et j'abandonnai la lutte.

J'envoie Tay à la découverte du côté de l'est, avec le petit métis, pour tâcher de recueillir des renseignements dans les villages environnants, sur les sentiers qui en partent et y aboutissent. Mes batteurs d'estrade reviennent le soir, sans avoir, me disent-ils, rien pu apprendre, sinon que le chemin le mieux battu, qui part de la rive gauche du Sé-Bang-fay, se dirige vers le meuong Nam-Nau, nouvelle province dont le nom frappait mon oreille pour la première fois. Je puis, en cette circonstance, me fier en toute sécurité à la bonne volonté de Tay, tout aussi désireux que moi-même d'en finir et de voir des compatriotes ; mais il est certain qu'on les a espionnés, suivis et précédés partout, avec le mot d'ordre.

J'essaye d'apprendre quelque chose sur le cours supérieur du Sé-Bang-fay et sur le lac supposé qu'il traverserait à son origine. Mais comme c'était du côté de l'est, je ne peux entendre que la réponse connue d'avance : Bo hou tiac ! Je vois bien qu'il est inutile d'essayer une exploration de ce cours d'eau. Au contraire, chacun s'empresse de me donner toutes les indications que je désire sur la province de Nam-Nau, dont le chef-lieu se trouve dans l'est-sud-est, à six journées de marche. Je me décide alors à prendre cette direction, qui me fera du moins traverser des pays inexplorés, où je finirai peut-être par rencontrer des mandarins moins timorés et plus accommodants.

A deux ou trois jours de Nam-Nau, se trouve dans la même direction une autre province, celle de Phông, qui n'est pas très loin de Kemmerât. Si je ne suis pas heureux à Nam-Nau, je descendrai tâter la chance à Phông. De là, si le destin contraire me ferme encore la route de l'Annam, je reviens à Kemmerât, pour voler vers Oubôn et lui faire expier la ruine de mon projet ; car en ce moment je nourris contre cet être exécrable une haine féroce.

Une nuit de misère

Tels sont les nouveaux projets auxquels je m'arrête. Mais me voilà de nouveau bien loin du repos, en voyage pour de longs mois ; pour comble de bonheur, je vais recevoir sur les épaules toute la saison des pluies qui commence. Et ces misères nouvelles en perspective seront payées par de bien maigres résultats : car je n'ai plus le matériel nécessaire pour rassembler de nombreuses collections, et les pays que je parcourrai de Phông à Oubôn ont presque tous été visités par MM. de Lagrée et Mouhot. Heureusement, ma santé est bonne.

Mais, après tout, ne désespérons pas encore, la partie n'est pas perdue. Ne voulant rien avoir à me reprocher, j'essaye, sans espoir, de jouer un dernier atout. Je demande au gouverneur de signer de son cachet une déclaration (que je me charge de faire parvenir à Bang-kôk) constatant son refus de me donner des hommes pour sortir du Laos. On s'empresse de me la faire délivrer, revêtue d'une foule de sceaux à l'encre rouge, avec un sentiment de satisfaction visible. Je suis pris à mon propre piège, et je suis bien la victime des ordres formels qui me concernent.

En désespoir de cause, je me décide donc à prévenir l'entourage, à la cantonade, que nous allons à Nam-Nau. Aussi, dès le lendemain matin, sans même que j'aie eu à intervenir le moins du monde, je voyais arriver les porteurs, au nombre de soixante-deux, pas un de moins. Je ne pus même pas obtenir qu'on en renvoyât quelques-uns, car quarante auraient largement suffi. La-khôn m'en avait attribué soixante-deux, et Phou-Wà ne pouvait faire autrement que de m'en donner le même nombre.

6 juin. – La route, bien battue d'abord, traverse des plaines brûlées, et un petit village où tout est fermé et où je ne vois pas âme qui vive. Elle s'écarte alors des montagnes calcaires, puis s'enfonce sous le couvert d'une assez belle forêt, qui garnit les contreforts d'une nouvelle chaîne, de grès cette fois. Le soir, je retrouve encore de grosses masses calcaires au village de Pou-Thays où nous passâmes la nuit, après avoir traversé plusieurs petits cours d'eau sans importance encore.

Le village, nommé Ban-Phân-Kièou, est désert, comme le premier. Je suis sûr qu'un délégué du khiomeuong a forcé les habitants à déguerpir devant moi (les feux ne sont pas encore éteints !) afin de m'enlever toute possibilité de trouver un guide.

Mais il y a mieux : je vais moi-même à la chasse avant que la nuit soit tout à fait tombée. Je m'engage successivement dans plusieurs directions, et je vois que les sentiers en cul-de-sac se perdent dans la forêt. Il faisait déjà sombre, d'autant plus que la pluie commençait à tomber de gros nuages noirs. Intrigué de ce mystère, je finis cependant par m'apercevoir d'une ruse singulière : c'est que tous les sentiers étaient artistement obstrués au moyen de branchages verts piqués en terre, et cela sur une grande longueur.

7 juin. – De nouvelles recherches que je fais de grand matin restent sans résultat, et je suis forcé de supposer que la vraie route de l'Annam est déjà dépassée. J'abandonne tout espoir, et, revenant au village, je donne aux porteurs, qui m'attendaient silencieusement accroupis à côté de leurs fardeaux, le signal du départ.

La route que nous suivons prend dès lors franchement la direction du sud. C'est un étroit sentier à peine frayé qui s'allonge au milieu de forêts plus ou moins arides, un peu plus touffues sur le bord des torrents et des ruisseaux. Une petite rivière, le Ouè-Sopha, est remarquable par les incrustations calcaires qu'elle dépose. Nous laissons à notre droite une longue montagne assez élevée, nommée Phou-Sang-Hè.

8 juin. – Grandes forêts-clairières monotones et bambous toute la journée. La seule rivière de quelque importance est le Sé-Noi, qui sert de limite aux deux provinces de Phou-Wà et de Nam-Nau. Large d'une soixantaine de mètres, très encaissée, et déjà assez profonde pour qu'il me soit impossible de la passer à gué, elle me fit perdre une partie de la journée. Parti à la découverte, je finis par trouver une sorte de sauvage, occupé à ramasser de superbes champignons sur les berges boisées, et qui était en possession d'une légère pirogue. Il fit passer successivement les bagages et les hommes : un couteau le récompensa de sa peine, et j'eus, par-dessus le marché, toute sa récolte de cryptogames, qui me firent plusieurs excellents repas.

9 juin. – Après une nuit passée au village de Ban-Na-Khêh, nous entrons, par une pluie battante, sous une forêt de bambous tellement épaisse et si peu fréquentée que le sentier finit par disparaître complètement. Nous ne pouvons avancer que précédés de sapeurs, qui ouvrent le passage à coups de sabre et de coutelas. Courbé sur le cou de mon cheval, et travaillant moi-même avec ardeur, je marche sur leurs talons.

Il faut ensuite grimper jusqu'au col qui s'ouvre au sommet d'une chaîne de peu d'importance. Le paysage serait agréable sans cette pluie diluvienne et persistante. De l'autre côté de la montagne, nous trouvons quelques petits villages, avec des rizières de peu d'étendue. Les habitants fabriquent de l'huile de coco au moyen de presses singulièrement primitives.

10 juin. – La forêt-clairière recommence, indéfinie, toujours pareille. Seulement, les pluies ont déjà fait repousser les herbes et les bambous nains, tout brillants d'une verdure nouvelle, et parsemés d'innombrables fleurs de jolies zinzibéracées de plusieurs espèces.

Pendant la nuit, étendu sous un lambeau de paille, débris du toit d'une misérable pagode qui tient lieu de sala, j'assiste à l'orage le plus violent que j'aie jamais vu et entendu. Accroupi mélancoliquement sous ma couverture, et obligé de protéger contre les trombes d'eau qui m'arrivent de tous côtés mes fusils et mes munitions, je m'attendais à chaque instant à être foudroyé et à sauter avec mes cartouches.

A la lueur des éclairs, je voyais la bande de mes porteurs, tous étendus dans la boue, à moitié nus, et ruisselants de pluie, dormir sans broncher, au milieu de cet épouvantable vacarme. Du reste, j'ai remarqué souvent que les Laotiens et les sauvages ne semblent pas impressionnés par la foudre, comme s'ils n'en connaissaient pas le danger, ou comme si la résignation fataliste, qui fait le fond de leur caractère, leur tenait lieu de courage.

11 juin. – Le lendemain, après cette affreuse nuit, qui n'était que le prélude de beaucoup d'autres passées de la même façon, c'est encore un changement de paysage, qui prend tout à coup une apparence prospère et plantureuse, mais en revanche dépourvue de tout pittoresque : on se croirait dans un des plus riches cantons de la basse Cochinchine. Ce sont des marais, des rizières séparées par des broussailles et des haies de bambous, et se développant jusqu'à l'horizon. Des buffles, des bœufs, des chevaux en grand nombre prennent leurs ébats en toute liberté. Ce sont les cultures et les troupeaux du chef-lieu de la province de Nam-Nau.

Le village est groupé sur les bords d'une rivière étroite et tortueuse, le Sé-Kiamphon, qui ravine et fait ébouler çà et là ses rives de sable fin. Il possède un sala en assez bon état, heureusement pour mes Annamites, qui grelottent de fièvre et prennent des airs de martyrs qu'on traîne au supplice.

Le gouverneur est un Laotien de bonne mine, qui a des prétentions aux belles manières de Bang-kôk, et pendant tout mon séjour, pour me faire honneur, il se croit obligé d'endosser un costume mi-parti siamois et européen, avec des souliers vernis, des bas violets, dont il est aussi fier que gêné, et un chapeau de feutre rond. Il va sans dire que la nation annamite est ici complètement inconnue : le chef de mes porteurs de Phou-Wà, qui n'est autre que le fils du khiomeuong que j'ai si vertement secoué, a donné le mot d'ordre. Dans ces conditions, il ne pouvait être question de route à suivre pour arriver au meuong Huè (c'est ainsi qu'ils désignent le royaume d'Annam).

En revanche, les autorités m'assuraient en chœur, avec leur rouerie naïve, qu'au meuong Phalàn, dans l'est, on m'accorderait, avec la plus grande facilité, les moyens de me rendre où je voulais aller. Je commençais à me faire à cette comédie, et je pensais bien qu'à Phalàn on ne manquerait pas de m'en donner une nouvelle représentation.

Je trouvai à Nam-Nau quelques sauvages intéressants, plus ou moins esclaves, et dont les tribus vivent du côté du nord-est : ce sont les Brous et les Phelongs. Ils sont très différents de ceux d'Attopeu. Leur barbe, toujours un peu raide et clairsemée, leur physionomie, la forme de leur crâne, annoncent des mélanges de sang hindou et mongol, qui sont venus s'infiltrer au travers de couches primitives plus anciennes.

Tous ces sauvages, du reste, quelle que soit leur origine, ont tous un genre de vie analogue, depuis les Stiengs des environs de Bariah sur nos frontières de Cochinchine, jusqu'aux limites du Laos septentrional.

Je pus en mesurer une certain nombre et prendre leurs portraits. Les profils exacts ne donnent pas une idée parfaite du type, parce que l'on ne peut que difficilement y rendre la forme du nez, à arête toujours large, et des narines, toujours largement ouvertes.

Mais je n'étais guère favorisé dans mes autres recherches, et mes collections botaniques et zoologiques ne s'accroissaient guère. Les savanes, les forêts-clairières et les fourrés de bambous que j'avais eu à traverser sont, il est vrai, riches en gibier, mais ce qui fait la joie du chasseur laisse le naturaliste indifférent; les spécimens que l'on peut se procurer sont toujours les mêmes depuis Saigon. La flore n'est pas plus variée que la faune.

Je fus obligé de remettre mon départ au 14 juin, afin de donner à mes Annamites le temps de soigner leur fièvre et de reprendre des forces.

XVI

LES PAGODES
DE LA RIVE GAUCHE DU GRAND-FLEUVE
PHALAN – SUITE DE LA COMÉDIE DU BO MY, BO DAY!
SCIENCE ARITHMÉTIQUE ET INDIFFÉRENCE DES INDIGÈNES
EN ROUTE POUR LE SÉ-BANG-HIENG

14 juin. – Départ le matin, dès l'arrivée des porteurs. Le khiomeuong préside en personne à la répartition des fardeaux, car les hommes sont toujours très longs à s'entendre, et la discussion recommence chaque fois que l'on fait halte, chacun s'ingéniant, ce qui est assez naturel, à s'attribuer les charges les plus légères.

Nous traversons le Sé-Kiamphon avec de l'eau jusqu'à la ceinture, et je déjeune à la pagode d'un joli petit village, qui m'offre un abri confortable avec son aire de sable et de résine bien battue.

Je loge toujours à présent dans les pagodes, qui tiennent lieu dans toute cette région de sala et de maison commune. Toutes ces pagodes ne sont autre chose qu'un grand hangar ouvert de trois côtés, avec une sorte de lit de camp fort bas, qui règne tout le long de la paroi du quatrième côté, fermé au moyen de chaumes, de *paillotes*, ou de bambous écrasés, quelquefois par un mur en torchis ou en briques crues. On ne remarque le plus souvent à l'intérieur aucune effigie de Bouddha ; mais au milieu de la salle s'élève une petite case de bois plus ou moins bien sculptée et décorée, figurant un *wât* [1] en miniature, ou bien une de ces larges chaires où les bonzes s'accroupissent pour lire les prières et les litanies. A toutes les saillies sont suspendues des amulettes, des formules de prières, des banderoles de toutes couleurs, et une foule de choses indéfinissables.

Tous ces villages possèdent beaucoup de bœufs, de buffles et de chevaux, mais très peu d'éléphants.

15 juin. – Rien à signaler le long du chemin que nous suivons, ce sont toujours les mêmes aspects. Seulement le terrain est très mouvementé ; il faut à chaque instant descendre de cheval au passage de ravines étroites et profondes.

Le soir, arrivée à Phalàn, village habité par des Pou-Thays, des Soués, et peut-être quelques Laotiens. La pagode en ruine où je logeai est entourée de beaux arbres, et bâtie au milieu d'une esplanade de sable bien entretenue, sur le bord du Sé-Kien-soy, charmante rivière que je venais de passer à gué.

Le mandarin chargé de l'administration de cette infime province (je me sers du mot *administration* faute d'un autre) est un Soué, plus qu'aux trois quarts sauvage. Il ne tarde pas à arriver, et se met à plat ventre à dix pas de moi. Cette attitude me semblant de bon augure, je lui offre une magnifique pipe garnie de velours rouge et de clinquant, pipe qui m'avait bien coûté au moins un franc vingt-cinq centimes à Paris, et qui obtient un succès d'admiration. Mais… il ne connaît aucune route pour aller au meuong Hwè, et je suis tenté de croire qu'il ne ment pas, tant sa frayeur paraît grande. Personne ne sachant lire le siamois, je profite de cette ignorance

1. *Wât*, pagode, édifice sacré.

pour enfler considérablement l'importance de mon passeport. Peine bien inutile, car les compères des autres provinces n'ont pas manqué de communiquer leurs instructions. Enfin, je fais brusquement partir au nez du gouverneur six coups de revolver, et quand il est revenu de sa stupéfaction, je lui annonce que le petit fusil qui part tout seul est à lui, s'il me fait conduire où je veux aller. C'était là une bien grosse tentation ; je crus qu'il allait faiblir ; j'ajoutai deux, puis trois barres d'argent, somme énorme aux yeux de ces pauvres gens !... Le sentiment du devoir, ou plutôt, ce qui est la même chose dans ce pays d'esclaves, la peur d'enfreindre les ordres reçus, sans doute avec de terribles menaces, l'emporta, et le refrain d'aller son train ordinaire : Bo my, bo day, bo hou tiac !

Le hom-bahât, qui est plus civilisé et souffle les réponses à son maître, insinue qu'à Phông, la province voisine, on pourrait sans doute m'indiquer une route qui n'existait pas ici. Voilà ce que j'attendais... Je remets à sa place le revolver, déjà promis à plusieurs reprises pour le même motif avec le même succès.

J'accapare la minime partie du toit qui reste encore à peu près imperméable dans l'angle de la pagode, et je sors mes instruments ; je déballe ma chambre noire et mes cahiers, pour recueillir demain tous les documents, chiffres, mesures, portraits, etc., que je pourrai me procurer sur les Soués, qui doivent être proches parents des Kouys de la rive droite du Grand-Fleuve.

Je paye et congédie les hommes de Nam-Nau. Il ne me reste plus à présent qu'une poignée de ticals et huit barres d'argent ; en outre, je porte toujours sur moi, dans une mince ceinture de cuir qui ne me quitte jamais, un petit lingot et un paquet de feuilles d'or, dont personne ne soupçonne l'existence. C'est ma réserve extrême en cas de pillage, incendie, naufrage, etc.

16 et 17 juin. – Journée passée en mensurations de Khâs, et je perds la moitié de mon temps à attendre que l'un d'eux se soit décidé à s'appliquer contre ma planchette. Ils ont aussi très peur de ce gros œil brillant de la chambre noire ; ils ont toujours l'air de croire que c'est une sorte de pièce d'artillerie que l'on braque sur leur personne, et ils ne s'en approchent que le moins possible, faisant un grand circuit pour l'éviter, et tournant la tête tous les deux pas, pour voir sans doute s'il ne va rien sortir de cette mystérieuse machine.

La plupart de ces Khâs, presque tous même, sont difficiles à distinguer des Laotiens, d'autant plus que presque tous ceux-ci ont, dans ces provinces, les oreilles percées. Ils portent le langouti et le toupet à la siamoise. Les femmes ont le buste couvert d'une petite veste croisant sur la poitrine et ne manquant pas d'élégance. Mais, en réalité, ce sont de vrais sauvages, même ceux qui ont eu l'excellente idée d'adopter la vie et le costume du bonze, l'état le plus enviable, le plus confortable et le plus exempt de dangers qui puisse se rêver dans ces parages.

Je m'amuse à leur faire passer des examens. J'en prenais cinq ou six, bonzes ou laïques, et je leur demandais : Deux et deux ?– Trois et quatre ? etc. Pas un ne parvenait à me répondre sans compter sur ses doigts, même pour les nombres les plus simples. Pas un seul n'a pu me dire combien faisaient cinq et quatre. Après de longues réflexions, et des calculs sur les doigts ou les orteils qui n'en finissaient pas, ils avouaient qu'ils ne savaient pas, répondaient au hasard, ou prétendaient qu'ils avaient oublié ma question. Un bonze, auquel je demandais la somme de 20 + 20, m'a répondu... trente et un ! et non du premier coup. Je n'invente rien, c'est textuel.

Ces hommes sont bien moins avancés que les Bolovens, par exemple, bien qu'ils vivent dans un état de sécurité en apparence complète. Rien ne peut exciter leur étonnement. Les choses qui frappent le plus les Laotiens, c'est-à-dire mon fusil, mon revolver, ma lorgnette, un aimant, ne produisent sur eux absolument aucun effet, même lorsqu'on attire vivement leur attention. Ils se contentent de dire, avec une expression marquée de dédain : « Nous ne connaissons pas cela ! *Bo hou tiac !*»

La seule chose qui semble les intéresser, ce sont les clous de mes souliers. Quand je suis couché sur ma natte, aux haltes ou dans la journée, il ne se passe pas de jour que je n'en voie quelques-uns arriver silencieusement, s'approcher de moi petit à petit, puis gratter de l'ongle mes semelles, en se communiquant à voix basse leurs impressions, avec de petites exclamations et la mimique la plus singulière.

Il ne faudrait pas cependant s'imaginer que les Laotiens eux-mêmes fussent doués d'une curiosité très éveillée. C'est ainsi que jamais ils ne m'ont demandé, soit en route, soit en bateau, ce que je faisais de ma boussole, que je tenais toujours à la main, ou devant moi, pour en noter les indications, avec laquelle je visais à chaque instant des arbres et des sommets de montagnes. Et leur indifférence n'est certes pas de la timidité, car ils se familiarisent très vite. Ils n'observent avec un certain intérêt que les objets dont ils connaissent bien l'usage, et dont ils peuvent immédiatement apprécier l'utilité, les armes, les étoffes, par exemple. Ainsi, mon couteau, *bowieknife* d'une trempe supérieure, était très regardé et jouissait d'une véritable réputation ; on venait souvent me l'emprunter, sous prétexte de couper du bois, tailler des pieux, etc., bien que chaque Laotien possède son coutelas, qu'il ne quitte jamais en voyage. Quand il avait besoin d'être aiguisé, c'était à qui se chargerait de ce soin, afin de comparer avec les leurs la dureté de cette arme excellente et sa résistance à l'action de la pierre.

Il y a déjà bien longtemps de cela, au début de mon voyage, il m'arriva de passer une journée dans un village de Penongs [1] Piaks, à quelques lieues dans l'est de la province de Sombaur, la dernière du Cambodge sur la rive gauche du Mékong. Je trouvai là deux hommes qui avaient été, par suite de circonstances trop longues à raconter ici, jusqu'à Saigon. Je leur demandai ce qui les avait le plus étonnés dans cette ville européenne. Ces sauvages, qui n'avaient jamais vu que d'humbles pirogues, que des cases de feuillage, et qui ne connaissaient guère les armes à feu que de réputation, ne me parlèrent ni du palais, ni des navires de guerre ou des paquebots, ni de l'exercice à feu et des évolutions de nos soldats : tout cela n'avait fait aucune impression sur eux. Mais, en revanche, ce qui les avait le plus étonnés, ce dont ils ne parlaient encore qu'avec admiration, c'étaient les couteaux innombrables de forme et de dimension qu'ils avaient vus chez les marchands français !

18 juin. – Rien à faire. Il pleut à torrents toute la nuit et toute la journée, et il fait si sombre dans la pagode que je me vois même

1. C'est-à-dire sauvages en cambodgien.

forcé de renoncer à l'anthropologie. Je ronge mon ennui sans aucune résignation. Que de temps on perd dans ces voyages, surtout quand on est seul, privé de compagnons et de collaborateurs ! Je crois bien rester au-dessous de la vérité en disant qu'en ces pays et dans une exploration de cette nature il ne faut pas compter sur plus de trois journées sur dix de travail effectif : tout le reste se perd en marches et en démarches, en allées et venues, en attentes vaines, en colères silencieuses, en quiproquos sans fin, en discussions stériles avec les mandarins de tout rang,... et je ne compte pas les jours de fièvre !

Le Sé-Kien-soy, après la pluie, est devenu méconnaissable. Hier, devant le village, c'était une modeste rivière, d'une cinquantaine de mètres de large, dont les eaux limpides et inoffensives s'écoulaient en murmurant, coupées de jolies cascades, et d'îlots formés de quelques arbres au feuillage léger et retombant. Aujourd'hui, c'est une masse d'eau rouge et écumante, roulant avec une rapidité terrible, charriant des pièces de bois de toutes dimensions et des bambous, les uns morts depuis longtemps, les autres encore verts, fraîchement arrachés de la berge et dont les panaches oscillent à chaque remous. Maintenus dans une position plus ou moins verticale par la terre compacte de leurs racines, comme un aréomètre par son lest de mercure, ils s'en vont au courant, s'enfonçant ici, émergeant plus loin ; dans cette course échevelée ils prennent un aspect vivant et semblent des êtres animés condamnés à un cruel supplice.

Plus d'îlots ni de cascades à la surface, large d'environ trois cents pas : en quelques heures, la crue a dépassé quatre mètres, et les bords de la rivière sont couverts d'une infinité de vers, de larves, d'insectes à demi morts, et même de serpents que l'invasion subite des eaux a chassés de leurs retraites souterraines.

La rapidité des crues est un phénomène commun à toute cette région ; il suffit, pour s'en rendre compte, de considérer la configuration mamelonnée du sol argileux et dénudé qui la constitue. Toute l'eau d'une averse arrive en quelques minutes aux collecteurs principaux, sans qu'une goutte, pour ainsi dire, se trouve perdue.

19 juin. – Départ le matin dans la direction de la province de Phông, pour m'entendre dire qu'on ne connaît aucun sentier qui

On se fraye le passage dans les fourrés de bambous

mène du côté de l'est, mais que plus loin..., etc. Ma foi, je me laisserai faire ! Du diable si je ne finirai pas par m'en tirer tout de même !

Le chef vient me faire ses adieux. Il est désolé, n'ayant, me dit-il, qu'un seul éléphant, *trop petit pour moi!* Il a été obligé d'en louer un plus présentable, et plus digne d'un seigneur aussi distingué. Deux belles piastres toutes neuves, qui vont être immédiatement percées d'un trou, et suspendues au cou de ses enfants, car c'est ici le seul usage de la monnaie d'argent, le consolent amplement. Je lui offre, en outre, un couteau et le dernier des petits chiens de ma chienne, qui avait, à Bassac, oublié sa dignité d'Européenne au point d'accepter les hommages de chiens indigènes.

Il fait toujours un vilain temps, le ciel est bas et sombre, rayé d'une pluie fine et persistante. L'éléphant que je monte, et que j'ai accepté à cause de l'état du terrain, car je suis à présent complètement guéri de ma blessure des montagnes de La-khôn, est bien la bête la plus désagréable que j'aie encore rencontrée. Son pas est des plus durs, et je suis moulu au bout d'un quart d'heure. Tous les ruisseaux gonflés par les pluies, et aux bords glissants, sont d'un passage difficile. Je suis toujours suivi de mes soixante-deux porteurs, tous plus ou moins khâs. Malgré tous les efforts que chacun fait pour être chargé le moins possible, il y en a bien un bon quart qui, semblables au quatrième officier du convoi de Malbrough, ne portent absolument rien, et s'en vont en amateurs, les bras ballants, courbant leur dos nu sous la pluie.

Forêt-clairière continue, avec de petits îlots de rizière auprès de quelques hameaux soués, dont les habitants se sauvent aussitôt que la colonne est signalée. Terrain toujours le même (argile, sable et grès rouge), découpé en mamelons ravinés sur leurs bords.

20 juin. – Pendant toute la nuit, violent orage. N'ayant plus de vêtements de rechange, et perpétuellement mouillé, je me demande par quel miracle ma santé peut résister à un pareil régime, dans cette saison si redoutée des indigènes eux-mêmes.

Nous marchons tout le jour, faisant halte un instant pour dévorer l'affreux riz gluant des Laotiens. L'aspect du pays ne change guère. Je ne suis pas médiocrement surpris d'apercevoir dans les broussailles, à droite du sentier, un beau chapiteau de grès, dont les moulures et les ornements décèlent la main d'un sculpteur de la bonne époque. Il gît là depuis bien des siècles sans doute. Mes sauvages, très effrayés en me le voyant prendre comme siège, ne purent me donner aucun éclaircissement sur ce mystère; mais ils soutiennent que les environs ne renferment ni ruine ni carrières.

Vers le coucher du soleil, après un lambeau de forêt et de nombreux fourrés de bambous, je descends à la pagode de Phông, village d'une trentaine de maisons, que le commandant de Lagrée a visité il y a dix ans, pendant l'exploration qu'il a faite du cours du bas Sé-Bang-hieng. Il est habité par des Soués et des Khâs douôn, et porte le titre de meuong, mot qui n'est guère bien traduit par le terme province, car la plupart de ces subdivisions territoriales sont trop petites et trop peu peuplées pour correspondre à l'idée que nous nous faisons d'une province. L'expression de district serait meilleure. Mais il suffit de savoir qu'il y a des meuongs très vastes et très importants, et d'autres infimes, ceux-ci étant soumis aux premiers.

Le gouverneur est ici encore un Soué, dont le semblant d'autorité n'est relevé par aucun appareil : il habite une pauvre case que rien ne distingue de ses voisines. Il vient à la pagode avec sa suite, et nous avons une nouvelle répétition de la comédie monotone que l'on connaît déjà. Promesses et menaces de mon côté, négations et ignorance feinte de l'autre. Mais ce qui me paraît assez plaisant quand je le raconte finissait à la longue par m'exaspérer quand j'étais acteur et victime; aussi, à la fin, impatienté de la bêtise des réponses du pauvre homme, et de l'exagération avec laquelle il obéissait à sa consigne, jusqu'au point de me répondre : Bo hou tiac! quand je lui demandais par ironie s'il ne connaissait pas le Nam-Không, je l'envoie promener, lui, ses poules, ses bananes et tout son monde, en levant brusquement la séance.

Je me bornai, pour le moment, à demander les moyens de gagner les bords du Sé-Bang-hieng le plus tôt possible; et cependant j'étais bien sûr, d'après les renseignements que j'avais pris à mon passage à Kemmerât, et que j'avais consignés sur mon journal, que Phông était sur le trajet d'une seconde route par laquelle on pouvait aller dans le pays kèo. Mais que faire? J'étais, je l'avoue, fortement tiraillé par la tentation d'en venir tout simplement aux usages indigènes, d'empoigner le gouverneur et les chefs du village, de les garrotter, et de leur faire appliquer une bastonnade bien sentie, jusqu'à ce qu'ils se fussent résignés à parler. C'eût été là le vrai, l'unique moyen d'arriver à la vérité. Cependant je ne regrette pas de ne pas l'avoir employé, car je devais avoir toujours présente cette idée que je symbolisais aux yeux des populations une civilisation supérieure, et que, en outre, d'autres explorateurs viendront après moi, auxquels de pareilles façons pourraient susciter des difficultés, qui s'ajouteraient encore à celles que la nature leur tient en réserve.

XVII

DE PHÔNG AU SÉ-BANG-HIENG
UNE CORRECTION MÉRITÉE
LE GOUVERNEUR DE SONG-KHÔN
NOUVELLES TENTATIVES

20 juin. (suite) – Pendant cette soirée, que je passai à l'écart avec mon chien qui me regardait d'un air mélancolique, sa bonne tête posée sur mes genoux semblant me demander le secret de mes méditations, je bâtis de nouveaux plans de campagne. Mon dernier espoir reposait sur l'accueil que je recevrais à Song-Khôn, qui est le chef-lieu d'une province plus importante, ne dépendant plus du prince d'Oubôn. Je profiterais de mon séjour dans cette localité pour tenter l'exploration du haut Sé-Bang-hieng, et je ferais ensuite une dernière tentative, dussé-je employer les moyens devant lesquels j'avais reculé jusqu'alors, pour faire ma trouée par le pays d'Annam. Si malgré tout, je devais abandonner la lutte, je m'en retournerais par Saravan. Traversant alors une seconde fois mon cher grand plateau, je reviendrais à Bassac, pour redescendre au Cambodge ou dans le royaume de Siam, non sans avoir poussé une pointe jusqu'à Oubôn et y avoir fait une apparition courte, mais qui laisserait un long souvenir.

Le plus sérieux de mes soucis, dans cette combinaison, venait de la pénurie où je me trouvais, après m'être débarrassé à La-khôn du surplus de mes approvisionnements, convaincu que j'étais de voir mon voyage toucher à son terme; je n'avais plus d'effets, presque plus de munitions, plus de papier à herboriser; les touques d'alcool que je transportais avec moi étaient bondées d'animaux, mes boîtes à insectes regorgeaient malgré les combinaisons les plus variées pour rapprocher de jour en jour les épingles et trouver de nouveaux vides. Il ne me restait donc plus qu'à tourner mon attention du côté de l'anthropologie et à consacrer presque tout mon temps au travail topographique.

Tout cela n'était pas gai, et avec cette saison détestable sur la tête, j'allais perdre la plus grande partie des collections déjà rassemblées. Il était bien dur d'échouer ainsi au port, après de pareils labeurs. Mais, malgré tout, ma conscience du moins était tranquille; je croyais avoir fait tout ce qu'un homme peut faire, et je n'avais rien à me reprocher.

21 juin. – Je trouve derrière la pagode de Phông une grosse pierre taillée, présentant à sa surface des cavités caractéristiques, qui prouvent bien qu'elle a fait partie d'un ancien monument. Rapproché du chapiteau de colonne que j'ai signalé plus haut, ce débris rend très probable, dans le voisinage de Phông, la présence de quelque ruine, en dépit des dénégations réitérées des indigènes.

La case du gouverneur, qui ressemble extérieurement aux maisons laotiennes, est bien à l'intérieur celle d'un vrai sauvage. L'ameublement consiste en quelques nattes, des arbalètes, des lances, des filets fabriqués avec des lanières de peaux de buffle, pour la chasse au cerf. Les cloisons sont garnies de collets pour les tourterelles et les poules sauvages; dans les coins, on voit des jarres remplies de mauvais riz concassé en fermentation et des collections de longues pipettes de bambou recourbé pour aspirer le liquide amer et nauséabond avec lequel toutes ces peuplades s'enivrent fréquemment. Au fond de la pièce qui sert à la fois de tribunal et de salon de réception sont suspendus des ex-voto et des simulacres analogues à ceux des Khâs du Sé-Kong.

Je finis par faire la paix avec les autorités, et l'on me promet que je pourrai partir demain. Je réussis à obtenir qu'on ne me donne que quarante porteurs.

22 juin. – Je n'ai vraiment pas de chance avec mes pachydermes ! J'ai un éléphant qui boite d'un pied de devant, et j'affirme que le voyageur monté sur un éléphant boiteux est à plaindre. On n'est déjà pas très à son aise quand on est perché sur ceux qui jouissent de l'intégrité des quatre colonnes massives qui leur servent de membres, et je laisse à penser ce que l'on souffre quand le roulis et le tangage habituels deviennent complètement désordonnés. J'arrive meurtri de tous côtés, et excorié en quatre endroits différents.

Le sentier traverse un pays plat, semé de grands marais déjà profonds. Toute cette région disparaît sous les eaux aux mois d'août et de septembre. Ce n'est qu'une succession de grandes clairières à l'herbe fine et rase. La forêt semble assez belle du côté de l'est. Pas une case, pas de traces de cultures anciennes ou récentes ; pays désert, si ce n'est vers le soir, où l'on voit quelques rizières et quelques défrichements, avant d'arriver au meuong de Song-Khôn, village assez vaste, sur la rive droite du Sé-Bang-hieng, magnifique cours d'eau d'environ trois cents mètres de large, dont la vue ranime mon ardeur et me fait oublier, tout aussitôt, mes accès de découragement : il me faut évidemment commencer par l'exploration de cette belle rivière, le plus grand affluent de la rive gauche depuis Stung-Treng.

C'est ici sans doute que va se décider mon sort.

La situation se présente assez mal : la consigne du *bo hou tiac* est évidemment donnée. Les petits mandarins qui me reçoivent à la pagode m'en administrent une preuve par trop bête. Le premier, que j'interroge sur le Sé-Bang-hieng, me répond qu'il ne le connaît pas. Cette fois, je n'y tiens plus, et, m'élançant d'un bond à bas du lit de camp où je m'étais allongé pour calmer les souvenirs cuisants que me laissait ma course sur l'éléphant boiteux, je lui coupe le dernier de ses *bo hou tiac* dans la bouche d'un soufflet dont on parlera longtemps à Song-Khôn. Tout accroupi qu'il était, il roule comme un poussah, et reste sur le dos, sans changer de posture, les jambes repliées en l'air, comme si l'ébahissement l'avait rendu sur le coup cataleptique. L'assemblée gardait le plus profond silence. Les soixante-deux hommes de Phông (on m'en avait encore fourni soixante-deux, malgré les conventions) et les dix ou quinze hommes de Song-Khôn, courbés dans l'ombre de la pagode, me rappelaient alors le spectacle, bien lointain, que présente une église au moment de l'élévation.

C'est la première fois qu'il m'arrive de corriger ainsi un mandarin, mais on avouera que pour cette fois il y avait bien de quoi ! J'envoie quérir le khiomeuong immédiatement, en lui faisant dire qu'il ait à se dépêcher. J'étais outré, et décidé pour le coup à en finir.

Que j'aurais donc bien voulu savoir ce qui s'est dit dans sa maison, pendant l'heure que je passai à l'attendre ! Enfin, au moment où j'étais sur le point d'aller le chercher moi-même, je le vois qui s'avance, revêtu de ses habits de grande tenue : une chemise de vieille soie rouge à broderies d'or grossières, le langouti à gros nœud bouffant sur le ventre, le chef couvert d'un vénérable chapeau de feutre bordé d'un galon de laine rouge. Il est suivi des insignes de sa dignité, et précédé de présents qu'il me destine, du riz, des concombres, des pastèques, portés sur des plateaux de bois, recouverts, suivant les règles de la politesse laotienne, d'une sorte de grand éteignoir, ou de cône en rotin tapissé de cotonnade aux couleurs vives.

Après s'être approché de moi comme d'un animal dangereux imparfaitement apprivoisé, il procède, en conscience, assisté de ses secrétaires, à la lecture de mon passeport. Je suppose que le soufflet homérique qui a signalé mon arrivée a été pour moi le meilleur des introducteurs, car, ô surprise ! après avoir accepté sans sourciller des lunettes, un rasoir, un savon parfumé, une pipe, un mètre de galon de sous-officier, et subi la promesse, lui cinquième, du petit fusil à six coups avec cent cartouches, ce brave gouverneur me semble capable d'entendre raison. Il a bien peur de ces terribles Annamites, c'est bien dangereux, bien difficile ! mais enfin ce n'est plus l'éternel *bo day!* Je lui fais dire à l'oreille que j'irai chez lui, causer en secret, une fois la nuit faite.

Après mon dîner, muni d'une fiole contenant les parfums les plus exquis de l'Occident, et d'une belle paire de ciseaux, je vais battre le fer pendant qu'il est chaud, et jouer ma dernière partie.

Je débute assez mal, par un petit contretemps : mes cadeaux sont insuffisants, car je ne comptais que sur deux épouses, et il y en a quatre. Je m'en tire en donnant les ciseaux à la plus vieille, la *grande femme*, la parfumerie à la plus jeune, qui est en même temps la plus jolie, supposant qu'elles représentent dans le ménage, et pour des raisons tout opposées, les deux influences majeures. Alors, sans tarder, j'offre trois barres d'argent au gouverneur, les serviteurs étant écartés, s'il consent à me faire passer au Meuong-Kèo.

Silence !

Enfin, après avoir bien retourné sa chique de bétel, il me répond que les Annamites vont massacrer ses hommes, et le dialogue suivant s'engage, non pas couramment, mais phrase par phrase, avec les plus grandes difficultés, car il fallait, avant d'aller plus loin, que toute équivoque eût disparu.

– Soyez donc tranquille, n'ayez pas peur. Les Annamites ne sont pas des Khâs ! Il y a bien quarante ans que la guerre est finie, et on ne massacre pas les gens si facilement que vous le pensez, surtout quand ils ont à leur tête un Français. Et puis, vous ne savez pas cela, il y a maintenant à Hué un officier français, un grand mandarin, avec des soldats, et les Annamites se garderaient bien de toucher à un seul de mes cheveux, et à un seul des poux (*sic*) de la tête de mes porteurs. Vous aviez bien peur de moi tout à l'heure quand je suis arrivé ; malgré tous les fusils et toutes les lances de vos râteliers, vous n'auriez pas osé faire un mouvement pour vous défendre, si j'étais venu, moi tout seul, vous attaquer dans votre case. Eh bien ! les Annamites seront encore bien plus effrayés en me voyant. (Un bon quart d'heure, pour le moins, pour faire traduire, peu à peu, et faire comprendre mes paroles.)

– Jamais personne ne va chez les Annamites, et le roi a bien défendu de ne jamais y envoyer d'hommes.

– Soit, je ne veux pas emmener vos hommes au-delà de la frontière. Ils resteront de ce côté de la montagnes. J'enverrai un de mes serviteurs prévenir les mandarins annamites, et aussitôt, les porteurs pourront se sauver.

– Mais vous avez beaucoup de bagages, et je ne sais comment vous pourrez faire, car les chemins sont bien mauvais, surtout en cette saison.

– C'est bon ! ne vous inquiétez pas de mes bagages. D'abord, il n'y en a pas tant, trente hommes peuvent les porter, et puis, je vous dirai qu'il y a dans mes caisses une pièce de soie de France, avec des fleurs brodées de toutes les couleurs, et qui vaut bien quatre barres d'argent. Je la laisserais bien ici pour m'alléger. Je vous la ferai voir !...

Le gouverneur, après avoir confectionné en silence une seconde chique de bétel :

– Je m'en vais réfléchir, dit-il, et j'irai demain matin vous trouver à la pagode.

Ensuite, je me fis communiquer toutes sortes de renseignements intéressants sur le pays, son histoire, les affluents et le cours du Sé-Bang-hieng, et je rentrai à la pagode plus satisfait que les jours précédents. Je me fis un croquis du Sé-Bang-hieng, en le dessinant au crayon blanc sur une de ces planches laquées de noir dont on se sert dans ce pays pour faire les brouillons des lettres et des écrits de toute espèce ; on les transcrit en les gravant à la pointe sur une feuille de palmier. On passe ensuite dans le trait un mélange d'huile et de noir de fumée, et les lettres ressortent en noir nettes et indélébiles.

23 juin. – Pas de visite du khiomeuong. Donc ses réflexions ont pris une mauvaise tournure, et ses craintes ont vaincu sa cupidité. Vers midi (il ne faut pas toujours être trop fier quand on fait le métier d'explorateur), je me décide à faire pour cette fois des avances, et je retourne chez lui, pour savoir ce qu'il a décidé. Il a, me répond-il, envoyé chercher des hommes à Kemmerât pour me servir de guides, n'ayant ici personne qui connaisse la route. C'est absolument comme si, étant à Besançon, on allait chercher à Marseille des guides pour vous conduire à Strasbourg. Il n'y a que les Laotiens pour faire, avec le plus grand naturel, des réponses d'une pareille force ! Enfin je suis bien obligé de paraître très satisfait, et ne voulant pas, pour le moment, avoir recours aux *bons moyens* que je garde en réserve pour l'avenir, je demande deux pirogues et des rameurs pour remonter le Sé-Bang-hieng aussi loin que faire se pourra.

– Pendant mon absence, qui durera huit ou dix jours, dis-je au gouverneur, vous aurez tout le temps de faire toutes vos réflexions, tâchez que cette fois elles vous inspirent suivant vos intérêts.

Et, sur ces vagues paroles, je rentre me livrer à mes préparatifs.

Il pleut toujours, et l'hivernage me semble plus humide et les pluies plus abondantes et plus prolongées qu'en basse Cochinchine, surtout à cette époque de l'année. Peut-être aussi le voisinage de la grande chaîne, sur laquelle viennent s'appuyer, en quelque sorte, et se comprimer les nuages poussés par la mousson du sud-ouest, rend-il cette partie du Laos particulièrement pluvieuse. A trois heures, il faut allumer les torches, tant le ciel est sombre, et je n'ai même plus de livres pour tromper mon ennui.

XVIII

EXPLORATION DU SÉ-BANG-HIENG PASSAGE DES RAPIDES RENCONTRE D'ÉLÉPHANTS SAUVAGES

24 juin. – La rivière monte avec rapidité, et son cours devient de plus en plus précipité. Le milieu du chenal est dessiné par une longue traînée de bois, de branchages et de bambous enchevêtrés, qui se déroule comme les anneaux d'un immense serpent. Dans la matinée les pagayeurs arrivent avec leur petit paquet, et, au bas de la berge, on prépare les pirogues, que l'on munit de toits de feuilles entièrement neufs, précaution rendue indispensable par le temps qu'il fait.

Je ne réussis à partir qu'après des pourparlers sans fin avec les autorités à propos des bagages que je leur confie. Depuis que je lui ai offert des barres d'argent et des pièces de soie, le khiomeuong s'imagine que je suis fabuleusement riche, et que mes pauvres caisses sont remplies de trésors. Aussi est-il épouvanté de la responsabilité qui pèse sur sa tête, car je n'ai pas manqué de lui dire qu'au cas où je me noierais, par exemple, dans quelque rapide de la rivière, il devrait renvoyer tout ce qui m'appartient, sans en distraire seulement une feuille de papier, au Protectorat français à Phnôm-penh, ou au consul de Bang-kôk.

Le brave homme paraît pour lors décidé à favoriser mon passage en Annam. C'est avec cette espérance que, le cœur léger, je me lance encore une fois dans l'inconnu, sur les eaux rouges et limoneuses du Sé-Bang-hieng.

Très à l'étroit dans ma légère pirogue, c'est à grand-peine que je parviens à compléter mon installation, de façon à pouvoir exécuter mon levé, tout en mettant à l'abri ma planchette et mon dos, qui tient obstinément lieu de gouttière au toit arrondi qui devrait le protéger. Les rameurs sont des Soués paresseux et galeux, qui essayent d'abord de s'arrêter à chaque coude, suivant leur habitude, pour rouler une cigarette dans un fragment de feuille de bananier, ou simplement pour se gratter le dos avec le tranchant de leurs pagaies. Mais je me fais tailler un joli rotin dans le fourré, et, après leur en avoir fait expliquer l'usage, je dépose devant moi ce stimulant national, et je l'agite d'un air courroucé quand l'ardeur factice qu'il détermine menace de s'éteindre.

La rivière est d'une largeur uniforme, sans rapides, bordée de berges couvertes de bambous, avec quelques hameaux sur la rive droite ; la rive gauche est broussailleuse et déserte.

A chaque village il faut s'arrêter pour demander au *mê-bân*, sorte de chef ou de maire, qu'ils appellent aussi l'*ancien* ou le *vieux du village*, quelques hommes de rechange, ce qui ne se fait jamais sans discussion, chacun plaidant pour son saint. Telle est la coutume, à laquelle, pour le moment, je me conforme assez volontiers, car sans cela il me serait impossible de pouvoir connaître et noter les noms des innombrables ruisseaux qui viennent déboucher sur les deux rives ; les riverains, en effet, ne connaissent rien en dehors d'un certain rayon autour de leur case.

Beaucoup de ces ruisseaux portent des dénominations identiques, et dans la même journée je laisse derrière moi plusieurs Ouè Bong et non moins de Ouè Gniang. La même habitude se retrouve dans tout le Laos, et ce que j'ai vu, depuis mon départ de Bassac, de Ouè Phay et de Ouè Hinlat est incroyable. On doit sans doute, pour s'y reconnaître, ajouter au nom du cours d'eau une épithète particulière, et dire, par exemple, le petit, le grand Ouè Phay, ou le Ouè Gniang du haut, le Gniang du bas, etc. Mais ces précautions ne sauraient suffire pour éviter toute confusion, sans les mœurs casanières des Laotiens et des sauvages. En réalité ils n'ont guère à craindre de se tromper, et la clarté des cartes de leur pays est bien le moindre de leur souci, car le ruisseau qui coule devant leur plate-forme est souvent le seul qu'ils connaissent; ils n'ont aucun désir d'en savoir davantage, bien au contraire, et ce n'est pas au Laos que les sociétés de géographie trouveraient beaucoup d'adhérents. Chaque village est une sorte de petit monde à part, claquemuré dans ses rizières et ses broussailles, et chaque famille produit à peu près ce qui est indispensable à sa consommation générale, aliments, vêtements, qui se réduisent souvent à une étroite pièce de cotonnade grossière. On ne s'aventure au-dehors qu'en cas de disette, de misère extrême, ou lorsqu'il faut aller payer l'impôt au mandarin; on se décide alors à aller vendre quelque langouti tissé par les femmes, des médicaments, de la cire, des peaux d'animaux, produits de la forêt voisine, et que les colporteurs chinois ou *khoulàs* [1] achètent en échange de quelques mesures de riz ou de quelques ticals. En fait, toute la rive gauche du Mékong, depuis La-khôn jusqu'à Stung-Treng, est extrêmement voisine de l'état sauvage.

25 juin. – La pluie ne cesse pas, mais tombe avec moins d'abondance, et la rivière a déjà depuis hier baissé de cinquante centimètres. Les rameurs sont, comme toujours, admirables quand il ne s'agit que de se résigner et qu'il n'est pas question de marcher, de travailler, de *souquer* sur les pagaies. J'ai des hommes qui n'ont pas cessé une minute de recevoir l'eau froide sur leur peau noirâtre et tannée, et dont l'étroit langouti est trempé; ils grelottent de froid et de fièvre, ils ont passé la nuit sur la terre délayée de la berge, sans un abri, sans pouvoir même réussir à allumer du feu; ils n'ont, pour se réconforter, que quelques poignées de riz avarié. Eh bien! tout cela ne les empêche pas de rire, de raconter des histoires, de trahir tous les cancans du village, et d'échanger des plaisanteries d'une pirogue à l'autre. Mais tout cet entrain disparaît aussitôt que le courant devient plus rapide, qu'il faut montrer un peu d'énergie et développer quelque effort.

26 juin. – Après avoir passé la nuit devant le village khâ de Tam-li,

1. Birmans.

nous continuons notre route. Le cours de la rivière se déroule toujours avec des courbes très fréquentes et des boucles parfois assez accentuées, mais il n'y a pas un seul coude brusque, et la navigation à vapeur serait très facile depuis le Nam-Không jusqu'ici. Le courant très puissant donne de violents remous; mais on peut néanmoins, le long de l'une des deux rives, avancer assez facilement, ce qui ne veut pas dire bien vite. La largeur est toujours la même, l'eau toujours aussi boueuse, et le milieu de la rivière toujours dessiné par cette même moraine de bambous, qui ne s'est, pour ainsi dire, pas interrompue depuis Song-Khôn. Vers le soir, il faut franchir un premier rapide, qui n'est pas bien dangereux, mais qui annonce pour bientôt des difficultés.

Nous laissons sur la rive droite l'embouchure, obstruée de broussailles et de bois morts, d'un affluent d'une certaine importance, le Sé-Tamouok, que les rameurs affirment être la fin de la terre du Laos : au-delà commencent les territoires khâs. C'est du moins ainsi que je comprends leurs paroles, car j'ai su plus tard que le Tamouok était une vraie frontière, séparant, au moins en théorie, les possessions siamoises des pays tributaires de l'Annam. A partir de ce point, qu'ils n'ont jamais dépassé, mes hommes ne connaissent plus le nom d'un seul ruisseau.

Depuis le village du matin la rivière est déserte; ses bords, vierges des traces de l'homme, prennent une apparence sauvage : les grands arbres à huile qui dessinent sur le ciel leur écorce gris pâle et leur tronc rectiligne sont exempts de la blessure enfumée qu'ils portent toujours au flanc. Il se fait un silence de plomb, interrompu seulement le soir par les cris discordants des paons et des coqs sauvages. Les pagayeurs commencent à me donner la représentation, que j'attendais, de la terreur des sauvages, et à se faire mutuellement des récits de guets-apens et d'attaques nocturnes, chacun renchérissant sur l'histoire de son voisin. Avec leurs légères pagaies, je les vois se livrer à une pantomime curieuse, simulant, celui-ci un coup de hachette déchargé sur le crâne de son camarade, celui-là faisant le geste d'un homme qui décoche sa sagaie ou qui bande son arbalète. Un troisième se dresse sur son banc, pose le pied sur son sac à riz, qui représente sans doute le cou d'un ennemi imaginaire, et, prenant un air farouche, se met en posture de le scier consciencieusement. En d'autres pays les poltrons cherchent à dissimuler leur émotion et à se donner des airs fanfarons. Dans toute l'Indo-Chine, les Annamites du Sud peut-être exceptés, ils étalent sans honte leur manque de caractère, et il semble qu'il y ait une émulation de bassesse ; c'est à qui paraîtra le plus dépourvu de courage et d'énergie.

J'entends toujours parler des méfaits des sauvages, et cependant, depuis que je les fréquente, je dois dire que je n'ai jamais rencontré d'hommes plus timides et d'apparence moins agressive. Il doit bien cependant, au fond de tous ces racontars, se trouver quelque chose de vrai ; il est possible que ces malheureux Khâs, si tremblants et si déconcertés en présence de l'Européen, dont le regard semble les faire rentrer sous terre, soient tout différents en face des Laotiens, qu'ils sentent bien n'être que leurs égaux par l'intelligence et la force morale. Et puis, de même que les animaux les plus inoffensifs, il est bien possible qu'une fois poussés à bout ils manifestent sans frein la cruauté inconsciente, ou plutôt le manque absolu de pitié, qui caractérise toutes les races sauvages. Pillés et rançonnés toute leur vie par les Laotiens, quoi d'étonnant à ce qu'ils viennent quelquefois chez eux leur voler quelques buffles, dont ils tuent les propriétaires, lorsqu'ils sont à leur tour les plus forts ? Quant à moi, si j'avais le bonheur de pouvoir trouver des guides qui consentissent à me précéder, et des porteurs qui voulussent bien me suivre, je me fais fort de pénétrer jusqu'au plus profond des tribus sauvages, et de m'y promener sans nul souci, et sans autre arme qu'un bâton, certain d'avance que je n'aurais pas le plus petit danger à courir.

Après le coucher du soleil, nous nous arrêtons non loin d'un rapide qui paraît assez sérieux, si j'en juge par le grondement sourd qui s'en échappe, pareil au bruit de la mer déferlant sur une plage, et que le silence crépusculaire fait paraître plus imposant.

Mais, comme les bâtons flottants du fabuliste, la plupart du temps les rapides sont plus effrayants de loin que de près, et il est rare qu'on ne réussisse pas à trouver quelque passage. Enfin, nous campons à la pointe d'un banc de sable bien dégagé, car il est nécessaire d'attendre le jour. Les précautions d'usage prises en prévision d'une crue subite, les rameurs réussissent cette fois à trouver du bois à peu près sec, car le soleil a percé les nuages tout l'après-midi, et ils allument de grands feux qui se réfléchissent au loin sur les eaux tremblotantes de la rivière.

Que j'aime ces haltes du soir, et quels souvenirs elles me laissent ! quelle impression de calme grandiose, pendant que la lutte de vie intense, dans cette nature colossale, se poursuit sans trêve dans les halliers du voisinage ! De temps en temps un cri aigu perce les airs : c'est le tigre qui bondit sur sa proie ; un bruit de branches cassées et écrasées arrive jusqu'à nous : c'est une bande d'éléphants qui se déplace et qui s'éloigne à la vue des flammes de nos foyers. Ce sont les reniflements, les rires, les grognements grotesques d'une tribu de macaques en expédition, et que le passage d'une panthère a dérangés de leurs ébats. Puis tout se tait, et l'on n'entend plus que la basse continue du rapide, qui va bientôt bercer les rêves du voyageur solitaire.

27 juin. – Le passage du rapide me fait perdre beaucoup de temps, non qu'il y ait vraiment danger, mais simplement à cause de la violence du courant et de l'état glissant des roches, sur lesquelles il est très difficile soit de prendre un point d'appui avec les gaffes, soit de poser les pieds pour haler les pirogues.

Une petite troupe de quatre éléphants se montre inopinément à mes yeux au détour d'un rocher. Ils se livraient tranquillement à leurs ablutions matinales sur les bords de la rivière, et les allées et venues de mes hommes n'avaient pas l'air de les préoccuper beaucoup, contrairement à ce que j'ai pu voir jusqu'ici. Ils continuaient à s'asperger de gerbes d'eau, tout en nous surveillant de leurs petits yeux vifs et brillants, sans perdre un de nos gestes. Ils n'étaient pas à plus de cent mètres, et il m'aurait été facile de m'en approcher encore davantage. Par malheur, n'ayant pas l'intention de chasser d'aussi gros gibier pendant cette courte reconnaissance, j'avais laissé à Song-Khôn ma carabine Devisme à balles explosibles, et je n'avais pas grand-chance de faire bien mal à des éléphants avec mon fusil de chasse. Je risquai cependant le coup, malgré les supplications de mes rameurs ; car il n'y avait en réalité aucun danger : au cas où l'ennemi ferait tête, ma légère pirogue, prête à toute éventualité, pouvait filer comme une flèche en tenant le milieu du rapide. Je visai tranquillement le plus gros, qui me présentait le flanc, et aussitôt après mon coup de feu il sortit vivement du lit de la rivière, les côtes zébrées d'une longue traînée de sang. Il hésita un moment, la trompe dressée vers nous, les oreilles écartées du crâne ; puis, subitement, fit volte-face avec ses compagnons, et tous, sans se presser beaucoup, avec ce singulier mélange de pesanteur et de souplesse qui n'appartient qu'à eux, remontèrent sur le haut de la berge escarpée et disparurent dans la forêt, où je ne m'avisai pas d'aller les poursuivre.

Toujours le désert ! Vers deux heures seulement, quelques éclaircies se dessinent à droite et à gauche, les bambous et les broussailles sont abattus pêle-mêle, ou de grands arbres dressent dans les airs leur squelette noirci et brûlé sur pied. De petits champs de maïs annoncent le voisinage de quelque hameau, mais il n'est pas possible d'apercevoir une case : les sauvages dissimulent toujours leurs demeures avec tant de soin et d'habileté ! Une pirogue à demi éventrée, qui laissait passer sa pointe au travers d'un fouillis d'herbes, voilà tout ce que je pus distinguer. Je fais immédiatement accoster, et je m'engage dans les dédales d'un étroit sentier, qui me conduit au travers de clairières couvertes de touffes récentes de maïs et de riz, et de plantations de concombres, jusqu'à trois cases haut perchées sur des troncs d'arbres coupés. Je me trouve nez à nez avec une vieille femme entourée de trois marmots... Vieille ? – est-elle vieille ou jeune ? Comment le savoir ? A coup sûr, ce n'est pas elle qui pourrait me le dire, car jamais ces races ne connaissent leur âge : couverte, ainsi que ses enfants, d'une épaisse couche de crasse et de noir de fumée, elle ne laisse presque rien distinguer de ses traits.

Les enfants, s'ils étaient bien tenus, malgré leur mine effarouchée, seraient charmants. Chez tous les Indo-Chinois, les enfants sont toujours, du reste, jolis et de physionomie agréable ; mais dès que la puberté approche, le nez s'aplatit, l'ouverture palpébrale semble rester stationnaire et ne pas suivre le développement exagéré du reste du visage, qui devient large et court avec des pommettes toujours très accentuées : en un mot, ils enlaidissent atrocement.

La femme, les cheveux incultes et traversés d'une grosse épingle de laiton, vêtue uniquement d'un morceau de cotonnade large comme les deux mains, et qui ne semble là que pour la forme, car il y a plus de trous que d'étoffe, se sauve à ma vue en poussant de véritables beuglements, suivie de sa marmaille qui fait chorus. Tout ce monde, l'un soutenant l'autre, grimpe comme une famille de singes à la plate-forme de la case la plus voisine, et la mère, après avoir vivement retiré son échelle, se barricade chez elle. Bientôt, cependant, elle se décide à rouvrir sa porte, pour hurler de plus belle, et appeler tous les hommes du village à la rescousse. Il est certain qu'elle s'imagine courir le plus grand danger. Prenant l'échelle de la maison voisine, je me hasarde sur son aire branlante; elle se réfugie alors dans l'angle le plus obscur de sa case, avec ses petits, qui se cachent dans le creux de vieux paniers; elle refuse, avec des grognements de bête fauve, les menus objets que je lui présente pour l'amadouer, ou les rejette par terre à travers les fentes du plancher, comme elle ferait d'un charbon qui lui brûlerait les doigts.

J'expédie les Annamites à la découverte, en ayant bien soin de ne pas me montrer, car ce serait le meilleur moyen de faire décamper tous ceux que je pourrais rencontrer. Quant aux Soués, il n'est pas possible d'obtenir d'eux qu'ils accompagnent les Annamites dans la broussaille.

On me ramène bientôt un homme qui me paraît présenter des signes de métissage laotien, et qui connaît quelques mots de la langue de ses voisins. Le seul renseignement que je peux en obtenir est qu'il me sera impossible de trouver, en ce moment, à renouveler mes provisions de riz. Il n'y a plus personne, affirme-t-il, qui en possède seulement un grain, et ces malheureux vivent au jour le jour de ce qu'ils peuvent trouver dans la forêt, en attendant la récolte prochaine. Voilà une famine bien malencontreuse pour mes projets, si elle est réelle, car mes approvisionnements s'épuisent, et si je ne trouve pas à les compléter dans les villages khâs (on m'avait dit à Song-Khôn que ce serait chose facile), je me verrai encore une fois, comme dans le Sé-Kéman, obligé de battre en retraite, sans avoir pu parvenir entièrement à mon but.

Les Khâs vont attendre encore trois mois entiers sans avoir presque rien à se mettre sous la dent. Avec leur imprévoyance de macaques, ils s'empiffrent de riz nouveau en le récoltant même avant sa maturité, et ensuite, ce stock consommé, ils meurent de misère, et de toutes les maladies que la misère amène à sa suite. Mais cette année le jeûne est encore plus prolongé que de coutume : l'an passé presque toutes les rizières des bords du Sé-Bang-hieng ont été bouleversées et détruite par un débordement prématuré de la rivière.

Le soir, je m'arrête à un village, composé de six cases, qu'on me dit s'appeler Themep, nom qu'on m'avait déjà donné pour le précédent. C'est qu'en réalité un village de Khâs n'est pas toujours une agglomération de maisons : les maisons d'un même village, où plutôt d'un même clan, peuvent être disséminées sur un territoire considérable, et s'éloigner ou se rapprocher les unes des autres suivant les besoins, les nécessités de la défense ou de la culture du sol. Ce que je ne peux savoir non plus, c'est si le village a pris son nom de celui de la tribu, les Khâs themep, ou si c'est le village au contraire qui a baptisé ses habitants.

Les sauvages themeps ou de Themep, comme on voudra, possèdent beaucoup de buffles; mais j'ai beau fureter partout avec mes Annamites, je ne découvre pas trace de riz, et toutes mes offres pour en avoir restent sans résultats.

28 juin. – Journée presque perdue, consacrée tout entière au passage d'un rapide, le kheng Sé-Metch, aussi dangereux que difficile, composé de plusieurs barrages qui occupent un étranglement en demi-cercle de la rivière. Deux hommes, dont mon Annamite Tay, ont failli s'y noyer. Entraînés par le courant, alors que se cramponnant aux rochers, ils faisaient tous leurs efforts pour dégager l'une des pirogues, ils ont disparu, mais ont pu un peu plus bas se raccrocher aux broussailles, l'Annamite très impressionné, le Soué aussi calme, aussi apathique que si rien de particulier ne s'était produit.

Il a été nécessaire de décharger complètement les embarcations, qui, malgré cette précaution, ont coulé à fond, et il a fallu les traîner entre deux eaux, ce qui est un rude travail, vu leur épaisseur et leur poids.

Les bancs de roches tiennent toute la largeur de l'étranglement; le principal forme une chute de près d'un mètre. Si j'étais arrivé là deux jours plus tôt, je n'aurais eu à lutter que contre la violence du courant, car depuis mon départ l'eau a baissé d'au moins un mètre cinquante.

Vus du haut des rochers à pic qui bordent la rive droite, et dont le flot torrentueux vient ronger la base, les rapides forment un tableau merveilleux, avec les îlots de bois morts échoués sur les rochers qui émergent çà et là, les lignes de chute vivement colorées, et les grands arbres qui se dressent sur l'autre rive, les uns au-dessus des autres, dépassant les massifs de bambous.

XIX

LE SÉ-BANG-HIENG
AU-DESSUS DES RAPIDES
LES KHAS THEMEP
PRIS PAR LA FAMINE

Après les rapides, l'eau devient calme et unie comme un miroir, et s'étale en une sorte de lac, d'environ quatre cents mètres de large, encadré d'une façon majestueuse par la forêt qui descend jusqu'aux bords : mais les arbres ne font que couronner les crêtes des deux rives, en bande étroite, derrière laquelle recommence la forêt-clairière indéfinie, avec ses arbres rabougris et son tapis de bambous nains, poussant sur un sol aride et rocailleux.

Je m'amusais ce matin, pendant que mes hommes transportaient le chargement au-delà des bancs, à observer les ébats de trois loutres, sur une petite plage de sable, lorsque est survenue une jolie panthère, fort surprise de m'apercevoir, moi et mon inséparable chien, qui s'était honteusement endormi à mes pieds. Elle ne fit qu'un bond et disparut en un clin d'œil, sans me laisser même le temps d'épauler et de la saluer d'un coup de fusil.

La rivière, presque rectiligne, est d'un calme imposant, et le silence est si profond qu'il produit sur toute ma troupe une impression singulière : involontairement, comme intimidé, chacun parle à voix basse. Je comprends maintenant pourquoi le Sé-Bang-hieng, dans ses premières crues, charrie une pareille quantité de bambous : les deux rives en sont bordées jusque dans l'eau, et l'épaisse masse de ces végétaux, d'une taille exceptionnelle, drus et pressés, ne laisse rien apercevoir. La rivière semble enfermée entre deux murailles végétales à pic. Quel tableau pour un peintre de talent ! Mais comment rendre cette uniformité grandiose ?

Le soir, nous réussissons à joindre, après une chasse prolongée, une pirogue qui fuyait devant nous, et qui de loin avait l'aspect d'un sampan annamite, l'homme de l'arrière nageant debout, la face vers l'avant, l'aviron soutenu par un haut tolet. Nous n'aurions pas réussi à l'atteindre, si je n'avais, par hasard, tiré un paon qui traversait la rivière : mon coup de fusil se répercuta avec un bruit de tonnerre sur les massifs épais des deux bords. Les gens de la pirogue, effrayés, s'imaginant sans doute que mon coup de feu s'adressait à eux et n'était que le commencement d'une agression directe, lâchèrent les avirons, s'agenouillèrent, et attendirent notre arrivée dans la posture de suppliants. Quelques cadeaux, qu'ils n'osèrent refuser plutôt qu'ils ne les acceptèrent de bonne volonté, n'eurent pas le pouvoir de les rassurer, et aussitôt qu'ils le purent, je les vis redescendre la rivière, faisant force de rames, et disparaître comme par enchantement, dans quelque cachette d'eux connue, quelque coulisse du splendide décor que nous avions sous les yeux.

Je m'arrête, le soir, devant une espèce de fort, composé d'une haie épaisse de broussailles épineuses et de troncs d'arbres abattus, entouré d'un espace déblayé, un glacis, pourrais-je dire, hérissé de pointes de bambous fichés en terre. Pour le coup, voilà de vrais sauvages ! les plus inférieurs que j'aie rencontrés jusqu'ici. Après un petit sentier, flanqué lui aussi de pointes menaçantes, et tellement étroit qu'il faut prendre de grandes précautions pour éviter de se blesser, je viens buter contre une porte solidement barricadée, précédée, par surcroît, d'une sorte de vestibule fait de troncs d'arbres et plafonné de branchages et de paquets d'épines, qui s'opposent entièrement à toute tentative d'escalade. Il y avait du monde dans l'enceinte, mais personne ne se montrait. Les Soués, groupés derrière moi, avaient beau appeler à tue-tête, en protestant de nos bonnes intentions, rien n'y faisait. Je lançai par-dessus la palissade deux couteaux et un petit miroir. Voyant que toutes mes avances restaient sans réponse, je fis annoncer par un Soué (dont la langue est très voisine de celle de ces Khâs) que j'allais abattre la porte à coups de coutelas, si on ne consentait pas à me l'ouvrir de bonne volonté, et je me mis immédiatement en mesure d'exécuter ma menace. Au deuxième ou troisième coup, un homme, petit et chétif, aux longs cheveux en chignons, armé d'une lance à lame recourbée, s'avança avec précaution, sortant je ne sais d'où, et après une nouvelle hésitation se décida à défaire le grossier mécanisme qui maintenait la porte solidement fermée, et qu'on ne pouvait atteindre du dehors. Je lui enjoignis de laisser là ses armes, afin d'éviter tout accident, et je pénétrai enfin dans la forteresse, après qu'on eut encore enlevé les fascines et les chevaux de frise qui, la porte une fois ouverte, obstruaient encore le chemin.

Quelle brute que cet homme ! C'est à grand-peine, après avoir fait sur ses doigts, en les pressant fortement avec son autre main, un par un, puis deux par deux, un calcul qui n'en finissait pas, qu'il est parvenu à compter le nombre des hommes du village, et ce nombre n'était cependant représenté que par le chiffre 6 !

Il doit déjà, dans ce pays, exister quelques relations indirectes avec les Annamites, car un des enfants du village (ils se montrèrent plus tard, ainsi que deux femmes) porte au cou cinq ou six sapèques de zinc, qui forment collier, avec des dents de sanglier, des coquilles de paludines et des écailles de pangolin, collier qui compose en tout et pour tout son costume. La lance de l'homme est aussi de provenance annamite.

Il y a quatre cases, qui occupent le fond de l'enceinte, dont le milieu est surmonté d'une haute plate-forme de veille, comme dans la plupart de ces villages. Je remarque, ici encore, les mêmes procédés de sorcellerie, les mêmes objets destinés à conjurer les mauvais sorts. Les sauvages refusent tous mes cadeaux et montrent la plus grande répugnance à nous donner ou nous céder quoi que ce soit, même des choses sans valeur, du bois mort, par exemple, pour allumer du feu, disant que ces manières d'agir étaient tout à fait contraires à leurs usages, et qu'ils ne manqueraient pas, après cela, de voir quelque épidémie fondre sur le village. Les femmes consentirent, cependant, à accepter quelques coudées de fil de laiton.

Moitié de gré, moitié de force, j'obtiens de l'homme qu'il se laisse mesurer la tête, qu'il tenait baissée avec obstination, sans vouloir ou sans pouvoir me regarder. Il demanda aux Soués si je n'étais pas le roi de Bang-kôk.

C'est là que je passais la nuit. Au crépuscule, de grands cris retentirent sur l'autre rive; c'étaient deux hommes qui revenaient, la hotte au dos et l'arbalète en main, de la forêt, et rapportaient leur butin du jour. Les femmes sautèrent immédiatement en pirogue, pour leur faire passer la rivière. Ils n'avaient pas de gibier, mais les hottes étaient remplies de mauvais fruits, de pousses de bambous et de tronçons d'ignames sauvages. C'est le régime auquel nous étions condamnés nous-mêmes. Quant au riz, il fallait en faire notre deuil.

Les nouveaux venus, moins timides que le premier, se mirent assez à leur aise avec moi, et me racontèrent qu'ils payaient un tribut montant environ à un franc de notre monnaie par case et par homme, à qui? ils n'en étaient pas bien sûrs, mais j'ai cru comprendre que c'était au roi de Bassac, sans doute alors par l'intermédiaire du gouverneur de la province de Saravan. On voit qu'en tout cas ces sauvages ne sont pas complètement indépendants, et il en existe beaucoup d'autres qui, n'ayant aucun contact avec leurs voisins, doivent être encore bien plus incultes que ceux-ci.

29 juin. – Un des Khâs du village consent à nous accompagner. Mais nous sommes, après un trajet d'une heure et demie, arrêtés par un nouveau rapide, le kheng Pelouon, formé d'une chute coupée en quatre cascades partielles par des saillies de rochers. Le site est splendide, malgré la brume épaisse estompant les contours des collines boisées qui nous environnent.

Il y a un dénivellement d'environ un mètre, mais très brusque partout, et après une heure d'efforts infructueux pour faire passer à vide la plus légère des pirogues, je dois reconnaître l'impossibilité de franchir cet obstacle.

Les bateaux laotiens sont mal appropriés aux voyageurs d'exploration : ils sont trop lourds et trop épais. Il faudrait avoir des embarcations spéciales, beaucoup plus minces, comme les canots d'écorce de l'Amérique septentrionale, pour remonter les cours d'eau. Pour les descendre, en revanche, ces lourds troncs d'arbres creusés de l'Indo-Chine sont indispensables, car il faut aux pirogues une grande force de résistance afin de ne pas être fendues par les chocs répétés qu'elles subissent sur les pierres, ou éventrées par les fûts, aux branches souvent aiguës, qui sont coulés entre deux eaux.

Si j'avais des vivres, je pourrais attendre ici une crue de la rivière qui ne peut beaucoup tarder ou bien gagner par terre le plus prochain village, au-dessus du kheng Pelouon, et lui louer ou lui emprunter, de gré ou de force, des pirogues et un guide. Mais dans l'un ou l'autre cas, il me faudrait, pour réussir, des compagnons mieux trempés que les miens, qui m'abasourdissent de leurs doléances perpétuelles, ne travaillent plus que par force, et sont entièrement découragés.

Il faut reconnaître que les pousses de bambou bouillies, accompagnées ou non de piment grillé, composent une alimentation peu réconfortante ; je m'en aperçois moi-même, bien que j'y ajoute encore des grains de maïs vert. Tout ce que je pourrais gagner avec cet équipage démoralisé, ce serait, sous la menace du bâton, de pousser jusqu'au prochain rapide, étape qui ne doit pas se trouver bien loin.

Pour me consoler de mon insuccès, je me dis qu'après tout, en passant en Annam, je couperai nécessairement le Sé-Bang-hieng, et, vu la distance à laquelle je suis déjà parvenu, j'obtiendrai une approximation suffisante de son cours supérieur. Donc, sans plus tergiverser, je me décide à regagner Meuong-Song-Khôn.

Pour pouvoir accomplir complètement l'exploration de cette rivière magnifique, il faudrait attendre que la crue du Nam-Không eût atteint une hauteur de sept à huit mètres, c'est-à-dire vers les mois d'août et de septembre. A cette époque, les eaux du Sé-Bang-hieng, retenues par celles du Grand-Fleuve, doivent garder un niveau à peu près constant, le courant doit être plus régulier, la plus grande partie des roches qui donnent naissance aux rapides doit disparaître à une grande profondeur, et l'explorateur ne serait plus à la merci d'un orage ou de quelques jours de sécheresse.

Derrière les Khâs themep, se trouvent les Khâs ta-hoï, entièrement indépendants, et qui passent, est-il besoin de le signaler, pour très dangereux. Je suis sûr que si j'avais pu aller chez les Ta-hoïs, j'aurais rencontré là des gens aussi craintifs, à mon égard du moins, que les autres ; mais ils n'auraient pas manqué de me dire qu'en poussant un peu plus loin je tomberais au milieu de peuplades terribles et féroces, et ainsi de suite.

30 juin. – Je redescends aussi vite que possible vers Song-Khôn, impatient d'être renseigné sur les intentions définitives du gouverneur. Je ne m'arrête qu'un instant près d'une clairière, récente, plantée de riz et de maïs, pour fouiller les troncs d'arbres abattus, qui me fournissent toujours quelques insectes ou quelques petites coquilles, et je trouve auprès d'un léger hangar, dont les habitants se sont sans doute sauvés en m'apercevant, une flûte khâ, ou plutôt un instrument à anche mobile, très curieux.

C'est un petit bambou, long d'une vingtaine de centimètres, percé de quatre trous équidistants. Une anche rectangulaire est ménagée près de l'une des extrémités; c'est sur elle que l'on applique les lèvres, en produisant les sons par aspiration et expiration. Les Khâs fabriquent avec des cornes de bœuf et de buffle un instrument analogue et dont le son, très fort, est entendu de très loin.

Il y avait aussi au même endroit l'instrument qui remplace, chez les Khâs la charrue, qu'ils n'emploient jamais, bien qu'ils ne puissent manquer de la connaître. Mais leur mode barbare de culture et leurs besoins n'exigent pas de pareils perfectionnements. C'est une sorte de massue de bois dur et lourd, taillée en pointe, et emmanchée artistement et solidement dans la cavité d'un long bambou, dont l'extrémité est divisée en lanières croisées, de façon à s'évaser en une sorte de panier conique, formant entonnoir pour recevoir la massue.

Avec cet engin primitif, manié comme la *demoiselle* de nos paveurs, ils pratiquent, dans l'argile fertile de leurs champs de clairières, une série de trous, et dans chaque trou ils versent quelques graines, que le soleil et l'eau se chargent de faire pousser. Mais ils savent fort bien varier l'époque, la profondeur, l'exposition, le sol qui convient à leurs semis, suivant les nécessités que l'expérience et la tradition leur ont appris à connaître.

Comme je continue ma route, on me montre près de Ban-Paleng une maison qui vient d'être saccagée et dont les habitants ont été tués par les Khâs. Mes Soués semblent très satisfaits de cette circonstance, qui leur sert d'argument pour prouver que j'ai tort quand, me moquant de leur poltronnerie, je soutiens que les sauvages sont des gens complètement inoffensifs. Ils ont peut-être raison à leur point de vue et moi au mien, car, je le répète, rien ne peut donner une idée de l'impression extraordinaire que l'Européen produit sur toutes ces populations, impression d'autant plus forte qu'elles appartiennent à des races plus évoluées, mais que les plus civilisés d'entre eux subissent également. Quand j'étais au Tongking, lors de l'expédition de F. Garnier, et que, investi par notre chef regretté de fonctions militaires, j'attaquais les villages annamites fortifiés défendus par de nombreux indigènes, ceux-ci résistaient avec courage et énergie à des centaines de leurs compatriotes. Par les mailles de la palissade en bambou qui entourait le village, ils se tuaient ou se blessaient de part et d'autre à coups de lance et de sabre, sans rompre d'une semelle. Eh bien ! il me suffisait de me montrer, suivi de quelques matelots, l'arme au bras, pour obtenir, sans tirer un coup de fusil, une débandade générale, une véritable panique.

Je continue à descendre, avec une vitesse étonnante, le cours de la rivière, que je remontais si péniblement quelques jours auparavant. C'est avec une sorte d'ivresse que l'on sent la pirogue glisser au milieu même des rapides, emportée dans une course furibonde. Il pleut toujours, le Sé-Bang-hieng remonte à vue d'œil, et j'arrive le lendemain à Song-Khôn avec une crue de plus de trois mètres depuis hier soir. Quel malheur qu'elle n'ait pas eu lieu vingt-quatre heures plus tôt !

Le khiomeuong, dont je demande immédiatement des nouvelles, est absent, occupé comme tout le Laos en cette saison, au travail des rizières, lesquelles se trouvent quelquefois fort loin des villages : les Laotiens, en effet, ne faisant pas usage d'engrais, sont obligés de laisser souvent leurs champs en jachère, et la moitié au moins des terres arables d'un village est seule cultivée chaque année, si ce n'est sur les bords des rivières.

2 juillet. – Je me mets, sans tarder, à faire le plan de mon voyage dans le Sé-Bang-hieng, car il ne faut jamais différer ce genre de travail, sous peine de ne plus pouvoir se retrouver au travers de ses notes, ainsi que l'expérience me l'a appris. Au beau milieu d'une averse, le gouverneur arrive et m'annonce, d'un air triomphal, que j'aurai mes porteurs pour après-demain. Mais il faut que je remonte jusqu'au meuong Phông, pour de là gagner, vers l'est, le meuong Phin, dont j'entends prononcer le nom pour la première fois. Il n'y a pas, en effet, de route directe de Song-Khôn à Phin, ou s'il y en a une, on ne veut pas me la faire prendre, pour une cause quelconque, sans doute, parce que le mandarin de Phông est à la dévotion de celui des Song-Khôn, et qu'il donnera des hommes de rechange.

Le gouverneur ne peut s'expliquer mon désir de me mettre en route par une saison pareille, et il me fait un tableau des plus noirs de toutes les misères, de tous les dangers que je vais, selon lui, avoir à traverser : les moustiques, les sangsues, les tigres, les éléphants, les rhinocéros, et les Khâs, surtout les Khâs ! et rien à manger sur toute la route. Il est vrai que les Laotiens, qui voyagent si peu, ne se déplacent pendant les pluies qu'en cas de nécessité pressante ; les sauvages font de même : la raison principale de cette habitude ne prend pas sa source seulement dans les désagréments que l'humidité excessive entraîne, mais surtout dans la grande insalubrité des pays boisés pendant l'hivernage.

Pour que le khiomeuong soit tout à fait engagé et qu'il ne puisse plus revenir sur sa parole, je verse entre ses mains, séance tenante, quinze ticals pour l'achat de riz des porteurs, qui devront m'accompagner jusqu'à Phin, sans être changés à Phông. Et je donne enfin le revolver tant de fois promis !

– Mais à Phin je ne serais pas à la frontière annamite ! lui dis-je. En ce cas, je ne vous donne pas la pièce de soie !

Toutes mes séductions déployées de nouveau ne purent lui faire promettre rien de plus, et je n'insistai pas, sachant bien qu'après cinq ou six jours de marche vers l'est je serai trop près des Annamites pour ne pas considérer la plus grande difficulté comme vaincue. Mais le mandarin de Song-Khôn n'eut pas ma pièce de soie.

Avant la guerre des Annamites avec les Siamois, il y a plus de quarante ans de cela, la population de Song-Khôn versait aux représentants de la cour de Hué un tribut consistant chaque année en un éléphant, dont chaque habitant devait payer une part, ce qui n'est pas bien onéreux. Survient la guerre ; les Siamois, conduits par un général connu sous le nom de Bô-Din, et dont la cruauté et l'activité sont demeurées légendaires, emmenèrent en masse les habitants de la province de Song-Khôn jusqu'à Bang-kôk, où ils furent détenus en captivité pendant deux ans, avant de pouvoir revoir leur pays. Le khiomeuong, alors un tout jeune homme, fut enchaîné pendant tout ce temps dans le palais. C'est lui-même qui m'a fourni ces renseignements historiques.

Mais les Annamites n'ont jamais gouverné la contrée, de mémoire d'homme ; ils ne l'ont jamais possédée d'une façon effective, se contentant de la marque de vassalité que j'ai signalée plus haut. Actuellement, il n'en vient jamais jusqu'à Song-Khôn. Ils descendent quelquefois jusqu'à Phin pour y acheter des buffles.

Il est bien extraordinaire de s'expliquer une aversion pareille à celle qui sépare aujourd'hui les Laotiens des Annamites, quand on sait qu'ils ont eu autrefois des relations assez suivies. La vraie raison d'un état de choses aussi triste et aussi préjudiciable au développement des peuples du Laos central doit être cherchée dans la coutume de l'esclavage pratiquée par les Laotiens et les sauvages.

3 juillet. – Je termine la rédaction de mon travail topographique, et je confie aux autorités un paquet de lettres et manuscrits pour Saigon et pour la France [1]. En préparant mes bagages, je réussis, à force de chercher, à vider encore une caisse : contenant et contenu disparaissent immédiatement dans la maison du gouverneur.

Il ne me reste plus que onze caisses, deux petits coffres, l'un contenant mes cartouches, l'autre ma pharmacie, deux ballots de nattes, couvertures et moustiquaires pour moi et les Annamites, et un panier de riz ; les plus grosses caisses ont soixante-dix centimètres de long sur quarante de hauteur et de largeur, d'après un modèle uniforme que j'avais fait faire à Saigon. Mais je m'attends encore à au moins quarante porteurs, qui vont me consommer une terrible quantité de vivres !

1. Ces lettres ne sont arrivées qu'environ six mois après mon retour à Paris.

XX

DU SÉ-BANG-HIENG A PHÔNG – AGRÉMENTS DE LA SAISON DES PLUIES LES KHÂS TE-DOUÔN – UN ARBRE SACRÉ LA FORET DE DÔNG-KEPHÔ

Le 4 juillet, je quittai Song-Khôn et son gouverneur, après avoir encore perdu toute une belle matinée à distribuer le chargement aux porteurs et à attendre les retardataires. Au lieu de suivre le sentier presque direct, aujourd'hui submergé, que j'avais pris en venant de Phông, au Sé-Bang-hieng, nous sommes obligés de contourner un immense marais, ou plutôt un véritable lac, le Nong-Louong, de plusieurs kilomètres d'étendue, qui s'est rempli depuis quinze jours, et qui va prendre des proportions bien plus vastes encore. Malgré les détours que nous faisons pour conserver sous nos pieds un terrain solide, en côtoyant la forêt clairsemée qui borde le lac, nous sommes souvent obligés de marcher dans l'eau, au travers de nombreuses lagunes, et la colonne présente alors un tableau que je trouverais pittoresque si je n'étais que simple spectateur, car rien n'est plus fatigant que de marcher sur un terrain noyé.

Le pays est plus varié, plus accidenté qu'à l'ouest du lac, qui donne à la contrée plus d'originalité et de grandeur. Sur le rivage méridional, se dresse, au milieu d'un grand espace nu, une vaste pagode solitaire et délabrée, précédée de mâts élevés, qui supportent des monstres grimaçants, pagode où Samonocodom fait bon ménage avec les esprits des eaux, car il ne faut mécontenter aucun de ces puissants personnages, et il est toujours bon d'avoir des amis dans l'un et l'autre camp.

Nous traversons des forêts plus ou moins dévastées, croissant sur un sol ondulé, et trois petits villages de Soués, avant d'atteindre les rizières de Meuong-Phông, qui sont déjà en grande partie repiquées et qui commencent à se couvrir d'une tendre verdure.

En arrivant à Phông, entre chien et loup, ou plutôt entre chien et tigre, je fais prévenir officieusement le gouverneur (lequel ne pourrait à présent nier qu'il s'est joué de moi en me cachant l'existence du Meuong-Phin, et de la route qui y conduit) que s'il a le malheur d'approcher de la pagode à portée de bambou, je lui administrerai, *propria manu*, la plus sérieuse correction qu'il ait jamais reçue, et il est à supposer cependant qu'il en a déjà reçu plusieurs qui peuvent compter dans ses souvenirs. Il se l'est tenu pour dit, et n'est pas venu m'obliger à tenir ma promesse, ce qui, par parenthèse, m'aurait embarrassé et affligé. Car au fond, loin de lui en vouloir, je bénissais sa stupide défiance, à laquelle je devais mon exploration du Sé-Bang-hieng. Mais, en ce pays, il est bon de se faire de temps en temps plus méchant qu'on ne l'est en réalité, et de grogner, pour le moins, sans avoir bien envie de mordre.

5 juillet. – Jour de fièvre et de colère. Tous les porteurs se sauvent, et je suis trop malade pour me mettre à leur poursuite ; ils ont eu l'honnêteté de ne m'emporter qu'une faible quantité de riz – ce qui leur est nécessaire pour la route –, et c'est fort heureux pour mes finances, car l'indispensable céréale a atteint un prix tout à fait exorbitant : on m'en donne un petit panier cylindrique, qui ne contient pas plus de cinq litres, pour un tical (3,50 F environ). Grosse pluie toute la journée.

6 juillet. – Le gouverneur, honteux sans doute de ses agissements passés, montre un zèle à la hauteur des circonstances ; et puis mes Annamites lui auront dit, je suppose, que lorsque j'avais la fièvre il ne fallait pas plaisanter. Il m'a trouvé quarante porteurs et deux éléphants. Vingt-six hommes et un éléphant sont chargés de mes bagages et provisions, le reste de la bande portant le riz et le sel de leurs camarades : cette fois je ne veux pas être arrêté par la famine, et, comme on m'a annoncé de grands espaces déserts ou soumis à la disette générale, j'ai pris largement mes précautions. Chat échaudé, dit-on, craint l'eau froide.

Les ruisseaux sont devenus des torrents, et les talus de rizières font office de barrages : l'eau passe par-dessus, se déversant en cascades à travers champs. La halte du soir a lieu en forêt. Je me fais établir le plus tôt possible un abri avec des branchages, des feuilles et les cuirs de bât des éléphants, au bord d'un filet d'eau vive. Je suis encore malade et rompu de fatigue.

Quel temps ! quel pays ! Si jamais j'en sors vivant, je pourrai me vanter d'être solidement construit. Je commençai à m'endormir, souffrant beaucoup, et tourmenté par la forte dose de quinine qui avait composé tout mon dîner, lorsque éclate une de ces pluies laotiennes pendant lesquelles la terre et l'eau semblent confondues. Mon gourbi est mis en pièces par les rafales, et je suis obligé d'assister au naufrage de mes armes, de mon herbier et de mes collections. Ah ! la vie de voyageurs a de bien durs ennemis !

Mon cuisinier, qui, loin de s'aguerrir, s'abrutit de jour en jour, malgré toutes les recommandations que je lui avais faites, s'était installé sur une grande dalle de roches faisant îlot au milieu du ruisseau. En une minute, c'est un torrent impétueux, et mon unique caisse de casseroles, de marmites, d'assiettes en fer battu, etc., est balayée, avec tout ce qui me restait de café avarié. On rallume les torches, et tout le monde se met à patauger dans la boue, à la recherche de mes ustensiles. On réussit enfin à repêcher la cuiller et la fourchette du prince d'Oubôn.

7 juillet. – Pays désert, forêt monotone pendant toute l'étape du matin. Nous arrivons alors dans un petit centre de Khâs te-douôn, installés auprès de leurs rizières. C'est qu'en effet ils possèdent à la fois maison de ville et maison de campagne. Au village se trouve la case qu'on habite la plus grande partie de l'année, et qui possède quelques arbres fruitiers de venue rapide, surtout des bananiers, un petit jardin potager, avec le parc commun pour les buffles de la communauté. Quand vient l'époque de la mise en culture des rizières et du repiquage, puis ensuite le temps qu'il faut consacrer à surveiller la récolte, à la défendre contre les déprédations des tisserins, des bengalis et des perruches, et contre les invasions des cerfs, enfin à la couper et à la battre, alors on se transporte auprès des clairières ou des champs permanents. On habite là en famille, après avoir apporté les ustensiles les plus indispensables et barricadé les portes du véritable domicile, abandonné sans plus de souci.

Ces Khâs, assez peu différents des autres, mais moins sauvages, ont à peu près, sauf l'institution des bonzes, les mœurs et les coutumes des Laotiens. Ils n'ont aucune autre industrie que celle du riz. Ils paraissent être grands chasseurs. Ils ont quelques mauvais fusils, mais se servent surtout de l'arbalète et de grosses lances au fer extrêmement épais, en forme de spatule, à base quadrangulaire, solidement emmanché sur une hampe d'aréquier sauvage ou de gros rotin, au moyen d'un artifice ingénieux qui mérite une mention spéciale : ils détachent, sur la queue d'un bœuf sauvage, récemment abattu, une rondelle de peau avec son poil, et l'ajustent au point d'insertion du fer de la lance. La peau fraîche, en se rétractant, constitue une sorte de virole inébranlable et qui s'oppose à toute fêlure du bois.

Ils sont archibêtes et peu intéressants.

Le soir, je marche jusqu'au confluent du Sé-Kong-khâm et d'un ruisseau, le Bé-lœil, qui sont tellement gonflés par les pluies récentes que, malgré leur faible largeur, cinquante à soixante mètres, il n'est pas possible de les franchir. On perd pied immédiatement et le courant est très fort. Un arbre immense croissait sur la rive, et il me sembla qu'il pourrait faire un pont très suffisant. Je donnai donc l'ordre de l'abattre en travers : ce qui n'était pas bien difficile, car on est toujours surpris de voir avec quelle rapidité les indigènes, armés de leurs coutelas et de leurs hachettes, viennent à bout des arbres les plus gros. A peine quelques lambeaux d'écorce étaient-ils enlevés, que je vis accourir un groupe de sauvages, sortant d'un petit hameau que je venais de traverser, et qui s'étaient tenus bien cois pendant mon passage. Ils se jetèrent à mes genoux, en donnant les signes de la plus violente émotion. Comme je ne comprenais pas du tout le sens de cette scène, j'étais tout à fait interloqué. Enfin, on parvint à m'expliquer que cet arbre était sacré, à l'image en somme du *tabou* polynésien, et que sa chute serait le signal d'un déchaînement de calamités. Ils m'assurèrent si bien que dès le lendemain matin je pourrais passer, que, me laissant faire, je m'en retournai avec eux à leur village sans avoir troublé le génie des eaux, mais non sans lui avoir souhaité de longues années d'existence.

Ce village, qui s'appelle Na-Thông, dépend de Song-Khôn, et s'acquitte auprès du chef-lieu d'un impôt assez considérable, qui s'élève à environ quatre ticals payables en pains de cire ou en mar-

Les ruisseaux de forêts pendant les pluies

mites de cuivre, objets qui arrivent par les Pou-Thays. C'est la première fois que j'entends reparler de ces populations.

8 juillet. – Je traverse une très belle forêt, nommée Dông-Kephô, interrompue seulement par un immense banc de grès jaunâtre ou rose qui présente un accident géologiques des plus curieux, mais bien difficile à expliquer. A la surface, plan légèrement incliné qui peut mesurer sept à huit cents mètres carrés, sont disséminées des ouvertures circulaires, entourées d'un bourrelet épais que creusent des rigoles rayonnantes plus ou moins anastomosées. Ces ouvertures donnent accès dans une cavité en forme de bouteille, de deux à trois mètres de profondeur, à parois parfaitement lisses, sur le fond de laquelle reposent deux ou plusieurs morceaux de grès. Il est bien évident que ces cavités ont été creusées par des débris de pierres, animées d'un mouvement giratoire déterminé par un violent courant d'eau. Mais ce qui fait la difficulté du problème, c'est de savoir d'abord d'où vient cette eau, car il n'y a aucune rivière dans le voisinage, et ensuite pourquoi les ouvertures, au lieu d'être déprimées, sont entourées d'un bourrelet faisant saillie et si singulièrement raviné. Le fond des trous ne présente aucune ouverture; le phénomène n'est pas ancien, car si quelques-unes de ces *marmites* sont comblées par de la boue et des végétaux, d'autres sont parfaitement propres et nettes.

La forêt reprend ensuite jusqu'au voisinage des clairières d'un hameau de Douôns, établi sur un petit monticule d'argile, et d'une saleté révoltante. L'enceinte est remplie de carcasses d'animaux et de débris ignobles nageant dans une boue profonde et puante. Ce hameau se nomme Kon-Khèn (*Kon* se prononce d'une façon sourde et nasale sans analogie dans nos langues d'Europe). Le chef du village a bien soin, avant de me laisser installer dans sa maison, de s'agenouiller, les mains jointes, devant un petit autel fait de bambous et de lianes, et qui supporte un panier de rotin contenant les cendres de son père et de sa mère : il récite une prière, qu'un autre Khâ lui dicte phrase par phrase, et qui a pour but d'apaiser les mânes, très susceptibles en pareil cas, et de se faire pardonner l'introduction, forcée, cependant, d'un étranger auprès du foyer. Le pauvre homme explique aux esprits que ce n'est pas de sa faute, que l'étranger à la longue barbe est puissant et dangereux, et qu'il ne peut faire autrement que de le recevoir.

L'autel supporte une quantité de *gris-gris*, des écheveaux de coton, des morceaux de bambous grattés et effilés en longs et minces copeaux frisés, etc., dont il m'est malheureusement impossible de donner la signification.

9 juillet. – Pays aride, couvert d'arbres rabougris qui poussent tant bien que mal au travers des fissures du grès, qui affleure partout en larges dalles. Je déjeune dans la case du chef d'un hameau douôn. Toutes ces maisons diffèrent peu extérieurement des habitations laotiennes, mais la distribution intérieure en est toute différente.

Il devient très difficile de décider les hommes à se remettre en route. Ils sont très fatigués, et beaucoup sont malades. On m'assure que le Sé-Tamouok, qui passe non loin de là, est infranchissable. Eh bien ! tant pis, j'emmène de force tout mon monde avec moi ; et une fois sur la rive, nous verrons bien. Si la crue est trop forte, nous camperons là en attendant une baisse des eaux.

Arrivé sur le bord du Tamouok, je me vois fortement embarrassé. C'est un vrai torrent, profond, aux bords coupés à pic, bordé d'une haute forêt, et les sauvages affirment qu'ils ne possèdent pas de pirogues et qu'ils ne savent même pas les construire.

J'emploie tous mes gens à construire des gourbis solides, pour bien leur faire voir que j'ai l'intention d'attendre là, et je m'en vais, en chassant, remonter à travers la forêt, le long du cours de la rivière, pour découvrir un endroit plus favorable au passage. La forêt, boueuse, sombre, remplie d'une brume épaisse qui donne au paysage un aspect lugubre, fourmille littéralement de sangsues, et mon pantalon est rouge de sang ; les hommes qui m'accompagnent poussent des gémissements plaintifs en arrachant de leurs plaies ces bestioles féroces.

Voilà encore une des mauvaises nuits de mon voyage. Revenu au camp, je suis assailli de récriminations. Les Soués se plaignent à qui mieux mieux de ne plus avoir de riz. En vrais sauvages, mes gredins se sont gavés tant qu'ils ont pu, ont mangé en quatre jours une provision faite pour plus de dix, et, prétendant que le Tamouok est

EUG. BURNAND

Villageois défendant les rizières contre tisserins, bengalis et perruches

infranchissable pour longtemps, ils demandent à retourner à Phông. On pense quel accueil je fis à cette proposition !

XXI

LE MEUONG PHIN
LES POU-THAYS ET LES PROVINCES
TRIBUTAIRES DE L'ANNAM
UNE RUSE D'ANNAMITE

Je commençai par m'emparer du riz, des coutelas et des paquets de langoutis et de tabac des porteurs, j'en fis un tas sous mon gourbi, et, bien que brisé par la fièvre, je passai ma nuit à monter la garde devant ce dépôt, afin d'éviter une fugue générale, qui m'aurait mis dans une situation critique. Nous étions tous dévorés par les sangsues, et il pleuvait comme au temps du déluge biblique.

Dès que le jour – jour gris et triste – commença à poindre, j'emmenai vivement toute la bande auprès du Tamouok, avec le chargement et les éléphants, et je renouvelai ma tentative des jours précédents sur un grand arbre de la rive, pour occuper mes gens et voir ce qu'il allait advenir. Là encore je réussis à merveille. Les coups de hache retentissaient dans la forêt à peine depuis quelques secondes, que je vis apparaître deux pirogue, informes et microscopiques, deux vraies coquilles de noix, montées par deux Douôns du hameau voisin, qui venaient se mettre à mon service. Sans perdre mon temps à me plaindre de leur mauvaise foi, je fis immédiatement établir un va-et-vient, et hommes et paquets réussirent, petit à petit, et sans aucun accident, à passer sur l'autre bord, manquant vingt fois de chavirer. Quant à mes trois éléphants, ni discours encourageant, ni bonnes paroles, ni menaces, ni cris, ni coups de gaffe ne purent les décider à tenter le passage. Ils font un pas dans l'eau bouillonnante, y plongent leur tête tout entière, paraissant prendre un malin plaisir à entraîner leurs malheureux cornacs au-dessous de la surface, explorent de leur trompe le fond glissant de la rivière, puis immédiatement font un brusque demi-tour, et remontent à l'envi sur la terre ferme. Je finis par les envoyer à tous les diables, eux et leurs cornacs, en passant le dernier sur la rive opposée, pour prendre la tête de la colonne. Quelle route ! Depuis le départ jusqu'à l'arrivée, nous marchons continuellement dans une boue rouge et tenace, recouverte d'un à deux pieds d'eau ; heureusement, pas une sangsue, je ne sais pourquoi.

Une autre rivière, le Sé-Touon, se présente devant nous, vers trois heures. Elle est peu profonde et peu large, mais le courant est si vif que les porteurs, pour y résister, sont obligés d'user d'un stratagème très amusant à voir : deux hommes placent une caisse bien en équilibre sur leurs épaules ; puis une dizaine d'autres les entourent, enlaçant solidement leurs mains, de façon à ne plus faire qu'une seule masse. Alors, comme une bande de fous, ils prennent leur élan du haut de la rampe qui descend à la rivière, et, poussant de grands cris, ils se ruent au travers du torrent.

Quant à moi, comme ma *dignité* m'empêchait d'user de ce moyen, je vis le moment où j'allais disparaître avec mon chien, que je tenais par le cou, pour ne pas l'abandonner dans ce moment périlleux.

Non loin de là, je vis se dresser quelques cocotiers qui m'annonçaient un village : c'était Meuong Phin. Je m'installe dans un sala très confortable, et je me promets deux jours d'un repos que je crois avoir bien mérité.

Après la visite obligée du *lat-sebout* ou lat-sawông et du hom-bahât, que rien ne différencie des Laotiens, quelle n'est pas ma surprise et ma joie de voir arriver un homme, le chef couvert d'un turban de crépon noir, vêtu de la longue robe annamite aux manches larges se boutonnant sur le côté de la poitrine. La vue de cet accoutrement, qui en lui-même n'a rien de particulièrement séduisant, me cause un plaisir extrême : c'est la réalisation de mes espérances, c'est l'annonce prochaine de la fin de toutes mes misères !

Ma satisfaction augmente encore lorsque ce mandarin, après m'avoir salué en annamite, m'apprend qu'il est investi de ses fonctions par un *ban-cap* en règle de la cour de Hué, et que, en un mot, j'ai franchi la frontière, que je ne suis plus sur la terre laotienne, que la province de Phin est habitée par des Pou-Thays, tributaires de l'empire d'Annam !

Cette frontière, qu'il m'avait été si difficile d'atteindre, je l'avais

Passage du Sé-Don

enjambée sans m'en douter, croyant simplement passer d'un meuong dans un autre. Elle est située entre un petit affluent du Sé-Tamouok et le Sé-Touon. Les porteurs n'avaient même pas jugé à propos de m'en avertir. Je couvre de cadeaux le gouverneur, qui s'appelle encore khiomeuong, car les Annamites ont laissé aux Pou-Thays leur organisation politique calquée sur celles des Laotiens, se contentant d'un léger tribut pour le moment.

Le khiomeuong donc, qui est allé plusieurs fois à Hué, me donne de bons renseignements sur la route que j'aurai à suivre, et qui, me dit-il, est très pénible en cette saison, surtout à cause des sangsues. Il faut d'abord que je me rende au chef-lieu d'une deuxième province pou-thay, nommée Meuong-Tchepôn, à trois jours de distance, sur un affluent de la rive gauche du Sé-Bang-hieng. De ce point, je peux arriver en deux jours au pied de la grande chaîne que je franchirai par un col peu élevé, qui me conduira jusqu'auprès d'un *huyen* (sous-préfecture) nommé Cam-Lô. Cam-Lô est auprès d'une rivière, par laquelle on peut descendre à Hué en deux jours. Ainsi, en sept ou huit jours, s'il ne fallait pas compter sur les incidents de route et les retards inévitables, en huit jours je pourrais être au terme de mon voyage ! Je ne puis y croire !

Je ne sais si ce sont ces bonnes nouvelles qui donnent à mon caractère fatigué et aigri un renouveau de bienveillance, mais je trouve que le khiomeuong est l'homme le plus agréable auquel j'aie eu affaire depuis mon départ de Phnôm-penh. Il est vrai qu'il se montre pour moi aux petits soins. En effet, me voyant venir de si loin avec une troupe nombreuse de Laotiens, et ne sachant pas toutes les difficultés qu'il m'a fallu vaincre pour arriver jusque-là, il doit supposer que je suis très bien en cour à Bang-kôk, qu'il a toujours intérêt à ne pas mécontenter, à cause de sa situation un peu indécise. D'autre part, me voyant servi, au doigt et à l'œil, par des Annamites si bien habillés (mes lascars n'ont pas, comme on pense, perdu une si belle occasion de sortir du fond de leur petit coffre leurs superbes ceintures de soie rouge, leurs splendides mouchoirs de crépon cramoisi et bleu ciel) et se pavanant comme de hauts et puissants seigneurs, il doit croire que tout l'Annam est à ma dévotion ; et pris, comme il l'est, entre l'enclume siamoise et le marteau annamite, il fait tout son possible pour me satisfaire.

De mon côté, je ne suis pas en reste, et je me débarrasse à son profit d'une bonne partie de ma pacotille : ciseaux, couteaux, verroterie, fil de cuivre, pipes, harmonicas, aimants, miroirs, images d'Épinal, etc., de quoi monter une véritable boutique à treize sous ! Le naïf Pou-Thay était au comble de la joie ; il disposa dans sa case, sur un beau morceau de cotonnade rouge (encore une de mes largesses), tous ces objets, comme en montre, et en fit une exposition publique que tous ses administrés furent conviés à venir contempler.

Le lendemain, un peu reposé par une bonne nuit, sous un toit solide et imperméable, je passai ma journée à causer avec le mandarin et les Pou-Thays. Le temps, du reste, ne permettait aucune excursion, et j'avais les jambes brisées par la course aquatique de la veille.

Meuong Phin reçoit assez souvent la visite de colporteurs annamites. Ils apportent des marmites de bronze, des fers, du sel, du poisson salé et ce condiment si apprécié en Indo-Chine et qu'on appelle *nuoc-mam* (eau de poisson). Ils s'en retournent avec des bœufs, des buffles et de la filasse de ramie ou ortie de Chine. Ils attendent surtout l'époque où la crue des rivières leur permet de descendre en bateau. Les Pou-Thays vont beaucoup plus rarement chez eux ; mais on ne manifeste plus ici cette défiance et même cette terreur si extraordinaire que j'avais pu constater partout quand je parlais des Annamites.

Ceux-ci, avant la guerre, étaient réellement possesseurs de cette contrée ; ils avaient un centre administratif à Tchepôn, qu'ils appellent Na-Bôn, et on m'a même montré dans un des coudes du Sé-Touon les traces d'une redoute qu'ils y avaient établie. Depuis, ils ont sans doute jugé plus prudent de laisser entre leurs possessions et celles du royaume de Siam une zone intermédiaire, sur laquelle ils se contentent de prélever un très léger tribut consistant en cire, en défenses d'éléphant et en une somme d'argent insignifiante – à peu près cinquante francs.

Le khiomeuong, qui n'est tenu à aucune redevance vis-à-vis des autorités laotiennes, envoie cependant de temps en temps son fils à Kemmerât en le chargeant de complimenter le gouverneur de cette province et de lui apporter une marmite de bronze, afin, dit-il, de conserver avec lui de bonnes relations.

Par tout ce qui précède, on peut voir le peu de valeur des indications géographiques et politiques recueillies à distance dans un voyage comme celui que j'avais entrepris. Personne ne m'avait jamais parlé de cette vassalité des Pou-Thays dans la vallée même du Mékong, et j'aurais pu me promener des mois entiers à quelques kilomètres de leur territoire sans avoir, sinon par le plus grand des hasards, la moindre connaissance de leur existence. Toutes ces choses sont pour nous de la plus grande importance au point de vue de l'avenir de notre colonisation en Indo-Chine, et il n'est pas inutile pour un Français quelque peu soucieux de notre influence future en Extrême-Orient d'y arrêter un instant sa pensée.

Le jour ne peut être éloigné où la nécessité s'imposera aux moins clairvoyants d'étendre notre domination à l'empire d'Annam tout entier, dont la Cochinchine française ne forme qu'une faible partie. Ce jour-là, la connaissance des faits que je rapporte ici aura un certain intérêt. Nos droits, en effet, se substitueront à ceux de la cour de Hué, et cette province pou-thay nous servira, pour ainsi dire, de porte, pour laisser pénétrer notre commerce et notre civilisation dans cette vallée du Mékong, vouée, sans cela, à un anéantissement inévitable.

Dans l'état actuel des choses, bien que les échanges entre les deux versants de la chaîne soient réduits au minimum, les Pou-Thays cependant n'en jouent pas moins un rôle des plus intéressants, qui pourrait, sans les lois prohibitives de l'Annam, prendre une très grande extension. Étant donné les antipathies qui séparent les Laotiens des Annamites, ces populations servent d'entrepositaires. En bonne relation avec les deux parties, ils reçoivent d'un côté pour transmettre de l'autre, et sans leur présence le faible mouvement commercial que j'ai signalé ne tarderait pas à s'éteindre.

Il y a trois provinces pou-thays : celle du Phin, et, en remontant le Sé-Bang-hieng, celle de Tchepôn sur la rive gauche, et celle de Wâng sur la rive droite. Plusieurs tribus sauvages sont à leur tour vassales de leurs mandarins.

Voici un fait curieux, qui est à noter, parce qu'il peint admirablement la nature du caractères des Annamites. Mes hommes ont découvert à la pagode un bonze de leur nation. C'est tout simplement un marchand venu ici pour acheter des buffles. Malheureusement, il s'est trouvé que, au moment de son arrivée, il y avait sur le prix de ces animaux une hausse considérable. Que fait mon homme ? Il ne veut pas attaquer son petit capital, et il est cependant peu pressé de revenir chez lui sans avoir réalisé des bénéfices, qui servent toujours de base à mille projets fantastiques, comme ceux de Perrette et de son pot au lait. Il commence par enfouir un trésor au pied de quelque tronc d'arbre, puis s'en va trouver les bonzes, se déclarant touché par la grâce bouddhique ; on le reçoit à bras ouverts, et voilà mon Annamite qui, en retour du sacrifice de son beau chignon, va se trouver nourri, logé, vêtu par la charité des fidèles, jusqu'à ce que le prix des buffles soit devenu plus abordable. Ce jour-là, il enverra son froc aux bambous, fera trois grandes révérences à la pagode, et, son argent en poche, rira bien de la simplicité des barbares. Il en sera quitte pour remplacer sa chevelure par une profusion de fausses nattes.

Voilà un tour qui ne viendrait jamais à l'esprit d'un Cambodgien ou d'un Laotien !

L'introduction du bouddhisme et l'usage de l'incinération des corps ne remontent pas, chez les Pou-Thays, à deux siècles. Ils n'ont, du reste, sur leur origine et leur histoire que des traditions très vagues. Ils disent être venus du Nord, d'un endroit qu'ils appellent Nam-Noi, ce qui ne peut nous donner aucune indication, car Nam-Noi ne veut pas dire autre chose que la *petite eau*, la *petite rivière*, et il y a beaucoup de cours d'eau de ce nom au Laos. Ils prétendent avoir possédé autrefois tous les pays de la rive gauche, depuis environ le dix-neuvième degré de latitude Nord jusques et y compris la vallée du Sé-Bang-hieng ; mais ils n'ont pu me dire s'ils étaient, à cette époque, organisés en une principauté, royaume obéissant à un chef unique, ou en provinces séparées comme aujourd'hui.

Leur écriture est celle des Laotiens ; leur langue paraît n'être qu'un dialecte du siamois. Quant à leur type, il est devenu très vague, et, par suite de mélanges inextricables avec plusieurs races khâs, ils se rapprochent beaucoup de ces derniers, dont la physionomie est elle-même si variable.

XXII

EN ROUTE
A TRAVERS LES FONDRIÈRES
LE COURS DU SÉ-TCHEPÔN ET SES RAPIDES
ARRIVÉE AU PREMIER
FORT ANNAMITE

13 juillet. – Je fais mes adieux à ce brave gouverneur, en lui disant que je reviendrai peut-être le voir un jour. Je suis sûr que tout Français qui voudra se rendre chez les Pou-Thays sera le bienvenu.

Je marche toute la journée sous la pluie, constamment dans l'eau. Il faut traverser au moins cinquante ruisseaux et bon nombre de torrents qui se donnent l'apparence de rivières, et qui sont profonds de trois à quatre pieds. Mais quand on est déjà entièrement mouillé, on n'y regarde pas beaucoup pour se mettre à l'eau. Quelques-uns de ces ruisseaux, enfouis dans une végétation surabondante, forment des tableaux ravissants, lorsque le soleil, perçant les nuages entre deux orages, fait scintiller les gouttelettes d'eau qui s'attachent aux feuilles, comme autant de paillettes de métal.

Le sentier longe le flanc d'une montagne (Phou-Khon-Kân) que l'on ne peut apercevoir que par instants, à cause des rideaux de brume et des arbres qui bornent la vue de toutes parts.

Le soir, les guides cherchent pendant longtemps un village khâ où nous devons passer la nuit, et ce n'est pas sans peine qu'ils réussissent à en découvrir les accès, tant les sentiers qui y conduisent sont entremêlés en labyrinthe et habilement dissimulés. Nous trouvons non pas un village unique, mais plusieurs petits hameaux, tous palissadés et entourés, pour plus de précaution, par une enceinte commune de gros pieux. Il a fallu abattre à coups de sabre les rotins de la porte du premier village, qu'on refusait de nous ouvrir. Alors, une pauvre misérable phtisique, grelottant la fièvre et la peur et toussant à faire frémir, nous a guidés, clopin-clopant, sur ses jambes amaigries, vers une longue case non terminée, élevée d'environ quatre mètres au-dessus de l'infect cloaque qui forme le terrain du village, ouverte à tous les vents, mais au moins sèche et à peu près propre. Je n'en demandais pas davantage.

Ce village, nommé Belô ou Lebo, sur les bords d'un gros ruisseau, le Kûy, avec ses toits fumants, avec les pointes aiguës de ses nombreuses palissades, qui émergent d'un vrai fouillis de broussailles et de lianes, encadré d'arbres magnifiques, et se détachant sur les fonds bleuâtres de plusieurs montagnes, est admirable.

Les Khâs qui l'habitent ne savent qu'une chose, c'est qu'ils sont des Khâs, mais ils sont incapables de se rattacher à une tribu quelconque. Comme je l'ai déjà fait remarquer, du reste, le terme tribu est impropre, et beaucoup de ces malheureux ne semblent attacher aucune importance à leur dénomination générique. La véritable unité, c'est le village.

Ici chaque famille occupe sa palissade particulière, et le chef est le seul qui se soit volontairement approché de moi, pour recevoir quelques souvenirs, en mémoire de mon passage, et de l'abri que j'ai trouvé sous son toit.

La longue case où je suis perché semble être une sorte de maison commune, où se font certaines cérémonies, où se discutent les affaires publiques. Je n'avais pas retrouvé cet usage depuis mon passage chez les Moïs de la basse Cochinchine.

Ceux-ci, les Stiengs notamment, habitent des espèces de phalanstères, une seule grande case abritant tout le hameau, qui vit en commun, et où tous partagent fraternellement les produits de leur chasse et de leurs cultures, la bonne et la mauvaise fortune.

14 juillet. – Voici une journée qui débute par un gros malheur, suivi d'un châtiment exemplaire et bien mérité. Mon imbécile de cuisinier, par une bizarre association, en sa qualité de préposé aux substances grasses (hélas ! je n'en possédais pas souvent, mais j'en gardais toujours un peu pour cet usage), était chargé du soin de mes chaussures, que je ménageais avec un soin jaloux, marchant pieds nus dès que la nature du terrain me le permettait. En chaussant ce matin la meilleure des deux paires qui me restaient, je m'aperçois qu'il l'a laissé entièrement brûler ! On ne peut s'imaginer l'importance qu'un aussi petit incident prend dans les circonstances où je me trouvais. Décidément mon éducation de voyageur n'est pas encore complète ; il me manque de pouvoir marcher pieds nus dans les épines et sur les rochers ! Comment ferai-je, à présent, si les

Annamites me barrent la route et qu'il faille revenir sur mes pas ? Je n'avais pas éprouvé depuis longtemps d'aussi grand ennui que celui-là.

Le sentier ne change pas d'aspect, d'abord ; il traverse des plaines ravinées, caillouteuses, et des marais profonds, où la marche est affreusement fatigante ; il faut avancer, ayant de l'eau à mi-corps, les jambes prises à chaque instant dans les hautes herbes à feuilles tranchantes, qui semblent s'acharner à ne pas vouloir lâcher leur proie.

Enfin j'aperçois, au travers des bambous, les eaux rouge du Sé-Bang-hieng, que je salue comme une vieille connaissance. Enfin ! m'y voilà ! quel soupir de soulagement s'échappe de ma poitrine essoufflée !

Une douce surprise m'attendait sur ses bords. Sept ou huit pirogues chargées d'hommes et recouvertes à neuf étaient là, rangées bien en ordre, et n'attendant que l'arrivée et le bon plaisir de ma seigneurie. Cette prévenance, où je reconnais la main de mon ami le gouverneur de Phin, me réjouit sensiblement et me fait presque oublier la perte de mes souliers.

Le Sé-Bang-hieng possède, ici encore, un volume considérable et une largeur d'au moins cent soixante mètres. Après avoir descendu son cours l'espace d'un kilomètre, je me trouve en face d'un bel affluent, le Sé-Tchepôn, qui s'ouvre à angle droit sur la rive gauche. Des bananiers nombreux et des jardins couvrent la berge. Le spectacle est d'une beauté grandiose. De hautes montagnes surgissent de tous côtés, s'étageant les unes derrière les autres en changeant de teinte, les plus rapprochées se découpant sur un ciel d'un gris sombre où roulent d'énormes nuages noirs, les plus lointaines noyées dans des brumes lumineuses. Au sud du Sé-Tchepôn, qui coule à leur pied, s'étend une chaîne à parois presque à pic, et couverte cependant de la plus belle végétation, qui laisse distinguer, de place en place, d'épaisses assises horizontales de grès gris, rayées verticalement par les longs filets, blancs comme la neige, des cascades gonflées par les pluies.

Que ne puis-je rester ici une quinzaine de jours ! Mais je ne pourrais guère me livrer qu'à une contemplation platonique des beautés de la nature, car je ne puis plus songer à faire des récoltes, que je ne saurais conserver, et c'est dommage : c'est là une belle station pour un naturaliste. Toute cette région, du reste, est très riche et digne d'une exploration spéciale qui devrait être faite aux mois de mars, avril, mai et juin. Plus tard, l'Européen doit vivre difficilement au sein d'une pareille humidité, et c'est un vrai miracle que j'aie pu à peu près conserver ma santé.

Le village de Tchepôn, décoré du titre de meuong, se compose de trente à quarante cases disséminées ; mais autrefois il a dû jouir d'une prospérité beaucoup plus grande. Il n'y a pas de sala. Mais pourquoi y en aurait-il un ? à quoi servirait-il ? Personne ne vient jamais en ces pays perdus, et mon arrivée est un véritable événement. Je m'arrange de la pagode, déposant sans façon mes caisses sur l'autel, et j'étends ma couche peu moelleuse aux pieds d'un Bouddha rouge et or, haut de six mètres, qui regarde mes préparatifs de sa face impassible et bienveillante.

Le mandarin principal, très effrayé, accompagné d'une suite nombreuse, attend, accroupi dans un coin, que je daigne le faire comparaître. Il n'a qu'un défaut, ce pauvre homme chétif, c'est d'avoir deux femmes et quatre filles, ce qui entraîne un vide considérable dans le reste de ma pacotille, car il faut, ici comme ailleurs, avoir le beau sexe de son côté. Le cuivre me paraissant devenir plus commun, je lui offre mon dernier rouleau de fil de laiton et un paquet d'hameçons.

Tout va comme à merveille : on me donnera des hommes quand je voudrai, autant que je voudrai pour aller à Dinh, le premier poste des Annamites !

Il est vrai que je ne suis pas encore en Annam, mais cependant je ne suis plus en pays laotien. Hommes et choses ont une nouvelle tournure, mi-partie annamite, mi-partie laotienne. Ainsi, par exemple, les hommes portent encore le langouti, mais ils se couvrent la tête d'un turban ; les uns possèdent un chignon, les autres conservent le toupet de la vallée du Mékong. Beaucoup montrent les traces manifestes d'alliances annamites, qui se trahissent surtout dans la distribution et la forme des moustaches et de la barbe. Depuis Phin, hommes et femmes portent une petite tunique garnie de nombreux boutons de cuivre.

Mais, chose plus curieuse, on me parle déjà ici du Laos comme, quelques jours auparavant, j'entendais parler de l'Annam. « Jamais personne ne va au Laos, jamais les Laotiens ne viennent jusqu'ici ! »

Les pirogues pou-thays, image du pays, sont de forme laotienne, c'est-à-dire longues et étroites, et munies aux deux extrémités d'un prolongement en biseau, mais elles sont armées, à l'arrière, d'un certain nombre d'avirons, manœuvrés debout, face à l'avant, tandis que sur cette dernière partie les hommes pagaient accroupis.

Je récolte encore un certain nombre de renseignements qui viennent confirmer ceux que l'on m'avait fournis à Phin. Le mandarin de Tchepôn paye annuellement, pour tout tribut, une somme de deux cent vingt-sept ligatures. On sait que la ligature ou *quan* annamite, que nous appelons encore un *chapelet*, l'équivalent de moins d'un de nos francs, se compose de six cents pièces de zinc, percées d'un trou carré et enfilées au moyen d'un lien de paille. Chaque année, un fonctionnaire descend à Phin et emporte le tribut.

Après la grande guerre, comme ils disent, guerre qui paraît avoir laissé de cruels souvenirs sur toute cette région, la population fut déportée en masse, partie en d'autres provinces, partie jusqu'à Bang-kôk même ; or, il faut environ quatre ou cinq mois pour aller si loin, et l'on doit penser combien de prisonniers durent rester le long de la route.

Je vais chasser dans la forêt. Les alentours du village sont parsemés de tombeaux (?) dont l'emplacement est indiqué par une grosse pièce de bois sculptée. Je découvre aussi une vieille pagode en ruine, mais construite à la chinoise ou à l'annamite.

Le 17 juillet au matin, je m'embarque sur le Sé-Tchepôn, le dernier des affluents du Mékong, que je remonterai désormais.

Cette rivière présente une succession d'aspects tous plus pittoresques et plus beaux les uns que les autres. Bordée de forêts abattues çà et là pour les cultures de villages pou-thays ou de hameaux khâs disséminés, elle est rejetée successivement d'une pointe de montagne sur une autre, formant une série de promontoires et de nombreux rapides, dont pas un n'est véritablement dangereux. Mais tous exigent beaucoup de travail : il faut souvent s'ouvrir un passage avec les coutelas, en abattant les broussailles enchevêtrées, qui ne laissent qu'un passage trop étroit pour les pirogues. C'est ensuite en s'accrochant aux touffes et aux racines que l'on se hisse, pour ainsi dire, jusqu'au delà du barrage de rocher, pour recommencer bientôt après.

Après l'un de ces obstacles, je vois ma pirogue envahie par toute une famille de serpents, arrachés de la rive avec quelque racine qui leur servait d'abri. Les Pou-Thays sautent tous à l'eau, me laissant me dépêtrer tout seul avec mon Annamite, au milieu de ces hôtes désagréables, plus effrayants que dangereux. Pour tous ces hommes, les serpents, quels qu'ils soient, sont venimeux, et ils en ont une grande peur, justifiée par des accidents terribles. Je réussis à en prendre deux, qui allèrent rejoindre leurs congénères dans une de mes touques d'alcool.

Les montagnes, admirablement boisées, bordent constamment la rive gauche. Sur la rive droite, elles sont plus éloignées, ne formant que des chaînons détachés.

Je rencontre beaucoup de sauvages. Anthropologiquement, ce sont presque des Annamites, mais le mélange des deux types produit des physionomies d'une dureté extraordinaire. Je n'ai jamais vu encore en Indo-Chine de têtes aussi caractérisées et aussi énergiques, en apparence du moins, car je ne pense pas qu'ils soient supérieurs en courage à leurs voisins : tous se cachent et se sauvent en m'apercevant; quand la fuite est impossible, ils passent à côté de moi, sans me regarder, et sans faire semblant de me voir, mais sans réussir à cacher complètement leur émotion.

Je campe sur une large roche, auprès d'un village nommé Ban-Khen. L'influence annamite s'accentue de plus en plus, et je passe ma soirée à causer avec un équipage de pêcheurs ou marchands de nationalité indécise, et qui ne savent pas trop eux-mêmes s'ils sont des Pou-Thays ou des Annamites; cependant ils ne connaissent que quelques mots de la langue de ce dernier peuple et ne paraissent guère avoir jamais franchi la grande chaîne.

Ce n'est pas sans une certaine appréhension que je pense à l'accueil que je vais recevoir des fonctionnaires préposés à la garde du premier fort que je dois rencontrer demain. Connaissant la défiance de cette race singulière, le soin jaloux avec lequel elle ferme, tant qu'elle le peut, l'accès de son pays aux étrangers, aux diables d'Occident, comme on dit, surtout lorsque ces étrangers sont des Français, je me demandais ce qui allait advenir. Toutefois, la cupidité et la corruption annamites me donnaient bon espoir que je viendrais bien à bout des résistances qui ne manqueraient pas de s'élever. En tout cas, j'étais bien décidé à user de tous les moyens en mon pouvoir pour passer outre ; c'était en quelque sorte une question de vie ou de mort, car traverser de nouveau tout le Laos en cette saison, sans effets, sans souliers, sans munitions, fatigué comme je commençais à l'être, était une entreprise des plus hasardeuses ; en outre, il fallait bien m'attendre à voir, si cette éventualité se prolongeait, mes serviteurs cochinchinois faire cause commune avec leurs compatriotes, et m'abandonner plutôt que de recommencer, pendant de longs mois, à camper dans les forêts et les broussailles du Laos, et à reprendre cette vie de Juif errant dont ils avaient par-dessus la tête.

Au fond, je ne pouvais en vouloir beaucoup à mes compagnons de la lassitude et du dégoût qu'ils laissaient voir en toute circonstance. Ils étaient presque toujours malades, et n'étaient pas soutenus, comme leur maître, par l'idée d'accomplir une chose utile à leur pays et profitable à la science. La médaille, pour eux, n'avait qu'un revers, et le soutien moral leur faisait défaut.

Mais bah ! pourquoi penser à tout cela à l'avance ? J'aurai bien le temps de m'en préoccuper lorsque j'y serai.

18 juillet. – Nous continuons notre pénible remontée de la rivière ; les montagnes s'élèvent toujours aussi nombreuses sur notre droite, mais elles deviennent de moins en moins boisées. Sur notre gauche, nous apercevons de hautes terrasses étagées les unes derrière les autres, et qui semblent former un massif avec de larges plateaux. Les rapides sont extrêmement nombreux, mais sans danger.

Le soir, je vois successivement deux pirogues, qui semblent en observation, et qui font volte-face aussitôt que je suis signalé. On est évidemment prévenu de mon arrivée. Bientôt j'entends le son bien connu du tam-tam annamite, avec son rythme de plus en plus précipité ; enfin, après avoir contourné une boucle très prononcée de la rivière, je me trouve en face de sept ou huit soldats, qui n'attendaient que mon arrivée, et qui, pour la circonstance sans doute, avaient revêtu quelque chose ressemblant vaguement à un uniforme. Ils sont toutefois sans aucune espèce d'armes offensives ni défensives.

On ne me pose aucune question. Je raconte que je suis obligé de passer par leur pays pour m'en retourner le plus vite possible à Saigon. Les subalternes qui m'écoutent, et qui tiennent avant tout à ne pas se compromettre, ne me répondent absolument rien : ils n'ont évidemment d'autre mission que de me surveiller. Un *bep* (soldat gradé) qui se trouve là, et qui, je ne sais comment, vient du Tong-king, sait qu'il y a à présent des Français dans ces provinces. S'il s'est trouvé aux rencontres que nous avons eues avec ses camarades, il doit savoir qu'il ne faut pas rire avec nos armes, et c'est une bonne circonstance pour moi.

En somme, je suis accueilli très froidement, mais je ne peux démêler aucun signe d'hostilité. Le *doï* [1] qui commande le poste est absent, mais je fais dire à celui qui le remplace de se dépêcher de venir me voir. Le doï est sans nul doute parti auprès de quelque mandarin d'ordre plus élevé, pour lui demander quelle conduite il doit tenir à mon égard.

Je me laisse alors conduire au village, entouré d'une palissade de hautes perches, bâti sur la rive droite. Le chef m'attend à la porte, et m'introduit lui-même dans son habitation, qui se compose de deux maisons jumelles, se faisant face, établies sur de hauts poteaux, et construites comme celles des Pou-Thays; mais l'ameublement et les dispositions intérieures sont entièrement annamites. Je retrouve là, avec un vrai plaisir, le meuble carré, large et bas, recouvert de planches épaisses et polies, qui sert de lit pendant la nuit et de table pendant le jour, la petite table à pieds divergents, à devant sculpté, avec des chandeliers de bronze, etc. Aux murs sont attachés des violons, des chapeaux coniques, et des lances aux lames larges et recourbées, en forme de cimeterre, toutes choses dont la vue m'est depuis de longues années familière.

Il faisait déjà nuit, et je dus remettre au lendemain les affaires sérieuses. On souffrait, ici encore, de la disette, ainsi que je m'y attendais; le bambou, les ignames sauvages, les fruits d'un grand

1. Grade qui n'a pas d'équivalent chez nous, mais qui n'est confié en général qu'à des hommes de peu d'instruction et sans grande considération.

solanum faisaient les frais de toutes les cuisines, et le chef du village me souhaita l'hospitalité en me faisant un cadeau qui, dans ces conditions, avait une véritable valeur : une corbeille de riz avarié et vermoulu.

19 juillet. – Dès le matin, je reçois la visite du *cay* ; je remarque que, à l'entrée et à la sortie, le cay et les soldats qui l'accompagnent s'abstiennent radicalement de toute espèce de salut. Je fais semblant de ne pas m'en apercevoir, car, personnellement, cette impolitesse, venant de gens pareils, ne me fait aucune impression agréable ou désagréable, mais c'est un indice que je ne dois pas négliger, étant donné le formalisme des indigènes.

Le cay me promet des hommes en nombre suffisant pour aller jusqu'à Cam-Lô, résidence du *phu* (préfet). Mais il me demande au moins trois jours : je vois dans ce terme éloigné le désir de se mettre à l'abri, car il sait bien que d'ici là son chef sera de retour. Pourvu que je les aie, je ne me plaindrai pas, et, pour plus de sûreté, je lui donne immédiatement la valeur de trente-deux ligatures destinées à payer la nourriture des porteurs : je suis bien sûr, et tous ceux qui connaissent les Annamites partageront ma conviction, que pas un *tien* (environ dix centimes) de cette somme ne sortira de son sac ; mais si je n'avais pas les hommes, je le forcerais à me rendre mon argent, ou je ferais un tapage d'enfer.

En attendant le retour du maître suprême de ce poste avancé, le doï, je vais, comme à la chasse, visiter le village et le fort. Le fort n'est qu'un simple poste palissadé, sans fossé ni murailles, et sans canons. Toutes les portes sont fermées, sans doute en mon honneur, et personne ne se montre à l'extérieur. Mais le village est beaucoup plus curieux et intéressant.

Dinh est un lieu de déportation, une petite Nouvelle-Calédonie destinée principalement aux femmes et aux enfants des condamnés politiques de Tong-king. Inutile de dire que toutes ces femmes sont veuves, et que tous ces enfants sont orphelins, de par le sabre du bourreau. Il y a aussi des hommes, mais en petit nombre, à moins qu'ils ne soient détenus dans l'enceinte fortifiée, ou dans quelque village du voisinage, ce que je n'ai pu savoir.

Ce point est, dit-on, horriblement malsain, au moins pour les

Annamites, qui supportent fort difficilement les déplacements dans les pays boisés et argileux, alors qu'ils vivent sans inconvénients dans leurs marécages découverts et leurs rizières. Le séjour à Dinh peut être considéré comme une condamnation à mort déguisée et sans effusion de sang : il paraît qu'on n'y dépasse guère quatre ou cinq ans d'une existence misérable. La surveillance, en revanche, n'est pas étroite, et chaque condamnée vit à sa guise, dans sa petite maison, en commun avec d'autres. Quelques-unes se marient avec des Pou-Thays ou des métis libres, et en ont des enfants. Dans les conditions affreuses qui leur sont faites, on se demande comment il se fait que les évasions et les tentatives d'évasion soient pour ainsi dire inconnues, malgré cette liberté presque complète. Il y a plusieurs causes qui peuvent expliquer cette apparente contradiction.

La première, c'est la solidarité de tous les membres d'une même famille vis-à-vis d'une autorité despotiques, les membres innocents répondant pour les coupables. Mais la vraie raison de cette apparente résignation doit être cherchée dans la peur que les sauvages et en général toutes les populations du Laos inspirent à ces pauvres et crédules prisonniers : une vieille femme, qui me prenait pour confident de ses malheurs, et à laquelle je disais : « Mais pourquoi donc ne vous sauvez-vous pas au Laos ? », me répondit : «*Ich châ!* au Laos ! » C'était là une prétention bien exagérée, car elle n'était guère mangeable, vu son âge et son état cachectique; mais j'eus beau lui assurer que le Laos était peuplé de gens très doux, elle ne voulut pas me croire, tant cette idée que les Laotiens sont anthropophages était enracinée chez elle.

Le fort annamite est en même temps une garde pour les prisonniers, une douane, et un poste chargé de surveiller les sauvages tahoïs, qui sont décidément des voisins fort désagréables. Peu de temps avant mon arrivée, ils avaient enlevé une femme qui travaillait seule et sans défiance dans la forêt.

Tous ces crimes, cet état de violence, ces haines de peuple à peuple, tout cela, ou, pour ne rien exagérer, presque tout cela, est attribuable à la pratique de l'esclavage. Mais ce sujet est trop grave, et mérite trop de réflexions, pour ne pas être traité un peu plus longuement.

XXIII

INFLUENCE DE L'ESCLAVAGE
SÉJOUR A DINH – LA DÉPORTATION CHEZ LES ANNAMITES – EN ROUTE DANS LES MONTAGNES
LE PREMIER « HUYEN »

Par tout ce que j'ai déjà raconté de la vie et des mœurs des populations sauvages de l'Indo-Chine, on a pu se convaincre de leur état misérable, et du sentiment qui domine tous leurs actes, qui plane sur leur existence tout entière, la peur !

C'est la peur qui a donné à leur façon d'interpréter la nature, à ce qu'on peut appeler leur religion, ce caractère de dureté qui fait que tous les être imaginaires qui peuplent, suivant eux, les solitudes et les environs des cases ne sont occupés qu'à tourmenter les humains ; ils ne conçoivent pas que des esprits, doués, de par leur imagination, de puissance surnaturelle, puissent en user autrement que pour le mal ; tous leurs sacrifices ont pour but de les apaiser, toutes leurs prières et leurs cérémonies sont faites pour calmer leurs colères et leurs haines, jamais pour les remercier de ce qui a pu leur arriver d'heureux, jamais pour leur attribuer le succès de leurs entreprises. Pour ces pauvres esprits, la force et le droit se confondent, et ils sont si bien habitués à cette tyrannie, qu'il ne leur vient même pas à l'idée de se révolter contre elle.

Maisons et villages, entourés de palissades, et dissimulés autant qu'ils le peuvent, trahissent, mieux que tout le reste, le qui-vive perpétuel où se passent les jours et les nuits des populations. Sous l'influence de ces terreurs, leur intelligence s'est abaissée. La nécessité de vivre par petits centres séparés, tant on craint de s'aventurer au-dehors, a éteint insensiblement tout esprit de nationalité, et a produit à la longue cette pulvérisation, si je puis m'exprimer ainsi, des grandes tribus qui ont dû exister autrefois. De l'égoïsme de village à la haine réciproque, et à l'état d'hostilité perpétuelle, il n'y pas loin, et c'est ce que nous voyons aujourd'hui.

Voici donc ce que la peur a fait de populations qui pourraient

Spécimens de l'art indochinois : pipe et carquois

être heureuses, qui vivent dans un pays où la vie leur serait facile, si elles pouvaient, comptant sur le lendemain, se livrer sans défiance à leurs penchants naturels qui ne sont ni mauvais ni cruels.

Mais d'où vient cette peur? Faut-il l'attribuer seulement, comme on pourrait le croire, aux difficultés qu'une nature exubérante oppose aux efforts de l'homme primitif, en lutte constante avec elle, ou faut-il accuser l'homme lui-même? L'état d'abaissement de ces peuplades a sa cause surtout, selon moi, dans la coutume de l'esclavage. C'est à l'esclavage qu'il faut demander la raison de l'isolement réciproque des races de l'Indo-Chine, de la haine qui existe entre elles, et de la crainte qui s'oppose presque entièrement à ces relations commerciales d'où résultent non seulement des échanges de produits, mais aussi d'idées, et que l'on peut appeler le véritable facteur de la civilisation.

Si l'esclavage était supprimé, les Laotiens viendraient commercer chez les sauvages; les Annamites, de leur côté, pourraient, sans crainte de se voir enlevés, franchir partout leurs montagnes, et, en se mettant en rapport avec les populations de la vallée du Mékong, ouvrir aux produits naturels du sol et des forêts des débouchés vers la mer de Chine, qui semble si loin, et qui est en réalité si proche.

J'ai la conviction, ainsi que je l'ai déjà dit en commençant ce journal, que la suppression de l'esclavage en Indo-Chine, loin d'être une utopie, est une chose relativement facile : il suffirait de supprimer les deux grands marchés de Bang-kôk et du Cambodge. Pour le Cambodge, qui est sous notre autorité, ce résultat est en partie atteint; à Bang-kôk, l'influence européenne est assez puissante pour l'obtenir également, et nous pouvons exiger du roi, non seulement la suppression de la chasse aux Khâs, mais la prohibition de l'achat et de la vente des esclaves sauvages dans les provinces du Laos. En dix ans, la transformation que cette réforme introduirait dans les mœurs sauterait aux yeux; les sauvages qui se font réciproquement, eux aussi, des prisonniers, pour venir les vendre au Laos, voyant ce débouché supprimé, vivraient bientôt dans une sécurité plus grande et pourraient développer leurs facultés naturelles, qui ne les font pas, au fond, inférieurs à leurs voisins du Laos. Par certains côtés même de leur esprit, on peut affirmer qu'ils leur sont supérieurs. Leurs instincts artistiques, par exemple, me semblent plus développés, et surtout plus originaux. Il m'est arrivé de trouver chez eux divers ustensiles qui témoignent d'un goût délicat, des étoffes dont les dessins très simples sont composés de couleurs bien assorties ; et, avant de quitter ces populations si intéressantes et si peu connues, je reproduis ici, comme pour prendre congé d'elles, quelques spécimens de leur savoir-faire.

Ce sont deux pipes, l'une en terre blanche, l'autre en pierre noire, que j'ai trouvées chez les sauvages de la région d'Attopeu, et dont la forme mériterait certainement de tenter l'industrie française, puis un carquois à flèches empoisonnées, provenant d'une tribu de Stiengs.

Ce carquois est un tube de bambou, gravé au couteau, en partie recouvert d'une mince couche de vernis laque, très abondant en Indo-Chine, et dont toute la surface est ornée d'arabesques d'un dessin merveilleux.

21 juillet. – Ce matin, de bonne heure, je reçois enfin la visite du chef militaire du fort, du doï, bel Annamite à l'air grave, dur et rusé. Il m'expose, dans un discours cadencé, préparé à l'avance, coupé de poses théâtrales et de silences majestueux, que, placé à Dinh par la confiance royale pour surveiller les allants et venants, il est cependant peu de chose, un simple ver de terre, et qu'il craint fort, s'il me laisse passer sans aucun permis de circulation, de se compromettre, et de perdre sa place avec les petits profits qu'elle comporte. En conséquence, avant de consentir à me donner des porteurs, il faut en référer au *tri-huyen* de Cam-Lô. la réponse, du reste, ne tardera pas à arriver, dans les sept à huit jours tout au plus.

Je lui réponds avec non moins de dignité, en l'engageant à prendre un ton plus modeste, et j'ajoute que s'il n'a jamais vu de Français, il n'est pas sans avoir entendu parler de leur mauvais caractère, et qu'il ne doit pas se croire capable de me défendre quoi que ce soit : je passerai, si je le veux, malgré les lances et les fusils de ses soldats ; il le sait très bien. Enfin, d'un ton plus conciliant, je termine ma harangue, dans un baragouin moitié annamite et moitié français, traduit dans un langage plus académique par mon domestique Tay, en assurant que mon désir était cependant d'éviter une violence qui le compromettrait, et que j'espérais qu'en véritable Annamite, il saurait bien voir où était son intérêt.

Sur cette belle péroraison, j'ouvre ma caisse qui me servait habituellement de siège le jour et d'oreiller la nuit, j'en tire un lingot d'argent, et le déposant sur la natte, devant la volumineuse boîte à bétel du doï, je lui dis que je suis fort pressé, et que, s'il me trouve immédiatement des porteurs, la barre est à lui.

La physionomie du représentant de l'autorité frémissait de convoitise (une barre d'argent, cent francs environ, c'est une rare aubaine en ces parages !); mais il était partagé entre le désir de sentir dans sa ceinture ce *nen* fascinateur, et la crainte d'être accusé de prévarication par ses subalternes jaloux.

Il ne voulait pas consentir à accepter publiquement mon argent, et moi, de mon côté, je tenais essentiellement à ce que toute la population l'ait vu empocher. Après une scène muette du plus haut comique, le doï, n'y tenant plus, se leva pour me dire à voix basse que je ne savais pas m'y prendre, et qu'il reviendrait seul dans l'après-midi. Mais je ne voulais pas l'entendre de cette oreille-là, et, en fin de compte, le doï, l'air résigné, ouvrit sa boîte à bétel, où je laissai lourdement tomber le lingot. Le couvercle se referma avec un bruit sec, et toute l'assemblée sortit, poursuivant de ses rires moqueurs la retraite embarrassée de son chef.

La disette est extrême ici, comme dans tout le haut Sé-Banghieng. Malgré cela, personne n'a l'air de souffrir réellement de la faim : on mange un peu de tout ce que l'on trouve, ignames sauvages, diverses racines, des champignons et des fruits de la forêt, du maïs, beaucoup de jeunes pousses de bambou, et l'on arrive ainsi à vivre jusqu'à la prochaine récolte.

22 juillet. – Heureusement pour le doï, qui m'avait promis de m'envoyer des porteurs aujourd'hui même, et qui ne donne pas signe de vie, je passe la journée sur ma natte, roulé dans ma couverture, en proie à la fièvre : c'est, je crois, la première fois qu'il m'arrive d'être satisfait devant la lenteur indigène.

23 juillet. – Pas d'hommes ! A midi, il en vient douze, chiffre insuffisant. Mais, impatienté, je laisse au chef pou-thay du village des déportés cinq caisses soigneusement scellées avec mon cachet, en le chargeant de me les expédier quand il pourra. Je lui abandonne encore quelques bribes, et jusqu'à ma couverture, et je me mets en route vers le premier huyen annamite.

Presque au sortir du village, le sentier devient très accidenté. Après avoir escaladé plusieurs collines, on longe sur leurs pentes une série de montagnes très raides, et l'on jouit bientôt d'une vue magnifique, qui serait plus belle encore, si la pluie ne tombait à torrents, au milieu du fracas des coups de tonnerre, qui roulent en longs échos au flanc des vallées. Les montagnes surgissent de toutes parts, et en si grand nombre, si confuses, si désordonnées, qu'il m'est impossible de me rendre compte de leur disposition générale et de leur direction.

Je croise sur ma route un assez grand nombre de Moïs (sauvages, la langue annamite remplaçant définitivement celle des Laos et des Pou-Thays). Ils sont armés de larges sabres munis d'une très longue garde à deux mains et de lances. A mon approche, ils se dissimulent habilement dans les broussailles, et s'évanouissent à la vue, comme des spectres, sans faire craquer une branche morte.

Vers cinq heures du soir, nous prenons un sentier qui descend légèrement vers un petit vallon où serpente un ruisseau limpide, auprès d'un massif d'arbres superbes. Devant nous s'arrondit un mamelon aride au sommet duquel se dressent des maisons annamites : c'est le village de Lang-Toung, résidence du tri-huyen. Une pagode occupe le centre des cases disséminées, bien différente des pagodes laotiennes : ici plus de Bouddhas grands ou petits, plus de chaire sculptée, plus de bonzes à la robe jaune : des lits de camp sont placés sur la terre battue et recouverts de nattes. Une petite table, avec deux chandeliers en bois tourné et un réchaud de bronze, occupe le milieu de la salle unique de cette sorte de hangar. C'est l'autel.

C'est là que mes porteurs viennent déposer mes caisses et mes paquets ruisselants d'eau, et que j'organise mon camp, en attendant la visite du tri-huyen, en tournée, me dit-on, dans les environs, ce que je ne crois guère : je suis sûr qu'il est à deux pas de moi, occupé à délibérer sur les ruses à déployer dans une circonstance aussi grave que l'arrivée d'un Français.

Il se présente bientôt en effet : très différent du doï grossier de

Dinh, c'est un jeune homme d'une physionomie fine et distinguée, mais empreinte d'une forte dose de jésuitisme. Sa peau est presque blanche, ses ongles sont démesurés; il est sans doute de bonne famille, mais doit avoir sur la conscience quelque méfait administratif, car un poste dans ces montagnes si malsaines, si redoutées et si sauvages ne peut être qu'une disgrâce qualifiée.

Après les cérémonies d'usage, le thé, le bétel, etc., je m'empresse de lui dire que mon unique désir est de lui fausser compagnie dans le plus bref délai. Regardant sans rire l'inspecteur des écoles, qui est en ce moment son hôte, le drôle me répond que la route est bien longue et bien difficile, que le fort de Cam-Lô, de l'autre côté de la chaîne, est à huit ou dix jours de marche, et que, pour se mettre en route, il faut beaucoup d'hommes, des éléphants, des soldats, bref, que c'est une grosse affaire.

Je m'en doutais bien, ils veulent, suivant leur éternelle politique, gagner du temps. Mais je me fâche. Je lui réponds que je sais à une lieue près la distance qui nous sépare de Cam-Lô, qu'il faut trois jours au maximum, que je veux que ni lui ni aucun Annamite ne se moque ainsi de moi, et qu'il ait au moins une fois dans sa vie le courage de ne pas mentir.

Alors changement de tableau :

– Mais, monsieur le chef français, je ne veux pas vous tromper. Je sais que les Français et les Annamites sont maintenant *anh-em* (frères et sœurs, parents), et je ferai tout pour vous être agréable. J'ai simplement voulu dire que pour un homme faible comme moi, pour un pauvre Annamite, il faudrait dix jours de voyage. Mais, en effet, il est bien possible qu'un Français qui n'a peur de rien, qui traverse les rivières tout droit devant lui, qui se moque des précipices et des pirates, ne mette pas plus de trois jours...

Je ne relaterai pas tout au long cette conversation fastidieuse, pendant laquelle nous cherchions mutuellement, moi à l'intimider, puis à le séduire, et lui à me tromper, employant toutes les ressources de son esprit pour pénétrer mes intentions. Ces Annamites étaient profondément convaincus que mon arrivée sur leur territoire par une voie si extraordinaire ne pouvait être expliquée que par des causes politiques de la plus haute gravité, et, malgré mes dénégations, je n'ai jamais pu les convaincre du contraire.

Enfin j'obtins la promesse sous serment que je pourrais partir dans les deux jours. Pour sceller la paix et assurer le renom de générosité des Français, j'envoyai au tri-huyen, par un des hommes, ma fameuse pièce de soie brochée, le plus beau de tous mes cadeaux, que je réservais précieusement pour une grande occasion. Voilà une grosse dépense qui fut bien mal récompensée; j'en avais du reste l'instinct, et je m'attendais à une lutte de plusieurs jours. Mais ce que je désirais éviter, c'était qu'un ordre envoyé par un grand mandarin de chef-lieu ne vînt m'arrêter, ou m'obliger à user de moyens violents, qui, outre les dangers que j'aurais personnellement à courir, pouvaient être mal interprétés à Hué et à Saigon.

Il semble que cette région mérite en tout point sa réputation d'insalubrité. Pendant la soirée et la nuit, la fièvre me poursuivit encore; je n'avais plus de vêtements secs, ni même de couverture, et je dus emprunter à mes serviteurs une des leurs, si sale et si trouée qu'elle fût, pour m'envelopper et me réchauffer.

Le lendemain, je suis encore malade; je me trouve extrêmement abattu, sans force et sans courage; un froid glacial parcourt tous mes membres. Tay, qui me sert d'interprète, et qui par son intelligence plus développée que celle de ses camarades me rend maintenant de bons services, est aussi atteint, mais plus gravement, et son aide me fait défaut.

Je ne vois pas le tri-huyen; je suis certain maintenant qu'un messager est parti demander des ordres au terrible mandarin de Cam-Lô, qui paraît être fort redouté dans cette contrée.

Les grains sont toujours fréquents et l'humidité est considérable sur ce plateau.

25 juillet. – La quinine à haute dose a raison de l'empoisonnement des montagnes, des terres rouges, comme disent les indigènes, mais non de ma faiblesse, de mon dégoût et de mes appréhensions. Si le haut et puissant seigneur de Cam-Lô me refuse le passage, que va-t-il arriver, et que dois-je faire ? A coup sûr, je ne retournerai pas en arrière : traverser le Laos, dénué de tout, et déjà malade, en cette saison, serait presque un suicide, d'autant plus qu'il est certain que mes serviteurs, qui se sentent maintenant avec des compatriotes, m'abandonneraient sans la moindre hésitation.

D'autre part, serait-il raisonnable d'essayer, tout seul, de violer la consigne, et de subir l'humiliation de me voir prisonnier de cette mauvaise race? Voilà quelles furent mes réflexions pendant cette longue journée. Si l'on me refuse le passage, pensais-je à la fin, je réussirai, quoi qu'il arrive, à traverser les montagnes, sans me préoccuper de mes hommes ni de mes bagages, que je laisserai derrière moi n'importe où, et une fois dans la plaine annamite, quand je devrai subir quelques vexations, je pourrai toujours faire connaître ma situation à Hué, par l'intermédiaire d'indigènes chrétiens ou des missionnaires, et je pense que ma délivrance ne se fera pas attendre bien longtemps : je vais en effet déboucher dans la province de Quang-Tri, limitrophe par le nord de la province de Hué.

Il se passe ici quelque chose d'insolite : je me demande si les Annamites n'ont pas l'intention de pousser une pointe dans la vallée du Sé-Bang-hieng, qu'ils regardent toujours comme leur appartenant en droit. J'apprends qu'il y a dans les environs deux mille soldats dispersés dans les villages moïs. On va construire des forts sur le sommet des montagnes. Le phu de Cam-Lô et le huyen de Lang-Toung sont de formation toute récente. Tout cela est bien intéressant pour nous, et je pensais en moi-même : Travaillez, travaillez, ô Annamites; établissez-vous dans ces riches vallées, défrichez le sol, colonisez ces provinces, déplacez ces paresseux Laotiens, car le jour viendra où nous pourrons dire : *Sic vos non vobis, mellificatis...* et où vous aurez préparé le terrain pour des maîtres qui vaudront mieux que les vôtres; nous verrons alors ce pays sortir de sa léthargie séculaire!

26 juillet. – Journée d'herborisation et de chasse. Le tri-huyen partage son temps entre son lit à opium et des machinations dont je n'ai pas l'air de m'apercevoir. Dans l'après-midi, il vient me présenter un panier couvert d'une profusion de cachets rouges, qu'il reçoit, me dit-il, à l'instant de Cam-Lô, et qui annonce l'arrivée de vingt soldats, pour me servir d'escorte. Mais, trompé si souvent, je ne crois plus à rien, et je lui réponds que tout cela m'est égal; qu'il s'arrange comme il voudra et me laisse tranquille; que si ces hommes ne sont pas là, je saurai bien m'en passer.

Les Annamites de ces montagnes sont les plus religieux, ou, si l'on préfère, les plus superstitieux que j'aie jamais vus. Chaque jour il en arrive des troupes à la pagode, venant faire des sacrifices, des révérences et des génuflexions devant l'autel. Le tri-huyen et son ami l'inspecteur des écoles se prosternent aussi à chaque instant, soit dans la pagode même, soit au-dehors, sous un vaste parasol planté en terre. Ce sont les mœurs des Moïs qui déteignent sur eux, sans doute.

XXIV

POLITIQUE ANNAMITE
A L'AVENTURE! – HOSPITALITÉ DES MOÏS
TRAVERSÉE DE LA GRANDE CHAINE
CAM-LÔ

27 juillet. – Aujourd'hui, le cuisinier m'annonce qu'il n'a rien à me donner à manger, et qu'il ne peut rien trouver à acheter dans les cases. C'est une nouvelle édition de la comédie d'Attopeu : on veut me prendre par la famine. Heureusement, j'ai mon fusil, et ni les paons ni les tourterelles ne sont rares dans les taillis.

Pour être prêt à toute éventualité, je prépare mes projets en faisant une longue reconnaissance sur les sentiers qui partent du village dans la direction de l'est. L'un d'eux, beaucoup mieux battu, que je suis pendant longtemps, me prouve que je n'ai aucune crainte à avoir, qu'il me mènera, sans l'aide d'aucun guide, sur la route de Cam-Lô. Les indigènes que je rencontre refusent de me répondre à cet égard, mais je réussis cependant à démêler la vérité au milieu de leurs mensonges.

Le soir, la fièvre me reprend encore; je fais dire au tri-huyen que, n'ayant pas envie de laisser mes os chez lui, je partirai demain, tout seul, et que je n'ai pas besoin de ses services.

28 juillet. – L'Annamite Tay est gravement malade. Il souffre d'une dysenterie des plus sérieuses. Je serai obligé de le laisser en arrière.

Le tri-huyen, supposant avec raison que pour partir seul j'ai besoin d'emporter au moins quelques provisions, poursuit le cours de ses exploits en me coupant les vivres. Mais, craignant sans doute que la faim ne me pousse à des extrémités dangereuses pour son échine si merveilleusement flexible, il m'envoie, matin et soir, par son propre cuisinier, un avorton de poulet et un bol de riz, avec toutes sortes de protestations d'amitié. J'ai beau faire et beau dire, toutes les offres de mes Annamites restent vaines, et ils ne trouvent rien absolument à acheter dans les cases : les poules elles-mêmes ont disparu, cachées dans des paniers et des cages invisibles. La consigne est, je le reconnais, supérieurement observée.

J'étais en train de sceller mes caisses, et je me disposais à partir, lorsque arrive un message de Cam-Lô, peut-être véritable cette fois, et porté par un doï. Voilà une circonstance heureuse pour tout le monde ! Demain matin – c'est bien convenu – je dois me mettre en route avec quatre éléphants et vingt soldats. Quel honneur ! Les vingt soldats sont là pour me garder à vue, pas pour autre chose. Après tout, ils ne me gêneront guère !

Mais je ne suis pas encore arrivé, et je dois redoubler de prudence. Il est bien possible que le doï soit fictif et inventé par le tri-huyen pour endormir ma méfiance. Et puis, on peut m'égarer pendant la route.

29 juillet. – Comme je ne vois ni soldats, ni apparence d'éléphants, je laisse à Lang-Toung mes caisses, dûment scellées, en prévenant le tri-huyen qu'il répond de leur contenu sur sa tête, car ces caisses, lui dis-je, appartiennent au gouvernement français ; et je m'engage gaiement sur la route, suivi du *boy*, qui porte une boîte à insectes et un paquet de papier à herboriser. Je n'ai, comme provisions, qu'une boîte de sardines dans ma poche. Tay, très malade, reste avec le cuisinier, que le soignera et veillera sur les bagages.

Le sentier devient bientôt charmant. Il se déroule au travers d'une belle forêt qui a été autrefois abattue pour le tracé d'une large route, dont il ne reste que des vestiges. Après deux heures de marche environ, je traverse le dernier affluent du Mékong, et un quart d'heure plus loin, au fond d'un immense ravin, j'aperçois une rivière torrentueuse qui coule en sens inverse, vers la mer de Chine !

C'est le Rau-Quan. Cependant je n'ai pas encore traversé la grande chaîne, dont j'aperçois les sommets d'un bleu sombre, et il faut qu'elle soit coupée par quelque profonde vallée qui donne passage à cette rivière.

Le soir, toujours seul, après avoir rencontré un groupe de sauvages, qui, saisis à mon aspect d'une terreur folle, jettent leurs armes et s'agenouillent devant moi, j'arrive à un joli village moï, où je retrouve, non sans surprise, une forme de cases que j'avais déjà remarquée aussi bien dans l'extrême Sud que près d'Attopeu, et une façon bizarre de tailler les poutres. Ces pauvres gens, qui parlent un peu l'annamite, me reçoivent du mieux qu'ils peuvent, sans me poser aucune question. Le vieux chef du village met son immense maison à ma disposition. On m'apporte du poisson sec et un peu de riz ; l'on me fait rôtir un écureuil que j'avais tué pendant la route. Après avoir passé la soirée avec mes hôtes, je m'endors tranquillement au milieu d'eux, sur une natte horriblement sale, il faut l'avouer.

Le lendemain matin, je vais à la chasse dans les ravins, qui m'offrent une belle récolte de plantes. C'est un splendide pays, et si j'avais eu quelques provisions, je m'y serais bien attardé trois ou quatre jours. Le vieux chef me fait encore déjeuner, et je repars ensuite avec un guide.

Il faut bientôt descendre une pente des plus raides, jusqu'au fond d'une étroite vallée, où je retrouve le Rau-Quan, qui est dès maintenant une vraie rivière, d'une centaine de mètres de large, et dont les eaux sont d'une admirable limpidité. Malheureusement, il présente en cet endroit d'assez nombreux rapides. La rivière traversée en pirogue, je suis un sentier tracé sur sa berge de sable, et j'arrive à un hameau où je m'arrête, les pieds ensanglantés par les cailloux de granit, les lames de schiste et les roches de marbre noir. Je ne peux me rassasier du spectacle magnifique que j'ai sous les yeux. La rivière coule entre deux rangées de montagnes, les unes pelées et arrondies, les autres aux flancs déchirés et abrupts, couverts de beaux arbres qui se reflètent dans l'eau, et où des paons viennent se poser, étalant leur plumage au soleil, semblables à des fleurs gigantesques.

Les sauvages regardent curieusement cet être extraordinaire, qui semble tombé du ciel, et s'accroupissent en cercle autour de moi : ils sont vêtus d'une sorte de veste sans manches, formée, fait singulier, de l'écorce feutrée de l'*Antiaris toxicaria,* cet arbre célèbre, duquel on raconte nombre de fables qui rappellent celles du mancenillier d'Amérique.

Après mon frugal repas du lendemain, j'allais encore continuer ma route à l'aventure, lorsqu'un éclaireur vient m'annoncer l'arrivée prochaine des éléphants et de l'escorte. Tay est dans un état pitoyable, porté par deux hommes sur un hamac, et sans connaissance. Je crains bien que le malheureux n'arrive pas à Hué.

Les Moïs, auxquels j'avais fait, sitôt mes bagages arrivés, une large distribution de miroirs et de couteaux, me supplient de leur donner encore quelques feuilles de papier imprimées, auxquelles ils attribuent une foule de propriétés magiques. Je fais bien des heureux avec les cornets, débris d'un vieux numéro de la *Revue des Deux Mondes,* qui enveloppaient mes peaux d'oiseaux.

J'ai deux éléphants et des porteurs en grand nombre. Du reste les éléphants, que les Annamites chargent deux ou trois fois plus que les Laotiens, portent tous leurs bagages. La route continue à suivre la rive gauche du Rau-Quan, qui s'incline bientôt à l'est-sud-est, et s'engage au travers d'une large vallée admirablement cultivée. Nous traversons plusieurs rivières presque à sec, et dont le lit, rempli à perte de vue de gros cailloux roulés, présente un aspect saisissant. Puis, après avoir gravi et descendu une chaîne confuse de collines fort raides, dénudées et couvertes de maïs, nous arrivons dans une sorte de cirque assez vaste, pour passer la nuit au village moï de Taniang : nous sommes au pied de la grande chaîne annamite.

1er août. – Enfin ! me voilà en pays civilisé, et je peux presque considérer mon voyage comme terminé, car c'est à Cam-Lô même que j'écris le soir mon journal, en face des murailles du fort. Dans trois jours, si tout va bien, je pourrai, assis à la légation de France de Hué, me reposer de mes fatigues, en pensant au retour prochain vers la Cochinchine et la France.

Je pars allégrement de bon matin, après avoir été obligé de remettre à sa place le doï, qui aurait voulu s'établir avec moi sur un pied d'égalité. Je connais assez ces Asiatiques pour savoir que la

Façade de la maison d'un riche Annamite

première règle de conduite à tenir avec eux, c'est la raideur la plus hautaine. La familiarité avec les indigènes est la perte des Français en Cochinchine. On ne peut s'y laisser aller que peu à peu, avec les gens seulement que l'on connaît bien et qui paraissent mieux doués que les autres.

A peu de distance du village de Taniang, entouré d'un fourré de hautes broussailles, le terrain se relève, et l'on commence l'ascension sur le flanc de la chaîne, qui s'abaisse en cet endroit de façon à former un col qui n'a pas plus de deux cent cinquante mètres d'altitude. Mais à droite, et à gauche surtout, il y a des pics rocheux qui doivent atteindre douze à quinze cents mètres de hauteur.

Aussitôt le col atteint, le terrain redescend, puis remonte et reste extrêmement tourmenté. Le guide qui m'accompagne me fait passer par un dédale de sentiers qui grimpent et dévalent sans cesse, suivant surtout des ravins semés de cailloux roulés. Comme la forêt recouvre tout cela, il est impossible de s'y reconnaître. Après une dernière grande pente d'argile glissante, j'aperçois au travers des arbres le pays d'Annam tout sec, tout nu, cultivé partout; quel contraste !

Avec quelle satisfaction profonde j'examinais ce spectacle, assis sur un rocher ! C'est que j'étais le premier Européen qui eût franchi, venant du Laos, la barrière que je laissais derrière moi, et j'avais bien longtemps soupiré, en pensant au jour où cette tâche difficile serait accomplie.

Tout est changé, la nature comme les habitants, le sol comme ceux qui le cultivent. C'est un véritable coup de théâtre.

Sur le versant laotien, c'est la saison des pluies qui s'abat sur une terre sauvage, couverte de forêts, à peine déflorée par le travail régulier de l'homme. Sur le versant annamite, voilà plusieurs mois que le soleil brille sans un nuage au ciel, et lançant ses rayons sur les rizières, les plantations de patates, de mûriers, de ricin, de maïs ; partout j'aperçois des hommes en train de bêcher, de piocher, de porter de l'eau ou des marchandises. Les villages se dressent çà et là dans la plaine nue, ombragée de bouquets d'aréquiers et de cocotiers.

Sans doute une distance bien grande sépare la civilisation annamite de la nôtre. Mais je ne crains pas de le dire, il existe un abîme entre la race annamite et celles de la vallée du Mékong. Quel dommage que ces Annamites soient si vicieux ! Mais ne pourront-ils changer, le jour où leur gouvernement et leurs lettrés seront balayés par une puissance supérieure ?

Je vins m'arrêter dans un beau village, où je fus reçu assez amicalement chez un notable qui habitait une belle maison aux poutres et aux cloisons sculptées avec ce soin et cette délicatesse que les Annamites apprécient tant, et qu'ils montrent avec fierté à leurs hôtes. J'y attendis l'arrivée des éléphants et de mon serviteur malade, qui avaient passé par une autre route, tandis que moi je prenais le chemin de traverse.

Ces villages se livrent sur une assez grande échelle à l'exploitation de la noix oléagineuse de bancoul (*Aleurites triloba*). De grandes quantités de fruits séchaient devant les maisons.

Après cette halte, la route remonte encore sur des collines basses, couvertes de broussailles, et qui viennent s'appuyer sur les flancs de la grande chaîne. Du haut de la dernière colline, toute la province de Quang-Tri se déroule sous mes pieds, avec ses champs, ses villages, ses landes arides ; j'aperçois jusqu'aux sables blancs des dunes marines qui blanchissent à l'horizon.

Je rencontre plusieurs exploitations de fer.

Dans les villages, la curiosité des indigènes commence à devenir gênante : hélas ! ce n'était rien auprès de ce qui m'y attendait.

Vers le soir, les cultures augmentent, les maisons se rapprochent, des pagodes se dressent sous des bosquets de grands arbres, et j'aperçois enfin les bastions du fort de Cam-Lô. Une foule, grossissant à chaque instant, m'entourait, de plus en plus pressante.

J'arrivai au village avec une masse d'hommes, de femmes et d'enfants, qui devait bien compter un millier de personnes, se bousculant, se renversant, s'étouffant pour voir l'homme terrible qui venait de traverser le Laos si redouté. Car ma réputation était déjà faite, et les fables les plus invraisemblables couraient déjà sur ma personne. Il me suffisait d'étendre le bras ou de froncer les sourcils pour produire des remous et des cris dans la foule ; les rires et le bruit des conversations s'éteignaient aussitôt, pour reprendre dès que j'avais tourné la tête ; mais dans toute cette cohue je dois dire qu'il n'y avait aucun symptôme d'hostilité.

Dès les premières maisons de Cam-Lô, quelques indigènes mieux vêtus et des soldats m'attendaient pour me montrer la maison qui m'avait été désignée; dans l'Annam, en effet, il n'y a plus de sala comme au Cambodge et au Laos, et l'étranger, du moins dans les petits centres, reçoit l'hospitalité chez les habitants. Dans les villes importantes, il existe souvent une construction spéciale pour loger les visiteurs de distinction.

Mais à Cam-Lô, on voulait me conduire à la case du médecin. Je repoussai énergiquement cette offre, car les Annamites n'ont pas grande estime, et pour cause, pour leurs praticiens, et je ne voulais pas que la moindre assimilation pût être faite entre moi et ce confrère à la peau jaune, aussi sale et mal élevé qu'ignorant.

Toujours entouré d'une foule à chaque instant plus compacte et plus gênante, j'arrivai enfin à une maison de construction soignée, aux fines sculptures et à l'ameublement confortable, et dont le propriétaire, mandarin, chargé de l'inspection des écoles, était en voyage. C'est là que je devais passer mon séjour à Cam-Lô, en attendant les résolutions des autorités; je ne savais comment les choses allaient tourner, et je m'attendais à de nouveaux ennuis.

Aussitôt entré dans ma maison, je dus chasser les curieux, qui commençaient à m'impatienter et qui avaient sans façon envahi l'intérieur de la case, et, pour échapper à leur importunité, je demeurai là, sans lumière, me promenant comme un ours en cage, tout seul, sans vivres et sans mes caisses qui, restées en arrière, ne m'arrivèrent que le lendemain dans la journée. Tay était un peu mieux, et les soins que je pus lui donner le mirent, au bout de quelques jours, hors de danger.

XXV

LES CHRÉTIENS ANNAMITES
LA GRAND-ROUTE DU TONG-KING
LE FORT DE QUANG-TRI – LA MISSION
DE BÔ-LIÉOU
HUÉ

2 août. – Dès le jour, la foule stupide s'ameute autour de la maison. Je la laisse crier, et je laisse même entrer quelques Annamites qui demandaient, timidement ceux-là, à me parler. Ce sont des chrétiens, qui viennent solliciter ma protection pour je ne sais plus quelle affaire. J'essaye de leur faire comprendre que je n'y puis rien, que mon intervention leur serait même plus nuisible qu'utile, et j'apprends d'eux l'existence d'un missionnaire dans le voisinage. Je m'empresse de lui écrire, car je serais bien heureux de voir enfin un visage ami, et de pouvoir un peu parler français.

Je dois dire qu'en Annam, partout où j'ai rencontré des chrétiens, ils m'ont toujours considéré comme un protecteur et un ami, et ont toujours manifesté le désir sincère de m'être utiles, bien différents en cela des autres Annamites. Je ne veux pas généraliser outre mesure, mais je crois qu'en ce pays du moins la présence des missionnaires est favorable aux intérêts français. Nous l'avons bien vu, du reste, au Tong-king, où les chrétiens cependant ont eu un grand tort, celui de s'imaginer que nous faisions une guerre de religion, et de ne pas pouvoir comprendre qu'au contraire notre devoir était de nous montrer complètement indifférents en matière religieuse.

Le commandant de la citadelle et le phu me font inviter à venir loger au fort, en me priant d'excuser l'indiscrétion de la foule. Mais je les remercie, *timens Danaos*, et ne voulant pas avoir l'air de me mettre sous leur protection. Dans l'après-midi, aussitôt que l'arrivée de mes caisses me permet d'endosser mon unique veston d'uniforme, je fais mes visites officielles. Les défenseurs de la citadelle, soit défiance, soit ostentation, étaient sous les armes, les lances fichées en terre, ornées de fanions rouges, apparaissant tout le long du rempart, et le tam-tam résonnant avec fracas. Le commandant, ou *quan chanh*, est un vieux sec, à la barbe blanche, qui a du moins le mérite de savoir se faire obéir, au doigt et à l'œil : tout le monde, à commencer par le phu, tremble devant lui. Je reçois à mon arrivée un accueil tout à fait froid, à peine poli, que je rends en prenant moi-même mon air le plus raide et le plus hautain, répondant par monosyllabes à l'espèce d'interrogatoire que l'on voudrait me faire subir, ou même ne répondant pas du tout et défendant à mes Annamites, qui n'étaient pas rassurés, de répondre. Ce que voyant, le rusé vieillard finit par changer de ton et par s'amadouer. Je deviens alors plus conciliant, et je finis par offrir mon cadeau, une belle boîte en galvanoplastie. En échange, on m'apporte des corbeilles de riz, de fruits et de gâteaux ; et nous nous quittons non pas amicalement, mais mieux que le début de l'entrevue pouvait le faire supposer, et j'emporte la promesse d'avoir des moyens de transport pour la ville de Quang-Tri, chef-lieu de la province, quand je le désirerai.

Il est évident que cet homme me déteste, et que, s'il le pouvait, il exterminerait tous les Français. Malgré cela, sa rudesse, sa franchise et l'énergie de sa physionomie me prouvent que ce n'est pas un Annamite ordinaire, et, persuadé qu'il n'aura pas recours aux petites tracasseries de ses confrères en mandarinisme, je me fie entièrement à sa parole.

La citadelle est bien entretenue. Une dizaine de canons défendent ses bastions.

Je cours en toute hâte m'enfermer dans ma case, avec mon pauvre chien, tout ahuri de voir tant de monde, et qui partage avec moi l'ennuyeux privilège de passer à l'état de bête curieuse. Je suis, cette fois, obligé de m'ouvrir la route à coups de poing et de canne.

3 août. – Je suis bien forcé de regretter parfois ces pauvres Laotiens et ces misérables sauvages. Tant que j'ai été au Laos, mes bagages sont restés à la merci de tout le monde, la plupart des caisses fermées au moyen de lianes, ou grandes ouvertes. Le seul larcin qui m'ait jamais été fait, et il est probable qu'il faut le mettre au compte de mes Annamites, a été celui d'un rouleau de fil de laiton. Depuis que je suis en Annam, nombre de petits objets ne se retrouvent plus. Ce matin, ce sont mes vieilles assiettes en fer battu et ma timbale de ruolz qui disparaissent ! Le quan chanh m'a donné cinq soldats pour monter la garde autour de la maison : il est à supposer que les cinq factionnaires sont tous de fieffés voleurs.

La case que j'habite est remarquable par sa construction, et je n'ai jamais rien vu d'analogue en basse Cochinchine : elle est double, composée de deux maisons emboîtées l'une dans l'autre ; il y a deux toits superposés et deux murailles, de façon à laisser un espace vide où l'air circule, excellente précaution contre les ardeurs torrides du soleil. La muraille extérieure est en torchis, les cloisons intérieures en bois sculpté ; le plafond du toit intérieur est fait de bambou écrasé et parfaitement lisse et propre.

Le quan chanh vient en grande cérémonie me rendre visite. Il arrive précédé de hurlements, de coups de tam-tam, de lances et de drapeaux, entouré de ses porteurs de parasol ; tout cet attirail me rappelle le temps où j'étais obligé, au Tong-king, de me livrer à la même fantasia, sans avoir jamais pu, je l'avoue humblement, atteindre l'air de conviction majestueuse du mandarin annamite.

Le quan considérait silencieusement mes caisses, mourant d'envie de demander à visiter leur contenu, ce que je m'apprêtais à refuser de la façon la plus nette. Il se contentait de les examiner en silence, les soulevant, puis les *percutant* longuement, pendant que je l'examinais d'un air moqueur : il s'imaginait sans doute qu'elles étaient remplies d'armes et de munitions de guerre ; à plusieurs reprises il me demanda le nombre de mes fusils, ne paraissant pas du tout me croire quand, je lui affirmais que je n'en possédais que trois.

Après quelques banalités, il fit un signe, auquel tous les soldats qui encombraient la cour répondirent par un *gia* formidable, me salua le plus légèrement qu'il put, et tout le cortège rentra majestueusement à la citadelle.

4 août. – Dès le matin, tout étant prêt à l'heure fixée la veille, je m'apprête à quitter Cam-Lô, laissant un rude souvenir à un énorme soldat, (un de mes gardes) qui m'avait volé, devine-t-on quoi ? mon

1. Les courriers ou *tram* portent leurs dépêches enfermées dans des tubes de bambou cachetés.

Un « tram » (courrier de poste)

filet à papillons ! Je lui administrai *coram populo* la plus belle volée qu'Annamite ait jamais reçue, et le laissai à demi mort sur place. Cette fois, la foule était silencieuse et pleine de respect.

La route suit d'abord les rives de la rivière de Cam-Lô, au travers des rizières et des terrains cultivés. Nous déjeunons dans une case de *tram* (maison de postes) qui s'élève aux bords de la grand-route de Hué au Tong-king. On ne peut s'imaginer quel plaisir j'avais à marcher sur une vraie route, bordée de fossés, munie de ponts sur les ruisseaux, parcourue par des piétons ou des courriers affairés, les tubes de bambou en sautoir sur le dos [1].

Mais, dans l'après-midi, il fallut traverser des dunes de sable blanc d'une éblouissante blancheur, qui me brûlait les pieds, et je dus avoir recours à mon palanquin, mode de transport qui demande une longue habitude pour être supportable. C'est un hamac, trop court pour notre taille, recouvert d'une sorte de toit d'où pendent des rideaux, et porté, au moyen d'une longue perche, sur les épaules de deux porteurs, qui vont toujours au pas gymnastique, et courent d'une façon étonnante lorsque le terrain est bon. Dans ces sables, ils étaient ruisselants de sueur et soufflaient comme des cachalots, courant quand même.

Par bonheur, de nombreuses auberges, où l'on vend du thé, de l'eau-de-vie de riz, des aliments de toutes sortes, me permettaient de réconforter fréquemment toute ma bande ; pour cinq ou six sous, tout le monde buvait et mangeait, et ils étaient une vingtaine.

Le pays est peu accidenté, sec, dénudé et monotone ; mais partout où l'humidité relative le permet, partout où les eaux s'accumulent pendant les pluies, tout est cultivé avec soin. Le malheur est que les Annamites sont obligés de cultiver en rizières ces terres qui seraient très bonnes pour certaines autres cultures. L'Annam central est admirablement disposé pour les cultures dites coloniales, d'autant plus que l'étroite bande qui le constitue est parcourue par de nombreuses petites rivières toutes navigables presque jusqu'aux montagnes, et qui rendraient l'exploitation très facile.

Toutes ces rivières sont pourvues de bacs aux endroits où la route les traverse, et le service en est fait avec soin, sans rétribution pour les passagers : ce sont de grosses barques aux bordages cousus solidement les uns aux autres.

Le soir, je traverse le Da-Hân, rivière assez considérable, qui coule devant la ville de Quang-Tri ; nous voyons apparaître les longues murailles rouges de la citadelle, avec ses portes monumentales surmontées de corps de garde, et les immenses toits de ses greniers à riz. Mes Annamites de Saigon manifestent un grand étonnement à la vue de ces choses nouvelles pour eux : jamais ils n'avaient cru sans doute leurs compatriotes capables d'élever de pareilles bâtisses.

La rivière de Quang-Tri est le siège d'un assez grand mouvement commercial ; elle est parcourue par de grosses barques à fond plat ; de longs trains de bois la descendent. Le bac me déposa sur la rive droite, auprès du marché tout empesté d'odeur de cuisine et de poisson. Un colonel, rien que cela, m'y attendait avec une escorte, pour me conduire à la maison qui m'était désignée. Le *lanh binh* (colonel) et l'*an sal* (mandarin de la justice) voulurent d'abord me faire subir un véritable interrogatoire, pour constater mon identité ! Comme cela durait fort longtemps, et que je ne savais pas le motif des questions ridicules qui m'étaient posées, je finis par me fâcher, je refusai de répondre une parole de plus et je tournai brusquement le dos à mes inquisiteurs. Ils me prièrent alors très poliment – les Annamites bien élevés sont très polis – avec toutes sortes d'excuses, de ne pas me fâcher, et m'expliquèrent que, ayant une lettre à me remettre de la part du chargé d'affaires de France à Hué, ils devaient bien avoir pris toutes leurs précautions, car ils ne me connaissaient pas, et que rien ne pouvait leur démontrer à première vue que j'étais bien le docteur Harmand. « Mais, leur répétais-je, qui diable voulez-vous que je sois ! Avez-vous donc jamais vu d'autre Français venir par la montagne dans votre pays ? » Tout le monde a cependant l'air de trouver mon arrivée assez extraordinaire ! Et, en effet, la maison était déjà entourée d'une mer houleuse de têtes, de turbans et de chapeaux pointus. Une haie de soldats avait fort à faire de tenir la foule à distance et d'empêcher l'envahissement de la cour.

Enfin, je finis par obtenir cette lettre, qui m'intriguait fort, et qui me fut présentée dans une boîte de laque rouge. Quelle fut ma surprise ! M. Philastre, notre chargé d'affaires, me rappelant que mon voyage avait été entrepris sans l'assentiment du gouverneur annamite et que Hué est une ville où les Européens n'ont pas le droit de résider, m'enjoignait de remonter au Tong-king, c'est-à-dire de traverser tout l'empire d'Annam du sud au nord ! alors que je me croyais à la veille de la délivrance, et que je n'avais plus ni effets, ni souliers, ni provisions d'aucune sorte !

J'étais confondu ! Les mandarins eux-mêmes m'offraient de me faire conduire à Hué quand je le voudrais, et certes ils n'avaient pas pris cette détermination sans ordres exprès. Depuis que j'avais franchi la frontière, les courriers avaient dû se succéder nombreux et rapides, car mon arrivée était un événement pour les Annamites, et c'était un officier français qui m'arrêtait. Il ne pouvait y avoir là qu'un malentendu. Je refusai les offres des mandarins, et j'écrivis séance tenante à M. Philastre qu'il devait avoir été trompé sur l'endroit où je me trouvais, que Quang-Tri étant à vingt-quatre heures de Hué, j'étais aux portes mêmes de la capitale, et que, vraiment, je ne pouvais être condamné, dans ces conditions, à faire un voyage absolument inutile et sans profit sur la grand-route du Tong-king.

J'écrivis en même temps aux missionnaires, leur demandant leur concours et l'aide que leur connaissance parfaite de la langue pouvait me procurer dans mes rapports avec les autorités, et je résolus d'attendre la réponse de M. Philastre, qui ne pouvait tarder.

Le lanh binh, deux doïs et une vingtaine de soldats me gardent à vue, épiant tous mes mouvements ; je ne puis faire un pas hors de ma case sans être suivi de quatre ou cinq estafiers : il y a des moments où c'est bien gênant. Toutefois, je prévins le lanh binh que les soldats annamites ne m'inspiraient aucune confiance, que ceux de Cam-Lô m'avaient déjà volé, et que je ne voulais pas les voir pénétrer dans la case. Je lui montrai mon revolver chargé, en le priant d'en expliquer l'usage à mes gardiens, déclarant que je n'hésiterais pas à m'en servir.

Je passais déjà pour un personnage des plus dangereux, et ces paroles ne firent qu'accroître ma réputation terrible ; les missionnaires me racontaient quelques jours plus tard, qu'en leur apprenant mon arrivée, les indigènes affirmaient que chacun de mes doigts était un fusil et que je n'avais qu'à étendre les mains pour que la mousqueterie la mieux nourrie éclatât aussitôt, fauchant tout autour de moi !

5 août. – Deux jeunes missionnaires, les PP. Mathey et Patinier, arrivent presque en même temps, chacun de leur côté, aussi heureux de voir un compatriote que je le suis moi-même de leur venue. Ils se mettent entièrement à ma disposition, et il est convenu que j'irai à la mission voisine, au village de Bô-Liéou, attendre la réponse de M. Philastre.

Avec le P. Patinier, qui n'avait jamais vu un missionnaire franchir les murs de la citadelle, et un prêtre indigène, remplissant aussi les fonctions de médecin et qui paraît convaincu de l'efficacité de ses recettes baroques, je vais voir le gouverneur de la province, Annamite de haute distinction, et d'un esprit plus libéral que ne l'ont d'ordinaire ses collègues. Ce vieillard, très respecté dans tout le pays, nous reçoit amicalement, et me renouvelle les offres de porteurs pour me rendre à Hué. Je persiste à refuser, jusqu'à la réponse que j'attends, et après lui avoir laissé, en souvenir de mon passage, ma lorgnette qui me devenait inutile, je pars à cheval pour Bô-Liéou avec les deux missionnaires.

Je passai à la mission près de huit jours, en compagnie des deux pères, très gais et très aimables, en dépit de leur robe et de leur vie monotone et solitaire. Nous essayâmes de sortir et d'aller à la chasse; mais les curieux étaient si gênants, que je me résignai à ne pas sortir du jardinet de mes hôtes, et je restai à causer longuement avec eux de leurs espérances et de leurs soucis.

La mission se compose de deux maisons, dont l'une est aménagée à l'européenne, et d'une petite chapelle qui réunit le dimanche un nombre considérable de fidèles très dévoués à leurs curés. La table n'est ni riche ni somptueuse, mais en mon honneur on vida quelques verres de vin de messe et d'excellent vin d'ananas de fabrication indigène. Il n'y avait pas encore de pain; mais être assis devant une table, sur des chaises, avec une nappe, parler dans sa langue sans vouloir tromper les autres et sans crainte d'être trompé, c'est déjà quelque chose. Au bout de quelques jours, nous étions les meilleurs amis du monde, malgré nos divergences d'opinion sur bien des points.

Enfin, la lettre que j'attendais si impatiemment vint lever les dernières difficulté, et le 12 août, je quittais Bô-Liéou pour Quang-Tri, pour rassembler mes bagages et prendre congé du quan chang. J'avais l'ordre de suivre la route de terre, et une escorte d'une vingtaine d'hommes, avec un quan et deux doïs, devaient m'accompagner et me surveiller

Les environs du Quang-Tri sont très peuplés et bien cultivés, surtout en coton. Mais bientôt les dunes de sable recommencent, s'avançant presque jusqu'aux montagnes, et je me hâte d'user du palanquin. Le soir, je couchai dans une maison de tram ; et le lendemain à neuf heures, après avoir traversé un important marché, je trouvai sur les bords de la rivière qui coule au nord de la citadelle de Hué une grande barque qui m'attendait pour me mener à la légation de France. Le cœur me battait fort ! Mes misères étaient terminées. En effet, quelques minutes après, je me trouvais reçu à bras ouverts par mon collègue le docteur Mondière, auquel l'amour de la science ne fait pas dédaigner le confortable et la bonne chère, et dont la cordiale amitié, la table bien servie m'eurent bien vite remis en état présentable.

Je logeai à la légation, modeste maison indigène qui devait bientôt être remplacée par un véritable palais à l'européenne, presque terminé.

Je n'ai pas à décrire Hué, sa citadelle et ses faubourgs, choses déjà connues des lecteurs du *Tour du monde*, et dont M. Brossard de Corbigny a donné une description plus complète que je ne pourrais le faire moi-même. Quelques jours après, je prenais passage sur l'*Antilope*, aviso de la station de Cochinchine, qui devait me ramener à Saigon, d'où je partais bientôt pour la France.

TABLE

Introduction, *par Chantal Edel et Jean-Pierre Sicre* 11

PARMI LES SAUVAGES
DU LAOS

I Bassac – Le prince de Bassac – Les ruines de Wât-Pho 25

II Le prince d'Oubôn – La chasse aux sauvages 34

III Départ pour Attopeu – Les éléphants – Les premiers sauvages 42

IV De Kamphô à Attopeu 56

V Attopeu – Le Sé-Kéman – Le choléra chez les sauvages 58

VI Retour à Attopeu – Les exhumations – Départ pour les grands plateaux 75

VII D'Attopeu aux Plateaux – Les Khâs sôk 82

VIII Ban-Ka-Gnac – Les Khâs gnia-heun – Les Birmans au Lao ... 86

IX La chute de Sé-Noi – Le plateau – Les Khâs boloven 94

X Retour à Bassac 107

DE BASSAC A HUÉ

XI Départ de Bassac – Les adieux aux autorités – La fête de l'eau – Comment on s'installe en pirogue – Première pluie – Les premiers rapides 113

XII Kemmerât – L'embouchure du Sé-Bang-hieng – Le rapide Kheng Dôn Saâ – La grande pagode de Peunom........ 126

XIII La-khôn – La colonie annamite – Les montagnes de La-khôn – La défiance des autorités laotiennes........ 136

XIV La saison des pluies au pied des montagnes – Les cavernes – Adieu au Nam-Không – Départ de La-khôn – Le meuong Phou-Wà – Discussions avec les mandarins........ 144

XV Force d'inertie des Laotiens – Diplomatie inutile – Départ pour Nam-Nau – Les sauvages soué et phelong........ 155

XVI Les pagodes de la rive gauche du Grand-Fleuve – Phalàn – Suite de la comédie du Bo my, bo day ! – Science arithmétique et indifférence des indigènes – En route pour le Sé-Bang-hieng........ 164

XVII De Phông au Sé-Bang-hieng – Une correction méritée – Le gouverneur de Song-Khôn – Nouvelles tentatives........ 173

XVIII Exploration du Sé-Bang-hieng – Passage des rapides – Rencontre d'éléphants sauvages........ 179

XIX Le Sé-Bang-hieng au-dessus des rapides – Les Khâs themep – Pris par la famine........ 188

XX Du Sé-Bang-hieng à Phông – Agréments de la saison des pluies – Les Khâs te-douôn – Un arbre sacré – La forêt de Dông-Kephô........ 197

XXI Le Meuong Phin – Les Pou-Thays et les provinces tributaires de l'Annam – Une ruse d'Annamite........ 206

XXII En route à travers les fondrières – Le cours du Sé-Tchepôn et ses rapides – Arrivée au premier fort annamite........ 213

XXIII Influence de l'esclavage – Séjour à Dinh – La déportation chez les Annamites – En route dans les montagnes – Le premier *huyen* 223

XXIV Politique annamite – A l'aventure ! – Hospitalité des Moïs – Traversée de la grande chaîne – Cam-Lô 232

XXV Les chrétiens annamites – La grand-route du Tong-king – Le fort de Quang-Tri – La mission de Bô-Liéou – Hué 240

Table 249

Cet ouvrage
réalisé pour le compte des Éditions Phébus
a été transcrit et mis en page par In Folio,
reproduit et achevé d'imprimer
en février 1994
dans les ateliers de Roto Normandie Impressions S.A.
61250 Lonrai
N° d'imprimeur I4-0132

Dépôt légal : mars 1994
ISBN : 2-85940-320-5
ISSN : 0180-9687